繁星若沧海

周林 著

北京联合出版公司
Beijing United Publishing Co.,Ltd.

一未文化　　非同凡响

北京一未文化传媒有限公司
www.bjyiwei.com
出品

长日尽处，我来到你的面前，你将看到我的伤痕。

你会知晓我曾受伤，也曾痊愈。

呼楞措南郊饭馆
怀头他拉草原
札合木城
札合木
那多镇
扎凌河谷
良多县城
尕海盐湖
良多
牲畜交易市场
泞吉湖
可可西里

繁星若沧海 —— 任骄阳追击路线

目　录 CONTENTS

楔　子

冷灰色的大铁门缓缓打开，几只在墙脚嬉戏的老鸹受了惊扰，扑棱着翅膀四散逃离。一阵寒风袭来，任骄阳下意识地裹紧棉袄。身后骤然响起第九套广播体操的序曲，他深吸一口气，将旅行包甩过肩头，扬起手臂用力地挥了挥，迈步向前。

扫码收听精彩音频

天似穹庐，笼盖四野。一条崭新的柏油路犹如墨色玉带镶嵌在寥廓的荒漠上，穿过覆盖着残雪的黄沙红柳，通往戈壁深处。

“嘀——嘀嘀——”一辆老旧的北京吉普扯着嘶哑的嗓门，在任骄阳身边缓缓停下。扎西平措摇下车窗，摘了墨镜，冲着他歪了歪脑袋。任骄阳犹豫片刻，打开车门。

“不是说好年前出来的吗？”扎西探身从后座拎起一件崭新的呢子大衣扔给他，“换上，新年新生新气象！”

吉普车屁股一扭，踉踉跄跄地冲过路基上了戈壁。扎西紧把着上蹿下跳的方向盘，拼命地控制着快要散架的车身。任骄阳抖开大衣盖在身上，扭头看向窗外。远处，几只觅食的藏羚羊从稀疏的沙柳丛中探出脑袋，警惕地看着他们。

“抓到他了吗？”任骄阳的声音仿佛来自深渊。

扎西一愣神，“咣当！”吉普车撞上裸岩，长叹一声，熄了火。那群藏羚羊被巨大的撞击声惊动，奋起逃窜，瞬间便消失得无影无踪。

“×！”扎西掌拍方向盘，索性拉上手刹，从裤子口袋摸出一根烟点上。兴许是吸得太猛，剧烈的咳嗽声震得车窗吱嘎作响。

任骄阳转头看了他一眼，从挂着 Prada 铭牌的旅行包中抓出两条未拆封的“三五”香烟，放在中控台上:“物归原主，我已经戒了。”

扎西一脸阴郁地狠命吸了几口烟，将余下的半截扔出窗外，点火，挂挡。

“你要带我去哪儿？”

扎西一脚油门:“青稞酒、羊骨汤，补个年夜饭。吃完了送你去火车站。”

“高原人家”农家乐，门头上的大红灯笼在寒风中轻轻摇曳。屋内暖气逼人，只有一桌客人。油腻腻的老板娘嘴角挂着瓜子壳，正靠在火炉边的躺椅上打着盹儿。

任骄阳低头默默地吃着青稞面饺子，闪烁的炉火将他俊朗的脸庞映得分外红润，脖子上的一道伤疤忽隐忽现。桌子上除了酒菜，还有一张当天晚上开往上海的火车票。

扎西举起酒瓶碰了一下任骄阳面前盛着奶茶的海碗，舌头有点儿打结:“烟戒了，酒也戒了，你他妈还有什么放不下的？”

“抓到他。”任骄阳头也不抬。

“那他妈是我们警察该干的事！”扎西用力地放下酒瓶，抓起一根羊骨，“你以为你是谁？任吉诃德？再敢犯事，老子照样还会抓你！”

任骄阳抬头直视扎西:“三年了，就没有一点消息吗？”

扎西鼓起腮帮，一边咀嚼，一边盯着面无表情的任骄阳。这个男人一脸的沧桑，却有着孩子般清澈的眼眸。就是因为这双眼睛，当年他面对任骄阳子弹上膛的枪口时，坚信他绝不会向自己开枪。

空气仿佛凝结。

“噼啪！”炉中的火蹿动了几下，老板娘睁开了眼。

扎西扔掉骨头，嘬了几下手指:“回杭州吧，多好的地方，人间天堂。”

“来，我陪你喝，一醉方休！”任骄阳拿起酒瓶，往奶茶里掺了一半，仰起脖子一饮而尽。

“你……你放心，我一定……一定会给……给你个交代……”扎西干了余下的一半，一头栽倒在桌子上。

老板娘悄悄打开了音响，蔡琴低沉婉转的歌声隐隐约约回荡着。

任骄阳起身将那件崭新的大衣披在烂醉如泥的扎西身上，然后拎起旅行包，推门而出。

这天是 2014 年的正月初一。札合木郊外，朔风凛冽，暴雪将至。

1

Chapter

缘　起

“这人怎么这样？”许我跺着脚，突然瞪大眼睛尖叫，“骆好，快看，那是什么？”

吉普车顶的行李架上，几只被鲜血染红的蛇皮袋鼓鼓囊囊，一只动物的蹄子撑出袋口，兀自指向空中。

1

脚步声越来越远，许我长舒一口气，眯起眼凑近墙上那道她刚刚用手指抠出的缝隙。屋外树影婆娑，不见人迹。一只黑猫突然从她眼前一闪而过，她下意识地缩回脑袋，腹下传来撕裂般的疼痛，右腿伤口的血已经凝固，而这里的血仍然奔流不息。

战斗刚打响，她和队友们就陷入了重围。队长徐建富成了敌方狙击手的第一个猎物，头部中弹后被残暴的对手绑在福特 F-150 上示威。她亲眼看到队友们从藏身处冲出来复仇，然后又一个接一个地倒下。

“这是一场不能输的战斗！”队长徐建富的话犹在耳畔。在他眼里，这次任务事关他们的荣耀乃至生死。她是这支队伍中唯一的女队员，虽然首发名单将她排除在外，又赶上了例假，但她还是主动请战了。徐建富牺牲后，她成了队员们重点保护的对象，肩负着“一定要活着出去”的使命与寄托，在这群男人的拼死掩护下，她一个人侥幸突出了重围。

放下枪靠坐在墙角，许我伸了伸就快麻木的双腿。从崴了脚摔伤后，她就一直躲在这个阴暗的夹层里，外面的枪声断断续续持续了半个多小时，而这一切跟她毫无关系。几分钟前，她发出了最后一条求救讯号，但耳机里已经无人回应。

她知道，不可能再有人来救她了。

阳光穿过墙上的缝隙，光影打在她涂满迷彩的脸上，镜片沾染了灰尘，她的视线一片模糊。她摘下眼镜藏起秀发，咬咬牙扶着墙站起来，检查了一下装备，还有一匣子弹和两颗手雷。往前五米左转走到尽头就是出口，她深吸一口气，握起拳头用力地挥了挥，走向门口。

骄阳似火。走出藏身地，她下意识地抬起手遮挡刺目的阳光。园区里空寂无声，她看到了阳光下自己的身影，想起腹背受敌开枪自杀的丽达和只身抗击一群敌人壮烈牺牲的热尼亚，那是她最喜欢的一本小说中的两个女主人公。她们为了爱与信仰义无反顾地献身，而自己现在这样，到底是为了什么呢?

毫无征兆地，枪声突然响起，子弹铺天盖地打在她身后的墙上。许我下意识地扑倒，狼狈地翻身滚进了水沟。

“你的人都完蛋了，赶紧投降吧！”一个年轻男子的声音亢奋得像争食的公鸭。

“做梦！”许我举枪过顶，朝着声音的方向胡乱地打出一梭子弹。

枪声戛然而止，世界复归沉寂。许我不敢抬头，至少有五六支枪正对着她藏身的地方。

她主动请战时，徐建富很意外，是骆好打消了他的顾虑。骆好的理由很简单:“许我聪明绝顶，胆大包天！”

她摸索着从口袋里掏出一颗已经压扁了的Teuscher香槟松露巧克力，剥开糖纸塞进了嘴里。她的手指哆嗦着穿过手雷的拉环，竭力地平抑着呼吸。耳边传来清晰的脚步声，她感觉自己的心脏就快要蹦出胸腔了。

“投降吧，都结束了！”公鸭嗓肆无忌惮地叫嚣着。

脚步声越来越近，她甚至能听见对方的呼吸声。没有再犹豫，她用力地扯开了拉环……

硝烟未散，那个公鸭嗓男人便灰头土脸地从地上蹦起来冲着许我大骂:“谁他妈让你加戏的？又不是上甘岭，哪有玩儿同归于尽的！”

许我坐在臭水沟里撇撇嘴，一声不吭地掏出最后一颗手雷，扬起手来晃了晃。

“卧倒！”公鸭嗓声嘶力竭。

许我抓着那颗手雷起身，跨过伏在地上的公鸭嗓，兀自走向那群“死而复生”的队友。

徐建富一把推开为他松绑的工作人员，从“F-150”上跳下来冲着公鸭嗓大叫:“焦总，这绝对是神来之笔！您要是不死，真把她活捉了严刑拷打，这戏还真不一定过得了审！”

焦总站起来拍打着身上的尘土:“那也得演真一点儿，这死得多他妈窝囊！”

“小许过分了哈，连焦总也敢炸。等会儿你得陪他多喝几杯！”徐建富对着一脸不忿的许我说完，搂住焦总的肩膀，“您看，为了将您的这点儿投资都用在刀刃上，咱公司全民皆兵，连演员和剧本都省了。能拍出这效果，又让您圆了明星梦，绝对是物超所值。”

“这是大片啊！现场看着就特激动，不用特效不用剪辑，绝对是今年网大的爆款！”

“焦总这演技再加上颜值，啧啧，绝对碾轧一众金鸡、百花影帝！”

“下次咱们再合作，大 BOSS 还得您来演！”

许我身边的那几个队友围上来，七嘴八舌。

焦总多云转晴，举起手里的“MP5 冲锋枪”对着转身离去的许我的背影，配合着嘴里的音效抖动着手臂:“突突突——”

2

“Costa Coffee”巨大的落地窗边，许我合上电脑，捧起奶茶看向窗外。华灯初上，江对岸的国际博览中心流光溢彩，光影在她精致的脸上交错，螓首蛾眉，仿若一件上等瓷器。

她记得三年前“G20 峰会”后的第一场灯光秀，就是在这家咖啡馆，当时她和她的两个研究生同学探讨着如何才能耐得住寂寞，在这纷繁浮华的世界上独善其身。

然而现实让人如此狼狈，当初的豪言犹在耳边，如今，他们中一个远嫁重洋相夫教子，一个成了政府的官员。只有她，还像一只迷途的羔羊，在梦想与现实之间彷徨。

“咔嚓，咔嚓”，许我听到声音回过神来，转头才发现骆好不知何时已悄无声息地坐在了她对面，正拿着手机对着她拍照。

“眼镜摘了，你这侧颜无敌，根本不用滤镜。”骆好点开刚拍的一张照片，伸到许我的眼前晃了晃，“我要发朋友圈，许大胆破茧成蝶了！”

“你才是毛毛虫呢。”许我摘掉黑框眼镜，顺势撩起几缕长发，眼神迷离做 45 度仰望天空状，“这样呢？是不是更有女人味？”

骆好捂着嘴，杯中的意大利浓缩咖啡溅出了一半。

许我一脸嫌弃地盯着她那张狂乱颤的胸脯：“小心蹦出来摔碎喽！”

骆好挺直上身，捋了下职业装的领口，又清了清嗓子说道：“老徐说你炸了焦总，立了头功，要给你放假，还要把一个大 IP[1] 交给你来改编。”

“算了吧！”许我摇摇头，“那玩意儿我改不了，甜宠玛丽苏。小说我看了点，尴尬症都犯了。我只想写原创，写一个我想写的故事。”

骆好瞪大眼睛：“你不会是真要当中国的莎士比亚吧？”

“柯南 · 道尔！”许我反击道，“白昼之光，岂知夜色之深。”

骆好撇撇嘴：“听我说，几个一线大台和网播平台都看上了这个项目，只要改编出来，你就一战成名了！”

许我抿了口奶茶：“爷没谈过恋爱，没接过吻，更没被异性抚摸过，甚至从来没有为一个男人心动过，你杀了我也写不出甜宠的感觉。”

骆好乐不可支，打趣道：“要不要老徐帮你找个鲜肉体验下？”

许我白了她一眼，正色道：“别信老徐忽悠，这个 IP 的版权已经被炒到上千万了，他根本拿不下来。你们刚认识那会儿，他就说要在这儿给你买个江景大 House，这都好几年了，他自己还在租房住呢。”

“我知道你不怎么待见他，可老徐一直在努力。折腾了这么多年，也该到他转运的时候了。”骆好低头说着，精致的妆容掩饰不住一脸的怅然。

许我的心揪了一下，叫来服务员给骆好的咖啡续完杯，又叫了杯奶茶。

“焦总当着我的面说要帮他拿下这个 IP，并且指定由你来改编。这个项目说不定真能让老徐彻底翻身。”骆好不甘心地念叨着。

许我低眉垂目，转动着手里的奶茶杯。镜片后面的长睫毛微微颤动着，仿佛

---

[1] 英文 Intellectual Property 的缩写，即“知识产权”。放在目前的语境中，更多的是指适合二次或多次改编开发的影视文学、游戏动漫等。

蝴蝶扑扇的翅膀。

屋里回荡着Bossa nova[1]，小野丽莎的声音恬静而又慵懒。窗外，晚风拂柳，江水悠悠。霓虹灯倒映在钱塘江波光粼粼的水面上，光影斑斓，像碎了一地的星光。

如果当初听从母亲的安排，她现在也许正坐在塞纳河畔喝着法式奶茶。她很喜欢那座城市，但她不愿离开现在这座城市，不仅因为生于斯长于斯，更因为这里承载了她所有的梦想。

几个月前，当她接到省话剧团的offer（入职通知书），准备去报到时，徐建富突然向她抛出橄榄枝，宣称公司为她提供一切便利支持她自由创作，但进了公司后她才感觉被忽悠了。入职没几天，她就变身“PPT狂魔”，整天帮公司策划各种不靠谱的“大项目”。而且她还发现，除了几部粗制滥造的网大和为企事业单位定制的宣传片，公司压根儿就没有一个拿得出手的项目。而徐建富吹嘘公司出品的那几部所谓的大片和热剧，不过是他利用人脉蹭了个“联合制作”的署名。

如果不是骆好，她应该早就离开了。骆好是徐建富的女友，更是她最要好的朋友。自从进了她男友的公司后，这个平素龙精虎猛、斗志昂扬、从小就将“嫁个有钱人做富太太”挂在嘴边的保险经纪人就变成了个磨人的小妖精，生怕她当了逃兵。

“我试试看吧。”良久，许我自我解嘲，“老徐一直劝我给他当秘书，说我太理想主义，写的东西不接地气，改编IP就不会有这个问题了。”

骆好笑道:“你们的矛盾在于，他是个无利不起早的商人，既要迎合市场，又无力承担风险；而你，内心又受累于头上的光环，不愿随大流。”

“我没那么高尚。”许我苦笑着摇摇头，“爱默生说，‘有两件事是我最憎恨的，没有信念的博学多才和充满信仰的愚昧无知’。我的信念是，首先得养活自己，至少不要变成一个油盐不进的废材。”

“你先别忙着低头，老徐也不是个强人所难的人。既然说要给你放假，那咱们

[1] 一种融合巴西森巴舞曲和美国酷派爵士的“新派爵士乐”。

就去西藏散散心，回来再做决定。”

许我愣住，黛眉微蹙。去西藏旅游的计划，这些年她们在一起合计了不下十次。骆好每次都信誓旦旦，但临了总是能找出一百个理由，最后不了了之。

“这次是真的！老徐出银子，我都做好攻略了。”骆好说完扭头看许我，“我听说梨公子回来了，要不我让他陪你去？你正好跟他体验下感情生活。”

许我仰首：“他好像就在西藏，说是要建私人天文台。回来快一个月了，神出鬼没的。”

骆好一拍桌子：“那还犹豫啥？找他去，咱们明天就出发！生活不只眼前的苟且，还有我们许大胆日思夜想的戈壁、雪山、草原和套马杆的汉子！”

3

梨子恒回电话的时候，已经是许我和骆好入藏后的第五天，许我正开着租来的“牧马人”从日喀则返回拉萨。

她们原本想走一趟“阿里大北线”，结果在离珠峰大本营不到五十公里的地方，骆好出现了严重的高反。两个人只得退回到日喀则，休整了两天后，又订了去往西宁的机票，准备去塔尔寺和青海湖。

蔫头耷脑的骆好看到来电显示的是梨子恒，满血复活，抢过手机大声嚷嚷：“梨公子，许我被人绑票了，快来救她！”

梨子恒的声音透着疲惫，却仍十分淡定：“你让许大胆接电话。”

骆好撇撇嘴，一脸无趣地按下免提键，把手机伸到开车的许我嘴边。

梨子恒的声音听不出什么情绪：“我在可可西里，才看到你的微信，手机一直没信号。”

许我一脸淡然：“你忙吧，我们下午到拉萨，明天飞青海。”

骆好一手摊开地图，兴奋地叫道：“咱们在青海湖会合，离你那儿才几百公里！”

“开什么玩笑？”梨子恒的声音断断续续，“我在可可西里腹地，到那儿至少得一个星期……”

电话突然断线。

骆好准备再拨过去，许我一把按住手机:“别自讨没趣了，你又不是不知道他的脾气。”

“不应该啊，”骆好嘟囔道，“你俩青梅竹马，他肯定是冲着你才回来的。多好的机会，干柴烈火，遇风燃十里！”

“他是我兄弟，不是我的菜！”

骆好伸着脑袋抵近许我，眯起眼盯着她的脸:“你不会真要找个大叔吧？玛丽苏剧里可没这套路。”

“大侠！”

“大侠可不就是大叔吗？”

骆好正想继续揶许我，手机便收到了梨子恒发来的短信:“别让许大胆开车，她是个路痴。”

“看看，人家心里揣着你呢。到哪儿都不让人省心！”骆好捧着手机，笑得花枝乱颤。

刚到拉萨，徐建富就打来电话，大骂焦总不靠谱。隔着十米远，许我都能听见骆好手机那头的咆哮声。

“儿戏一样，怎么能说不干就不干了呢？”骆好的情绪一落千丈，挂了电话望着许我。

许我如释重负般笑了笑:“焦总肯定是想演主角。老徐还是有原则的，他不可能会答应。”

骆好生怕徐建富受不了这个打击，拿起手机踌躇着要不要回个电话安慰他。

“老徐又不是第一次被人忽悠，他没那么容易受伤！”许我说完，忽然又掏出手机说道，“我来帮你们出这口气！”

骆好一愣，赶紧抢过手机:“算了算了，当我没说。”

到了机场，许我突然改变主意，要退了机票自驾去青海。此去两千公里，骆好一边骂她疯了，一边亢奋地打电话退机票。

许我想走青藏公路，她最想去的不是青海湖，而是成吉思汗都望而却步的唐古拉山。骆好对高反心有余悸，坚持走海拔比较低的路线，从国道 318 转 214。许我没再坚持，本该是一段愉悦的旅程，她不想用自己的意志去绑架别人，即便是最好的朋友。

第二天出发时，两个人在药店补充了一堆红景天、葡萄糖和氧气罐。骆好又在药店隔壁的超市搬了整箱薯片和速溶奶茶，还有几张少数民族歌手的碟片。

西藏的六月，摄人心魄的季节。天空纯净透明，转着经筒的喇嘛和飞扬的经幡，还有漫山遍野的格桑花，都显得格外动人。

路过那曲草原，许我驾车追逐马群，几个放牧的藏族小伙挥舞着长鞭，策马紧随。骆好将空灵的小野丽莎换成了欢快的乌兰图雅，然后解开马尾辫，站到座椅上，将半个身子探出天窗，张开双臂跟着音乐仰天嘶吼:

“给我一只雄鹰，一个威武的汉子；给我一个套马杆，攥在他手上……”

“许我，我死了，你把我埋到这里吧！”

“好啊，咱俩埋在一起！”

“许我，咱们去找个野汉子吧。”

“嗯，这里的汉子都是你的，所有的公羊、种马和雄牦牛也都是你的！”

刚过昌都，一对穷游的上海小情侣拦下了她们的车。他们信誓旦旦要步行穿越可可西里，结果上车后就再也没有要下车的意思。

加油时，骆好提醒一路上跟女孩聊得火热的许我，这二位貌合神离，连口音都像是刻意模仿的。许我不以为然，反而责怪骆好太敏感。

傍晚到了梨江，许我偷偷将声称身份证丢失的女孩带进她和骆好开的房间同住，结果第二天一早，骆好醒来便发现女孩不见了，同时不见了的还有她们全部的现金和许我的手提电脑。电脑里存着许我重要的工作资料和这些年几乎所有的照片。

去派出所报完警，许我直接将车开往可可西里方向。她总觉得那个娇小玲珑、一路上跟她大谈泰戈尔和博尔赫斯的女孩只是临时起意，他们也许真的会步行穿越无人区。骆好拗不过她，出城前在路边的小店买了把藏刀，叫嚣着非要剁了这对狗男女。

通往无人区的路有好几条，许我凭着直觉，先是将车子驶上戈壁闷头狂飙，然后又转回到大路上，直到车子燃油耗尽，两个人才发现已经跑了上百公里。

无人区近在眼前，两个人的手机都没了信号，最近的加油站在身后五十里开外。更让人崩溃的是，乌云压顶，一场暴风雨随时就要降临。

许我欲哭无泪，骆好却笑得花枝乱颤。

“这就是生活本来的模样，纵使饱读诗书的许大胆学贯中西，也参不透人性的邪恶，阅不尽这世间的狗血。”

“塞翁失马！”许我说完跳下车，抽出那把藏刀对着漫漫戈壁挥舞着，放声啸叫。

一道闪电划过，伴着隆隆的雷声。

骆好从车窗探出脑袋，迎着风大声说道:“现实远比故事精彩。老徐总说你不接地气，看来这一趟没有白来。”

“骆好，咱们得赶紧劫点油回去！”许我撩起 T 恤的下摆扎成结，露出白晃晃的小蛮腰，然后举起刀冲到了公路中间。

远处，两辆越野车一前一后，风驰电掣。

“刀，赶紧把刀扔了！”骆好一边下车，一边兴奋地冲着许我喊道，“把眼镜摘了，头发解开，再骚点儿！”

许我刚放下刀，那辆打头的国产越野车几乎擦着她的身体飞驰而过。

“×！”许我惊魂未定地咆哮着，被赶过来的骆好一把拽到一边。

一阵刺耳的刹车声响起，紧跟着一辆墨绿色的大吉普猛然点头停下。

“怎么啦？”车窗半开，一个中年男子露出半边胡子拉碴的脸庞，脖子上的一道刀疤异常醒目。

骆好愣住，车窗很快关上。她扑上去，拍打着车窗:“喂，我们的车没油了，帮个忙……”

引擎轰鸣，吉普毫不犹豫地加速离开。

“这人怎么这样？”许我跺着脚，突然瞪大眼睛尖叫，“骆好，快看，那是什么？”

吉普车顶的行李架上，几只被鲜血染红的蛇皮袋鼓鼓囊囊，一只动物的蹄子撑出袋口，兀自指向空中。

许我回头，发现骆好已经坐回到车上。她拉开车门，看见骆好正在用纸巾擦手。

“天！你手上怎么会有血？”

“那车玻璃上的。他们是偷猎的，袋子里装的是藏羚羊。”骆好的声音有气无力。

“怎么？是不是被吓着了？”许我关切地看着她。

“许我，你接着拦车，我有点累了。”骆好说完，窝下身子闭上眼睛。

几分钟后，几个结伴自驾的驴友往她们的车子里灌了半箱油。这几位见多识广，听完许我关于偶遇穷游小情侣的叙述，一致认定她们遇到了两个骗子。

回去的路上，大雨倾盆。骆好沉默地看着窗外，不停地往嘴里塞着薯片。

“骆好，你是不是认识那个人？”

骆好愣了好一会儿，才转过头:“许我，咱们回家吧。我有一个故事要说给你听。”

2

Chapter

歧 途

“叫什么名字？”一个声音从身后响起，更像是从地狱传来。

“切诺基！”

“要怎样，你才能放过我们？”

“交出如来，或者，杀了我！”

“哈哈哈！”笑声振聋发聩。

切诺基放下双手，转过身子，面前的背影挥了挥手，一把长刀砍向了他的脖子……

1

唐古拉山口，残阳似血，秃鹰盘空。

一阵急促的枪声过后，几辆越野车扬起漫天的沙尘，在戈壁边缘逼停了一辆狂奔的大吉普。一个精瘦的男子高举双手，钻出被子弹打得千疮百孔的吉普车。十多个大汉将他团团围住，黑洞洞的枪口冒着硝烟，沾着鲜血的长刀泛着瘆人的寒光。

“叫什么名字？”一个声音从身后响起，更像是从地狱传来。

“切诺基！”

“要怎样，你才能放过我们？”

“交出如来，或者，杀了我！”

“哈哈哈！”笑声振聋发聩。

切诺基放下双手，转过身子，面前的背影挥了挥手，一把长刀砍向了他的脖子……切诺基满头大汗地翻身坐起，下意识地抓起身边的猎枪。

“队长，又做噩梦了？”有人轻声问道。

山洞里忽明忽暗，鼾声此起彼伏，空气中弥漫着柴油与草木灰的味道。蜷缩在对面的沈炯抬头看了他一眼，转动身体换了个方向继续酣睡。

初夏的高原，昼夜温差接近二十摄氏度，山洞里尤其阴冷。切诺基甩了甩脑袋，看着篝火旁横七竖八的队员们，长舒一口气，将枪放回原地。

从接到“线报”开始，这半个多月他一直在做着同样的梦。他认定在梦中和他说话的那个男人就是如来，他努力地想要看清如来的模样，但鲜血模糊了双眼，他每次看到的只是一个模糊的背影。

他记得从甘丹寺还俗的喇嘛德吉曾经说过，梦见流血是吉兆。前几天在“高原人家”，他和队员们聚餐，声称从未见过他笑脸的老板娘阿桑说，他那天笑得像格桑花，笃定他们这一次吉星高照。

如果不是这鬼天气，也许一切都已经了结了。

他起身走向洞口。这场雨下得有点莫名其妙，来无踪去无影，断断续续十多天，兴起时倾盆瓢泼，转瞬又风和日朗。在青海八年，他还是第一次遇见。

洞外，月华清幽，万籁俱寂，远处的天空已经泛起了鱼肚白。

切诺基点上一根烟，张开五指，将右手伸向黑暗的天空。雨早就停了，东风三四级，体感温度 15 摄氏度上下，难得的好天气。他吸了一口烟，翻腕看表，那是一只纪念 1999 年巴拿马运河回归的限量款劳力士水鬼。荧光针指向了五点二十，再有半小时天就亮了。

这半个月日夜兼程，从青海到西藏，再从西藏回到青海，三千多公里路程，早就人困马乏。他想让队员多睡一会儿，但按照自治州森林公安局刑侦大队的统一部署，傍晚之前他们必须要赶到 400 公里外的蓝河子。

切诺基掐灭烟蒂返回洞内，队员们都已经醒来做好了出发的准备。他拿起队里唯一的一支制式步枪交给沈炯，五个队员中只有他当过兵，一年前才从武警部队退役。

沈炯兴奋地接过步枪，熟练地拉了几下枪栓，然后又卸下弹匣看了看，将手伸向切诺基：“队长，子弹！”

“还没到时候，急啥？”切诺基朝队员们一挥手，“出发！”

旦增上前一步，用力地拍了下沈炯的肩膀：“当兵的，枪弹分离，懂吗？”

“一边去！小爷当兵的时候，你还穿开裆裤呢。”沈炯说完，又冲着切诺基的背影叫道，“队长，讲几句吧。”

切诺基没有回头，一边走一边说道：“配合好警察，保护好自己！”

2

沈炯不愧是当过兵的，入队不到半年，向来少言寡语的切诺基已经第三次这么夸他了。大吉普刚驶上戈壁，坐在副驾驶位上的沈炯就发现不远处有车子驶过的痕迹。

是两道新鲜的车辙。切诺基一眼便判断出是专门用来越野的 R21 AT 轮胎留下的印迹，而且看上去与他们的方向一致。

真是冤家路窄！队员们倒抽一口凉气，这辆换装了轮胎的 BJ80，他们太熟悉了。

十天前的深夜，在那多，他们撞见几个正在射杀藏羚羊的盗猎者，对方开的正是这辆车，还没来得及打扫现场便闻风而逃。

队员们推测这拨人很可能就是沉寂了一年多的如来团伙。根据线人的说法，东南亚某国一家生产羚羊绒披肩的工厂，要赶在冬季来临前制作上千条“沙图什”，需要至少 300 公斤藏羚羊绒，而他们最大的原料供应商就来自中国。

进入新世纪后，在世界各地政府的立法打击和民间环保组织的呼吁下，曾令王宫贵族、名流富贾们趋之若鹜的象牙制品和以藏羚羊绒为原料的服饰品，除了极少数国家，在公开市场已难觅踪迹，但地下交易仍在继续，羚羊绒的价格逐年升高，已堪比黄金。有个盗猎分子曾经跟切诺基算过一笔账，杀死三五头藏羚羊就能衣食无忧地过上一整年。

只要有买卖，杀戮便不会停止。人性是贪婪的，有 50% 的利润，有人就会铤而走险；有 100% 的利润，有人就敢践踏一切人间法律；若有 300%的利润，就有人敢犯任何罪行，甚至冒着被绞死的危险。

数十年来，在中国政府的不断打击下，成规模的盗猎团伙基本上都已销声匿迹，可可西里更是号称多年未闻枪声。唯有如来团伙怙恶不悛，一改早年成群结队的作风，开始化整为零，三两个人一伙，神出鬼没，四处游荡。

如来编织了一个繁复的组织体系，这些年，官方和民间组织抓获了无数如来团伙的成员，但这些人连如来的面都没见过，没人知道他长什么模样。关于如来的传说很多，各种版本让人啼笑皆非。有人说他是个僧人，有人说是个长得特别漂亮的女人，还有人说他是清朝遗老，活了快两百年。

300 公斤羚羊绒就得屠杀几百头藏羚羊，留给如来的时间非常紧迫。警方得到情报，这场买卖的中间人已经从尼泊尔入境，双方极有可能在梨江或昌都附近交易。而从各地汇集的藏羚羊被猎杀的讯息判断，至少到目前为止，如来根本就无法按时按量交货。要维护好这个大客户，确保交易安全，这一次，如来很可能会铤而走险，亲自出面。

为了抓住如来，切诺基带着队员们驾车一路追踪这辆 BJ80 到了梨江，孰料暴雨突袭，他们的车陷进泥沼，差点被洪水卷走，对方却顺利蹚过了河床，消失得无影无踪。

就在切诺基以为自己打草惊蛇、懊悔万分的时候，警方传来的消息让他再度兴奋起来——交易的地点改在了蓝河子。

“这次肯定跑不了了，团灭了他们！”沈炯兴奋得将望远镜递给切诺基。

旦增在后排探起身子小声地提醒:“队长，给刑侦队打电话吧？”

切诺基摇摇头，放下望远镜猛踩油门。旦增猝不及防，一屁股跌进队友的怀里，两个脑袋撞在一起，哀号声起。

十五分钟后，沈炯在望远镜里看到了那辆熟悉的 BJ80，目测距离 1500 米。看到目标，后座的队员们纷纷拿起猎枪推弹上膛。

“呼哧，呼哧”，身后一片粗重的喘气声。

“有什么好紧张的？”切诺基的语气透着不满。

这辆车这时候在人迹罕至的戈壁上出现，不是运送羚羊绒，就是载着如来团伙的重要人物，说不定就是如来本尊。

“不对劲啊，老大。”坐在后座的唐杰分析着，“照这个速度，中午就能赶到目的地，他们会提前这么久？”

旦增说道:“有什么奇怪的？如来那么狡猾，说不定交易提前了。”

车子划了一个半弧，悄然驶向目标左前方的一排土丘。切诺基担心暴露，打算走土丘的另一侧，在戈壁上平行跟踪。他的想法是，只要确认这辆车是去蓝河子就行，一切等与警方会合后再议。

谁也没想到，他们刚转过第一个土丘，那辆 BJ80 突然不见了。切诺基汗毛直竖，难道又被他们发现了？

沈炯抓起望远镜下车冲到了土丘上，刚一抬头便发现那辆车就停在土丘的另一侧，一个年轻人正蹲在地上检查车胎。

切诺基跟着上来看了一眼，然后返回直接驾车绕过土丘，抵住了 BJ80 的车头。旦增第一个冲下车，试图锁住那个年轻人的脖子，没想到此人反应神速，反手抓住旦增的胳膊，翻身就是一个背摔。旦增爬起来还想上前，沈炯手中的步枪已经抵住了年轻人的后背。

“Fuck！”年轻人怒骂。

车门打开，一个年约六旬的老者睡眼惺忪地探身质问:“What are you doing？（你们在干吗？）”

切诺基打量了下老者，“例行检查！”

旦增打开后备厢，切诺基探头一看，里面虽然落了灰尘，但几只大小不一的行李箱摆放得井然有序，一只藏羚羊的头骨赫然挂在后排椅背上。

切诺基摘下头骨问老者:“Where did it come from？（这是从哪儿来的？）”

“在可可西里捡来的。”老者看上去很淡定，用略显生硬的中文答道。

旦增爬上车，打算将后备厢里的几个行李箱全部扒拉下来。那老者扑过来，急忙护住一只工具箱:“慢点，别摔了。钱都给你，这些东西你们拿走没用！”

“收队！”切诺基示意旦增下车，然后关上了后备厢。

“你们他妈到底是什么人？”

沈炯用枪管捅了捅年轻人的后背:“老实点儿，别找事！”

切诺基上前拍了拍年轻人的肩膀:“对不住了哥们儿，我们是野保队。”

队员们上车准备离开，年轻人扑上来挡在车前，冲着切诺基嚷道:“把证件给我看看，我要投诉你们野蛮执法！”

切诺基从扶手箱里抓了两个苹果扔给他，然后猛地一打方向盘，探头对年轻人说道:“消消火，这儿不是 America（美国）！”

车子加速离开，切诺基双手紧紧地把着方向盘。沈炯紧盯着后视镜里的那辆车，一脸郁闷。队员们沉默着，因为他们都发现了这是一辆车身沾满泥灰的奔驰

G500，远看外形与颜色几乎与 BJ80 一模一样。

良久，旦增终于憋不住小声抱怨：“要不是你们拦着，我肯定弄死他！”

沈炯揶他：“自取其辱！要是没枪，你们几个一起上都得趴下。”

“那你呢？”

“他在我面前走不了三个回合！”

“吹牛！就你那眼神，什么车子都分不清。”

“能动手就别吵吵！”唐杰打断他们，对切诺基说道，“他们怎么会跑到这地方？我觉得应该搜一搜，那几只箱子里说不定就有我们要找的东西。”

切诺基没搭话，气氛一时有点尴尬。

沈炯笑道：“老大真牛，一眼就看出俩假洋鬼子是从美国来的。你说他们到这儿干吗来了？”

旦增接道：“到可可西里找刺激的呗！美国人不就是讲英文的吗？”

切诺基解释：“行李箱上有航空托运单，他们的服饰 CK、Gap 与 Cat 都来自美国。工具箱里装着仪器设备，应该是科考队。”

“来研究藏羚羊的动物学家？”沈炯问道。

切诺基摇头：“天文学家。”

几个队员异口同声：“这……怎么看出来的？”

切诺基嘴角微扬：“猜的！”

3

回到杭州已经入夜，来接机的徐建富还堵在高架桥上。骆好在电话里痛骂徐建富是个棒槌，然后关了手机，直接打车带着许我去了酒吧。

骆好以前喜欢泡夜店，有酒品没酒量。三年前在酒吧里兼职推销啤酒，结果第一天上班就被几个混混儿盯上，喝得烂醉如泥，差点被他们扛去了宾馆。那天徐建富正好跟前任分手，就在骆好的邻桌借酒消愁，英雄救美，挨了一通揍后，硬是从混混儿手里夺下了她。

后来，他将神志不清的骆好背回自己家里。骆好不明就里，半夜醒来给许我发信息。许我赶来破门而入，抄起一只红酒瓶直接将徐建富拍进了急诊室。

许我平常不沾酒，也从不去酒吧，但她特别能喝。最为人津津乐道的就是刚进公司时，徐建富带着她给网大项目融资，投资人盯上了许我，宣称喝一杯酒投10万。许我面不改色地喝了一整瓶茅台后，又拿起了一瓶，投资人吓得当场跪在椅子上签了张100万的支票。

许我知道骆好心里藏着事，默默地陪着她喝完了一打啤酒。骆好在钱塘江边吐了个底朝天，然后撩起长发，醉眼蒙眬地指着许我吼道："你相信吗？骆好还是个处女，一个老处女！"

许我上前扶她："骆好，你喝多了。"

"没有！"骆好一把甩开许我，"我喝了酒，把自己脱光了去找他。他一把推开我，说我想讹他，还给了我一耳光。"

骆好说完，仰头大笑："从那以后，谁他妈想睡我，我就跟谁翻脸！"

许我呆呆地看着她，没敢应声。

"许我，你记住了，哪怕爱得死去活来，过去了，就不要回头。"

那天晚上，两个人在江边席地而坐。酒醒后的骆好，说起自己八年前的一段恋情。准确地说，是单恋。那年她大一，因为喜欢那家公司开发的一款游戏，便在暑期毛遂自荐进了公司勤工俭学。对方是那家公司的老板，一个少年得志、桀骜不驯的天才加疯子。

故事并不长，冷静下来的骆好更像是在讲一段别人的往事。她说，若不是在青海偶遇，这个人她永远都不会再提起。

许我半天没缓过神来，她不相信天下有这么巧合的事。但骆好说她永远忘不了他那双清澈的眼睛和性感的喉结，那是一个男孩和成熟男人的完美结合。

她没谈过恋爱，无法理解骆好当年的疯狂。她不知道该怎样形容自己此刻的感受，神奇、震惊，抑或是对未知世界的兴奋？高速上那电光石火的瞬间，她瞥见了那双曜石般烁亮的眼睛，还有脖间那道狰狞的刀疤。当时她并没有意识到，这个男人曾经与她有过交集。

是的，这个世界太奇妙了。她见过这个男人，多年前，她还是个大二学生的时候。那时候的他，人如其名，近在眼前，又远在天边。

那天晚上，她辗转难眠，满脑子都是《华尔街之狼》中那个“神鬼参半”的主角 Jordan Belfort。她想不通骆好嘴里这个放荡不羁的男人为何舍弃灯红酒绿的都市生活，职业的敏感让她意识到，这背后一定隐藏着一段不为人知的故事。她无论如何也无法将一个曾经的游戏天才和青年才俊跟盗猎者联系在一起。

第二天一早，许我鬼使神差地独自跑去寻找那家骆好只待了不到一个月的公司。但那里早已被开发商夷为平地，甚至无人知晓这里曾经驻守过一家如日中天的游戏公司。许我站在废墟上，给在政府任职的研究生同学陈显凡打电话，对方很快回复这家公司早在六年前就已经被注销，并且在注销之前还变更过法人。

网上搜寻到的信息是，这个公司开发的一款游戏被官方查禁，万众期待的游戏升级版又胎死腹中。而关于游戏开发者，除了各种谩骂外，根本找不到什么有用的信息。

回来的路上，许我接到梨江公安局通知，说电脑已经找到了，核对完失物信息，对方问她要不要邮寄。许我不假思索，声称自己要当面领取。青藏之行意犹未尽，趁着假期还在，她决定再去一次，她一定要找到这个已经在她心里扎了根的男人。

4

到了青海后，许我并没有急着拿电脑。她依稀记得那辆墨绿色的大吉普挂着青 K 打头的车牌，感觉只要到车辆归属地的札合木车管所打听下，就能找到他。但涉及个人隐私，车管所拒绝了她。

去梨江之前，许我寻遍了札合木的大街小巷，几乎走访了所有街道办。几天后，她领了失物，顺便向梨江公安局报了案，举报此人盗猎，结果接待她的警员在电脑上鼓捣了半天，又打了几个电话后，宣称查无此人。

皇天不负有心人，就在她准备打道回府的时候，公安局对面小面馆的老板建议她去蓝河子碰碰运气。

蓝河子是个在地图上都难找到的小镇，地处青海与西藏交界的戈壁深处，几乎与世隔绝。许我清楚地记得，小时候舅舅曾经跟她说起过关于蓝河子的一个传说：

700年前，铁木真属下一支精兵穿越可可西里，来到这里时饮水殆尽，将士们杀马饮血，命悬一线。一个小士卒在找水途中救下一只被狼追赶的麋鹿，结果被狼咬伤，当他醒来时，发现自己躺在河边，那河水就像一块巨大的蓝宝石镶嵌在戈壁上。他滚入水中，顷刻间精神大振，身上的伤也不治而愈。大军得救，蓝河子因此得名。

骆好曾说许我是个感性而又冲动的浪漫主义者。从梨江到蓝河子近400公里，为了这个动人的传说，更为了那个中国版的Jordan Belfort，她直接跳上了一辆出租车。

见多识广的出租车司机告诉许我，蓝河子曾是盗猎和走私者们的乐园，号称“小香港”。多年前，两伙盗猎者在那里火并，青海与西藏警方联合行动，一口气抓捕了上百名涉案者，随后又派驻武警中队镇守，直到两年前才全部撤离。

到了蓝河子已经是傍晚时分，许我看了眼出租车的计价器，拿出手机支付时发现余额不足，下意识地拨打了骆好的手机。

“你去哪儿了？好几天不接电话，微信也不回。我他妈差点就报警了！”骆好的声音就像机关枪。

“在青海，警察给我打电话说电脑找到了。快给我支付宝转点钱，走得太匆忙了。”

“我去！你不是被绑架了吧？”骆好沉寂了一会儿，“给你转了两万，日息一分。许我，记得买把刀带在身上！”

蓝河子国际大酒店是小镇最豪华的酒店，号称四星级，洗浴、健身、美容SPA、KTV，一应俱全。但无论从设计到装饰还是服务品质，都名不副实。偌大的停车场空空荡荡，酒店里更是冷冷清清。

许我订了个视野开阔的景观大床房。打开房门，浓烈的腐朽味扑面而来，发霉剥落的土豪金壁纸，漆面斑驳的红色实木家具，就连已经破裂的穿衣镜都镶着金边，一切都昭示着这里曾经的繁华。

许我放下行李便迫不及待地直奔前台打听。接待她的部长妆容浓艳，她说这里早就没人敢买卖野生动物了，现在来往的多是进藏深度游的驴友。她还热情地向许我推荐这里的特产，野生青稞酒和一种用野牦牛与藏羚羊的骨粉调制的、能根治风湿和癫痫病的膏丸。

就在许我与酒店部长交谈的时候，离她不到300米的另一条街上，一辆老旧的大吉普悄然驶进了一家小旅馆的后门。

下车的正是“knight”队长切诺基。他提着猎枪顺着摇摇欲坠的木制楼梯上到二楼，推开靠街的房间。狭小逼仄的空间里烟雾弥漫，他用力地挥了几下手，才看清屋里坐满了警察。

坐在床边的一个皮肤黝黑的警察，顺手将桌子上的半盒烟扔了过来:“别来无恙啊，切大队长。”

他是这群警察的头儿，行动中的代号叫白鹰。

“这二手的就够我吸了。”切诺基将烟扔回床上，“他们为什么会选择这里交易？”

“最危险的地方往往是最安全的，何况这里早已被人遗忘。”白鹰说完，起身打开窗户，“中间人已经住进了蓝河子大酒店，交易安排在明天凌晨。”

切诺基一屁股坐到床上:“为什么都穿着警服？”

白鹰又点了根烟:“才换的衣服，我们一早就到了，还有两个同志住那边盯着中间人。你的人呢？”

“都在酒厂，那里是他们的必经之路！”

“告诉他们好好休息，没我的命令，你和你的人不准乱开枪！”

白鹰说完，发现切诺基已经靠在床上睡着了。

5

好不容易摆脱了神神道道的部长，许我回房间的时候，又碰到个形迹可疑的女人。

这女人本来是要下楼的，见到许我便转身尾随她到了三楼。许我发现她跟着自己后，快步跑进了房间，然后从猫眼里看见她竟然跟到了门口才离开。

服务员和清洁工都身着酒店的工作服，这女人却穿了一身户外装，明显不是酒店的员工。想起在梨江的遭遇，许我不由得后背发凉。检查了一遍门锁后，她正准备洗澡，衣服脱了一半被微信视频通话的铃声吓了一大跳，看到是骆好，许我稍作犹豫，最终还是按下了接通键。

“许我，你他妈骗我，你是不是奔着他去的？”骆好鼻孔对着摄像头，脸上敷着面膜。

许我愣了一下：“我就是没玩够，顺便来拿电脑。”

“你不要命了吗？他就是个人渣，什么事都干得出来！”

许我一边褪丝袜一边装傻：“你不是说干柴烈火，遇风燃十里吗？怎么啦，我想试试还不行吗？”

“你是去找梨公子？”

“要不然呢？”

“你是不是没穿衣服呢？现在跟他在一起？”

“神经吧你，还没见上面呢。”许我拿起手机对着房间晃了一圈。

“你让我看下洗手间有没有人。”骆好说完，又突然叫道，“等等，你床边的柜子上，我好像看见了安全套！”

许我扯下胸罩扔在手机上，骂道：“有病！”

骆好咯咯笑着：“许我，你给我悠着点，那事儿会上瘾。”

“去死吧，臭流氓！”许我脸颊绯红，使劲按断了电话。

酒店里的电吹风轰鸣了几下后突然罢工，隔着两个楼层的KTV里，有人在鬼哭狼嚎地唱着《海阔天空》。窗外的天空灰蒙蒙的，传说中像蓝宝石般镶嵌在戈壁上的蓝河子，此时只剩下干涸的河床和冰冷的石头，只有周边稀疏的梭梭草和散落的胡杨树让人依稀能感觉到生命的气息。

许我披着湿漉漉的长发立在窗前，一种莫名的烦躁与不安陡然涌上心头。接下来她不知道该去向哪里，折腾了好几天一无所获，魂牵梦萦的唐古拉山就在几百里外，但这一刻，她兴致索然，开始后悔当初的冲动。

既来之，则安之。她躺到床上，好不容易说服了自己。此时，她还不知道，这一路的挫折不过是噩梦的序曲。

半夜的时候，酒店突然停电，刚刚合上双眼的许我一骨碌坐了起来。许我习惯了开着灯睡觉，骆好将这个习惯解读成没有安全感，但许我觉得头顶亮着一盏灯，闭上眼睛就能感受到光晕仿佛来自远空的骄阳，温暖而又令人心驰神往。

她摸索着拿起床头的电话，刚准备打给前台问问是什么情况，便听见外面有人在敲门。她下床顺手抓起电视遥控器，蹑手蹑脚地走近门边，贴着门缝问道："谁？"

"服务员。停电了，给您送蜡烛。"

猫眼里，一个年轻的男生拿着手电照着身上的酒店制服。许我犹豫片刻，打开一条门缝，刚将手伸出门外，服务员忽然趁机用力将门推开，手电熄灭的瞬间，许我瞥见一个黑衣男子闪身进了房间。

"你们要干——"

没等她说完，一只大手狠命地捂住了她的嘴巴。

3

Chapter

狭　路

切诺基索性将车停下，许我的车划了个圆弧，两车车头相对，相隔不过30米。许我紧紧地把着方向盘，大口地喘着气，胸脯起伏不定，额头、脸颊都是细密的汗珠。骆好的提醒言犹在耳：“许我，你不要命了吗？他就是个人渣，什么事都干得出来！”

1

切诺基被呜呜振动的手机吵醒，翻身坐起时，白鹰已经下床接通了电话。

电话那头传来一个女生刻意压抑着的声音：“头儿，这边出了点事，下午刚住进来的一个女游客被人绑架了！”

“看清楚绑架的人了吗？”白鹰下意识地看了眼切诺基，按下免提键。

“他们先拉了酒店电闸，作案的应该是两个人，下面还有人接应。我担心有诈，没敢去追。刚去了受害人房间，行李也不见了，只找到一家杭州奶茶店的包装袋。”

“×！”白鹰一脚踢向床铺，“看清往哪儿去了吗？”

“东面屠宰厂方向，五菱面包车。”

“中间人呢？”

“老孟在盯着，没有动静。头儿，要不要把中间人先控制了？”

“扯淡！你俩把人给我盯好喽。”

白鹰放下电话，翻腕看了眼手表，一拳捣在墙上。不过十秒钟，那几个睡在隔壁的警察已经闻讯赶到。

“现在有个新情况，蓝河子酒店那边有个旅客被几个身份不明的人绑架了。事不宜迟，咱们得先救人！”白鹰一边说着，一边抓起床头的手枪插进腰间。

切诺基瞪着布满血丝的眼睛：“那边的人就快到了，这里不知道还有多少他们的眼线。现在救人，前功尽弃！”

几个警察闻言齐刷刷看向白鹰。切诺基讲得不无道理，为了这一天，他们等得太久了。

“头儿，对方会不会是冲着游客的财物而来的？”

白鹰瞪着说话的胡杨：“万一人被杀了呢？被强奸了呢？这他妈不是开案情分析会！”

胡杨缩回脑袋，撇撇嘴，一脸尴尬的表情，估计平常没少挨白鹰的训。

“在这个节骨眼儿上出事，若不是巧合，就是对方已经发现了我们，抓人当人质。”切诺基显然不怵白鹰。

“那就更得救人！我他妈是警察，首先得保证人质的安全！”白鹰的语气慢慢缓和下来，“他就是秋后的蚂蚱、热锅上的蚂蚁，蹦跶不了几天。另外，没有任何迹象表明他一定会来，如果人是他们绑的，几乎可以肯定他不会出现！”

切诺基抓起猎枪堵在门口：“错过这次机会，恐怕再也抓不到他了！”

白鹰拔出手枪推弹上膛，紧紧抵住切诺基的颌下。切诺基不为所动，仰头顶着门框，脖子上的那道伤疤触目惊心。

白鹰的额头青筋暴起，盯着切诺基的眼睛，突然抬膝猛击他的腹部，然后冲着几个警察低吼：“给我铐起来，缴了他的枪！”

2

许我在昏迷中一度以为自己做了个噩梦，梦中有人扼住她的脖子，她闻到了一股奇异的香味，然后就感觉上了船，在大海中漂荡到了另一个世界。她睁不开眼，发不出声音，甚至手脚都不听使唤。

扫码收听精彩音频

头顶上感觉不到亮光，她终于想起来好像是停电了，于是长舒一口气。从小到大，只要不开着灯睡觉，许我就总会做噩梦。

一股浓烈的腥臊味扑面而来，许我终于睁开了眼睛。窗外似有月光，朦胧中，她感觉到屋里影影绰绰，好像有很多人。额头上冰凉冰凉的，她下意识地仰起头，一滴血水滴到她鼻尖上，滑落到嘴角。她看到一双眼睛瞪着她，还有一排白森森的牙。

“唔——叭！”许我惊得两脚一蹬，连人带椅子一起翻倒在地。

突然灯火通明。许我瞥见头顶上的那双眼睛赫然是一只已经被剥皮开膛的山羊。屋里挂满了牛羊肉，地上到处是动物的皮毛、粪便，和着血水，满屋狼藉。

她满脸惊恐，挣扎着想要站起来，却发现手脚被牢牢绑住。直到那个敲门的“服务员”一把将她拽起，捏住她的下巴，抽出塞在她嘴里的袜子，许我才彻底醒悟，自己被绑架了。

许我嘴唇哆嗦了几下，艰难地摆动着脑袋:“你……你想要干什么？绑架是要坐牢的！”

“哈哈哈！”“服务员”笑得上气不接下气，“这妞胆挺肥啊，都没吓晕过去。”

许我的脑袋嗡嗡作响，她努力地想要镇静下来:“我就是个穷学生，那个电脑是我用来工作的。你们放了我，我支付宝里有两万块钱，全给你们！”

“服务员”狞笑着，伸出食指挑起许我的下巴:“大城市的妹子就是不一样，声音也好听。二哥，要不咱先劫个色？”

一个声音从角落里响起:“叫你不……不要露面，耳朵塞……塞鸡毛了吗？”

“服务员”一脸不屑:“怕个卵！这妞看着就是个大学生，人畜无害。要不二哥你先来？咱俩爽完了就弄死她！”

“你就不怕老大骟了你？”

说话间，一个穿着黑色T恤的大汉扒拉开挡在他面前的一扇牛肉，走到许我的面前。许我看着他，隐隐感觉似曾相识。

“妹子，别……别怕。老实回答我的问题，就放……放了你。”大汉的声音磕磕巴巴，“你到蓝河子来干……干什么？”

“旅游，我就是来穷游的。东西都在包里，想要的话都拿走。”

“不……不老实！”大汉话还没说完，“服务员”抽出一把匕首晃了晃:“二哥，剥了她的皮再掐头除尾，跟这儿一起挂着。”

许我浑身一颤，瞪大眼睛，这才看清二人的长相。眼前的黑衣大汉似曾相识，寸头方脸蒜头鼻，说话磕巴，眼神游离，典型的色厉内荏。而那个“服务员”，细皮嫩肉，看上去最多也就二十岁，狠话说得跟相声似的，压根儿就看不出是穷凶极恶之人。

“你们到底是什么人？杀人可是要偿命的。”许我暗自松了口气，嗓门也跟着高了不少。

“十一，你去外面盯……盯着。”大汉瞪了“服务员”一眼，然后蹲下来凑近许我，“老实交……交代了，就……就不会杀你。”

“我在宾馆里可登记着呢，回头他们发现我不见了就会报案。现在放了我，就当什么也没发生。”许我盯着大汉，她老是感觉此人好像在哪里见过。

大汉扭了扭脖子，一字一顿地说道：“不要考验我的耐心！跟这儿弄死你，谁也不知道。”

“我来找人，找我表哥。”

“叫……叫什么名字？干什么的？”

许我盯着他，脑子里飞速转动。她说出了那个名字，说他来青海差不多七八年了，应该是在做着与野生动物相关的买卖。

“做这个生意的，我都认识，根本就……就没有听说过这个人！说，到底是谁……谁派……派你来的？”

大汉话音刚落，便听到外面一阵响动。

“服务员”满脸绝望：“二哥，警察！”

“我 ×！”大汉猛然起身，一边掏出手机一边打算往外跑。许我坐在椅子上两脚一伸，大汉一个趔趄，脚下猛捯了几步，还是摔了个嘴啃泥。他刚要爬起来，一把枪抵住了他的脑袋。

白鹰提着枪进来的时候，胡杨正一脚踏在被铐了手铐的大汉脸上，来回蹭着鞋底的血水。这孙子杀猪般号叫着，眼神绝望，嘴角正压在一堆动物的粪便上。

“我们是自治州森林公安局刑侦大队，我是大队长扎西平措。”白鹰自报家门后，便指使手下带走许我。

走到门口，许我看见那个叫十一的“服务员”正低眉顺眼地被一个警察押着，她冷不丁地冲上去，照准他的裆部狠狠地踹了一脚。

屋内，扎西平措看清了那个大汉的长相，恨得牙直痒痒。原来这位是他们的“熟客”，以前经常给盗猎分子望风站岗，在札合木被扎西抓过好几次。有次被抓时刚喝了酒，供称自己是如来的左膀右臂，事实上，他就是个小喽啰，不仅没见过如来，连他长什么样子都不知道。最后一次被放出来后，他宣称要洗心革面，在蓝河子宾馆对面开了家小面馆。

扎西刚把许我坐过的椅子拖到面前准备坐下，这孙子就“扑通”一声，跪在了他面前，一边抽自己的耳光，一边来了个竹筒倒豆，说有人往他店里送了几千块钱，请他这几天帮忙盯紧了蓝河子出入可疑的人。“十一”是他收的小弟，以前在蓝河子宾馆当过服务员，后来买了辆二手面包车专门给现在这个屠宰厂送货。听说许我在打听盗猎的，便错将她当成了野保队的人，两个人想着先把人绑了，回头再找那个给他们送钱的主儿多要点好处，根本就没打算谋财害命。至于给他钱的到底是什么人，则是一问三不知。

正在这时候，沈炯的电话来了，说十分钟前有三辆车往酒厂方向驶来，中途突然熄了车灯，直到现在也没见过来。扎西平措心里一咯噔，翻出那大汉的手机，见他刚发了条短信，一串感叹号。

回到旅馆，老孟在电话里告诉扎西，中间人跳窗逃跑了。更让他崩溃的是，切诺基不见了，打开的手铐被扔在床上。

切诺基清楚，一旦警察被惊动，这伙人肯定得撒丫子。事实上，当听说有人被绑架后，他就预感到这次又白来了。斗了这么多年，这伙人已经成精了。

作为官方打击盗猎的补充力量，由志愿者组成的“knight”野保队，一直活在夹缝中，从来就没有过自主权。这些年来，切诺基拼命地想挣脱这“紧箍咒”的束缚，结果越折腾箍得越紧。

对他们来说，人赃俱获才能抓人，否则就是师出无名。

如来不会放弃交易，他切诺基更不会就此罢休。他相信如来一定有第二套方案，按照如来的尿性，必定会选择又一个令人意想不到的地方。斗了这么多年，如来的行踪一直都无迹可寻，几乎全凭感觉。切诺基思前想后，觉得既然已经“调虎离山”，他们很可能会去野保队的驻地大格勒。

沈炯在给扎西汇报情况前，先通知了切诺基。切诺基指示沈炯按照既定的部署等待扎西的撤回命令，然后在蓝河子租辆车，开足马力撤回大本营。

切诺基的电话一直无人接听，扎西意识到这哥们儿肯定独自驾车去追踪闻风而逃的如来团伙了。他旋即要求沈炯等人即刻打道回府，并派人连夜押送两名绑匪和许我赶回刑侦队，自己则带着胡杨等人去追中间人。

3

直到做完笔录，许我还是浑浑噩噩的，没搞明白自己为什么会被绑架，但她认定这件事跟她要找的那个人有关。

扎西和那几个警察在救了她之后再也没露面，做笔录的女警正是前天傍晚在宾馆跟踪她的女警察仓拉。她一个劲儿地问许我有没有被绑架者侵犯，却对许我提出的一串问题置之不理，更是对她因为写剧本而寻访盗猎者的说法嗤之以鼻。

许我坚持要等扎西回来，给自己个说法。虽然仓拉明确地告诉自己，她在刑侦队这些年一直在跟盗猎者打交道，压根儿就没听说过她要打听的那个人，但许我不相信。这个始终板着脸、一副例行公事模样的姑娘只不过是一个小警察，扎西是大队长，也许只有他知道。

待在那个混合着烟草和脚臭味的休息室里，她才将整个事件好好梳理了一遍。警察为什么会全副武装地突然出现？是谁报的案？绑架她的幕后主使会不会就是她要找的那个人？即便她学了很多编剧技巧，也理不清这中间的戏剧逻辑。她甚至脑洞大开，一度认为自己陷入了一个巨大的阴谋。

隔壁会议室突然传来一阵嘈杂声，有人在拍着桌子破口大骂：“你们队长榆木脑袋，我早说过，这个切诺基就是个棒槌。成事不足，败事有余！”

许我听得真真切切，这个人应该是比扎西还大的领导，她想去找他，但刚出来就被垂头丧气的仓拉给堵了回来。仓拉还带来了领导的指示和一个憨态可掬的辅警大叔，要求许我立刻回家，甚至安排人给她订好了经由西安飞往杭州的机票。

许我不甘心就此离开，哪怕死乞白赖也要弄清这件事的前因后果，她甚至已经想好了怎么跟领导撒娇。这段经历不仅是个难得的素材，最重要的是，她有强烈的预感，自己很快就能找到那个她想要找的人，她不想放过这个机会。

仓拉好言相劝，承诺一定帮她打听她要找的人，有结果第一时间就会通知她。

说这些话的时候，仓拉赔着笑，却是一脸的不耐烦。许我明白，这不过就是个托词，比“改天请你吃饭”还不靠谱。

令她改变主意的是辅警大叔的一句悄悄话，他说:“领导不会见你的，你不要为难仓拉。你有什么问题，我知道的都可以讲给你听。”

大叔是刑侦大队的司机，负责“押送”许我去机场。临行前，仓拉追着他提醒:“老贾，管好自己的嘴巴，不该讲的不要乱讲！”

老贾一脸尴尬地看了眼许我，板着脸回应仓拉:“训我呢还？你们队长都管我叫叔。”

许我上了老贾的当，他根本就什么都不知道，不知道队里这次出的是什么任务，更是没听说过她要找的人。一路上都在说着不相干的事，说那个在会议室骂人的副局长程治安脾气不好还爱摆谱，说整个大队的人只服扎西，说仓拉办案可以三天三夜不睡觉，说自己快五十了还单着，想娶老婆想得整夜睡不着觉。

老贾还叨叨个没完，许我突然想起了那个绑架他的黑衣大汉，像极了那天在梨江高速上飞驰而过的第一辆越野车的驾驶员。如果是这样，他怎么可能不认识他后面那辆车里她要找的那个人呢？她急切地恳求老贾带她返回刑侦队。老贾却不以为然地笑着说她肯定是看错了，那个绑架她的人之前被刑侦队抓过好几次，还判过刑，不会有胆子敢再去偷猎。

许我没再坚持，她知道就算说破天，老贾也不敢把她再带回去。快到机场的时候，老贾又掏出一张泛黄的报纸，说要给她的创作提供一个绝好的素材。报纸上有一张很多年前老贾立功受奖的照片，他说自己单枪匹马、赤手空拳抓了一车盗猎者，还说年轻时见过电影《可可西里》中的主人公原型，说到索南达杰被害，他的眼里甚至泛起了泪光。

老贾见她兴致索然，又说起了“knight”野保队，说他们跟“野牦牛队”差不多的性质，而且这个队长还是个南方人，他的名字令偷猎者们闻风丧胆，这些年他亲手抓过的偷猎者加起来得有一个加强排。

许我瞬间来了兴致，因为那个发飙的副局长骂的就是这个叫切诺基的人。她问老贾:“我听说这些年抓得很严，这些偷猎的到底是些什么人？为什么还敢这么猖狂？”

老贾笑道:“鸟为食亡，人为财死。也有外地有钱人来打猎的，纯是为了找刺激。”

许我眼睛一亮，她忽然想起了骆好说的那个人开发的“狩猎者”游戏，跟着便脑洞大开。

告别了老贾，许我站在机场大厅里兴奋地给骆好打电话，说她想到个特别好的故事，以骆好当年的老板为原型，写一个嗜血成性、从游戏世界走向现实的恶棍。

没想到骆好正跟徐建富在一起，这哥们儿对着电话一通嚷嚷:“许我，别瞎折腾了，咱们这审查制度，这故事根本就没人敢拍！你还是回来给我当秘书吧。”

电话里隐约传来骆好的声音:“徐建富，你口气还真不小！多大的老板啊，让人屈尊给你当秘书？”

“老徐，咱能靠谱点不？起码也得等我拿出东西，看完了再定夺吧？”许我没好气地回应道。

“别搭理他。”电话转回到骆好的手里，“许我，你啥时回来？我去机场接你。”

“你转告老徐，再跟我提什么秘书，姐就跟他掰了！”

“乘坐飞往西安的 MU2270 次航班的许我旅客请注意，您乘坐的航班马上就要起飞了，请您速到 8 号登机口登机。”

机场广播里正在催促登机，许我挂了电话，掏出机票揉作一团，毫不犹豫地扔进一旁的垃圾桶，转身径直走向机场大厅一侧的租车柜台。

4

沈炯根据车灯判定那三辆车是同一车型，在对方关灯的瞬间，他看见打头那辆车侧身疑是普拉多。刚离开蓝河子不久，一个车子抛锚的司机告诉切诺基，大约半小时前看见了三辆丰田车，而且车速并不快。

一直追到日上三竿，切诺基才意识到自己可能判断错了。从蓝河子过来，中间只有一条岔道，那条路通向乌图美仁，离札合木市区 200 公里。他果断掉转车头，并通知队友赶去此地会合。

乌图美仁是蒙古语，意为“长长的河流”，因乌图美仁河得名，地广人稀，民风淳朴，盛产青稞和油葵，更是青海有名的有色金属产地。

上一次来这里的时候，还是两年前。旦增跟踪一个求购野生牦牛角的大叔，就在派出所对面的小旅馆门口，旦增怀疑那个大叔的旅行包里全是牦牛角，急不可耐地拿枪抵住了他的脑袋。没想到这大叔当过兵，反手就夺了他的枪，还顺势将旦增的下巴给打脱臼了。后来进了派出所才知道，这大叔根本就不是什么走私犯，他老娘严重癫痫，听说野生牦牛角能根治，专门从安徽跑到这儿来找。旦增抓他的时候，他正准备回家，而且压根儿就没买到想要的东西，旅行包里装的全是青海的土特产。

因为这个乌龙，旦增被派出所关了一夜，最后还是扎西打了电话，切诺基亲自过来才把人给领出来。

果不其然，这三辆车刚刚从路边的一家餐馆离开，餐馆老板说他们吃饭的时候在讨论着要找个地方休息，他还热心地向他们推荐了附近一家新开的客栈。

切诺基围着客栈绕了一大圈，那三辆车就藏在客栈后面的露天煤场里。他做梦都没想到，几天前被他们排除的那辆奔驰 G500 也赫然停在那里。

这辆车明明是往蓝河子方向去的，怎么会突然出现在 400 公里之外的地方，还跟他的目标搅和在一起？会有这么巧合的事？切诺基的脑子里闪过无数念头，难道那个老头是如来？那他明知遇上了野保队，其他人为什么还要去蓝河子走一趟？也许他们早就设计好了声东击西？或者是买方安排的另外一拨中间人？

切诺基想破了脑袋也不得其解，沈炯这会儿还在百公里之外，并且告诉他警方盯守的中间人已经跑了。在没有摸清情况前，他不敢通知白鹰，因为他一得到消息，肯定会调动就近的乌图美仁派出所，到时候势必会打草惊蛇。

手无寸铁，切诺基不敢再轻举妄动，便将车子驶到两公里外的一个废弃的加油站，那里可以看到整个客栈。

许我租好车从机场直奔“knight”野保队的驻地大格勒。她要会一会老贾嘴里的那个被盗猎者们视作眼中钉肉中刺的队长切诺基，说不定他知道她要找的人。

车子刚驶离机场，许我就接到了梨子恒的电话。

“许大胆，你是离家出走了吗？”

许我没好气地答道：“怎么想起给我打电话了？你不是牛得很吗？”

“谁比你还牛？”梨子恒清了清嗓子，戏谑道，“骆姐姐说你来这儿找我，怎么着，怕我被人拐跑了没人娶你？”

“做梦吧你！”

“你在哪儿？我去找你。”

“梨子恒，你会不会将游戏和现实混淆？”

梨子恒一头雾水：“什么意思？你不会真的是专程来找我的吧？”

“你想多了！”许我赶紧打断他。

“别矫情了，想不想见我吧，痛快点！”

“我要去大格勒，完事了再联系可以不？”

“我这儿离那里不远，明天可以陪你一起去，先来跟我会合吧。骆姐姐给我下了死命令，必须要保护好你。”

许我犹豫了下：“找个能洗热水澡的地方，发个定位给我。”

挂了电话，许我打开微信给骆好发语音：“骆好，你就是个乌鸦嘴。”

骆好秒回电话：“我怎么了？倒是你，还学会撒谎了，你根本就不是去找梨公子的！”

“我告诉你，我真的被绑架了！就在昨天，还差点被人撕票了。”

“好啦，别入戏太深。老徐已经被我骂了，他说你要真把那故事写出来，他砸锅卖铁都给你拍了！”

许我学着骆好的语气，捏着嗓子回应道：“纵使八面玲珑的骆美人阅人无数，也参不透人性的邪恶，阅不尽这世间的狗血。”

“答应我，千万不要去找他，采访一下野保队就回来……”

没等骆好说完，许我就挂了电话。

如果不是多事的骆好，许我绝不会想着去找梨子恒。他们除了偶尔打个电话，QQ 和微信上聊几句，已经快三年没见面了。骆好和许多同学都曾经以为，她能跟梨公子走到一起。骆好还时常拿手机里的一段视频激将她:“再不找个人嫁了，梨公子就要打一辈子光棍了。”

那段视频拍于五年前，梨子恒去加州理工攻读天文学博士，她和骆好去机场送别。梨子恒过了安检，临行前对着许我大叫:“许大胆，记住了，有我给你托底，不要随便找个人就嫁了！”

出去后的头几年，梨子恒每到夏天都要回国待几天，但他们很少见面，梨子恒也从不强求。她说不出对他是什么感觉，也许就是因为太熟了吧。俩人从小学开始同桌，到分别以学校文理科状元同时被南大录取，毕业后她回到杭州读研，梨子恒去了伯克利。相识十多年，用骆好的话说，梨子恒不用撅屁股，许我就知道他什么时候会放屁。

最要命的是许母，她几乎是看着梨子恒长大的，早就把他当作女婿看待。梨许两家是世交，标准的门当户对，梨子恒的爷爷跟许我的外公都是教授，在同一所大学任教。

梨子恒从小就是公认的天才，IQ 值 160，又是个富家公子，从小到大为所欲为，还什么都没耽误，习武、逃课、玩游戏，还拿过“CUBA”[1] 最佳新人提名。到了美国更是如鱼得水，是全美史上最年轻的天文学博士，顶级智商俱乐部“MENSA”的会员，甚至跟人合伙开过一家中国武术主题餐厅。

这次回国，他说要建私人天文台，当一个自由科学家。许我自认为没少折腾，可到现在仍一事无成。她曾跟梨子恒开玩笑，说他就是个外星物种，他们之间隔了不止一个银河系。

5

许我跟着导航到了乌图美仁后，却怎么也找不到定位上的那家客栈。更倒霉的是，梨子恒的手机竟然打不通，而车子又快没油了。

---

[1]　中国大学生篮球联赛。

与此同时，切诺基正蹲在加油站的楼顶，一直盯着一辆来回绕圈的红色吉普。翻过前面的山坡就是客栈，会不会是交易的人来了？他正想潜过去看看，不料那辆吉普突然掉头直接冲着加油站开来。切诺基赶紧跳下楼顶，钻进车子准备躲避。

吉普开得飞快，转瞬就到了加油站。许我一眼就发现了一辆墨绿色的大吉普从公路上直接开进了盐碱地。她心里咯噔一下，加速追了上去，终于看清了车牌甚至车屁股上那块蹭掉的油漆。还真是“踏破铁鞋无觅处，得来全不费功夫”，这辆车她太熟悉了，这不正是她要找的那个人的车吗？

与此同时，切诺基也发现这辆车跟上了自己。从现在的情况来看，肯定是被如来团伙发现了。他下意识地摸了摸藏在裤腿处的匕首，加足油门往白力其尔方向开去。他记得那里有一个巨大的矿坑，周边全是经年累月堆积成山的废矿石，再往前就是乌图美仁河，这是一条绝路。

许我紧紧咬着前车不放。进入矿区时，切诺基有意识地放慢了车速，在许我准备超车的瞬间，他终于看清了车内只有司机一个人，而且还是个似曾相识的女人。

切诺基索性将车停下，许我的车划了个圆弧，两车车头相对，相隔不过30米。许我紧紧地把着方向盘，大口地喘着气，胸脯起伏不定，额头、脸颊都是细密的汗珠。骆好的提醒言犹在耳:“许我，你不要命了吗？他就是个人渣，什么事都干得出来！”

相持了足有两分钟，对方始终没有下车。周遭寂静无声，莫名的恐惧令她四肢无力、口干舌燥。记忆中，她从未如此胆怯过，即便是刚刚经历过的那场劫难也没有令她这般慌乱。

“嘀——”对方按了下喇叭，许我闻声一颤，深吸几口气，从包包里摸出一张名片，咬咬牙打开了车门。

下车的瞬间，切诺基确认了她就是十天前在梨江拦车的两个女生中的一个，意识到在蓝河子被绑架的那个杭州女游客很可能就是她。他闭上眼睛又缓缓睁开，甩甩脑袋，顺手从裤腿里拔出了匕首。

许我硬着头皮，一步一步挪到了切诺基的车前。她意识到了自己的心虚与狼狈，努力呈现着最镇定的状态。

“为什么跟着我？”切诺基慢悠悠地从车上走下来，声音冰冷彻骨。

许我踯躅着停下了脚步，抬头看向他。切诺基的脸一半埋在矿堆的阴影里，一半沐浴在午后的阳光下，忽明忽暗。她戴着隐形眼镜，仍然看不清他的长相。

“你是谁？为什么跟着我？”切诺基上前几步，巨大的身影几乎罩住了她的整个身体。

许我仰起头，终于看清了他的模样。一张荒野猎人的脸，邋遢却又透着坚毅和阳刚。

“任骄阳！”她深吸一口气，仰头叫道。

切诺基怔了怔，嘴角抽搐:“你认错人了！”

许我看到了他眼里一闪而过的惊讶和迟疑，粲然一笑，说道:“我是骆好的朋友。”

“我不认识什么骆好！”

切诺基回答完，身形一闪。许我只觉眼前一黑，随即不省人事。

4

Chapter

亡 命

错过这次机会，也许再也见不到他了。

做出决定的那一刻，她没有犹豫，她不知道自己哪里来的勇气。她见过了这个男人孩子般清澈的眼睛，更见识了他的狠绝。如若不心存善念，也许他早就将自己推进了深渊，或者将那把扎进轮胎的匕首狠狠刺向她的心脏。

1

夏日午后，骄阳似火。

许我醒来时，正躺在车后座上，耳边回荡着小野丽莎的 *Fly Me To The Moon*（《带我飞向月球》），车子没有熄火，空调呼呼地吹着冷气。她甩甩脑袋，抓起手机时，铃声戛然而止，手机电量耗尽自动关机了。

打开车门，周遭死一般的沉寂。许我这才发现车子停在了深不见底的矿坑边，她倒抽了一口凉气。如果这个男人不及时停车，再往前几十米，她就会连人带车被这怪兽张开的巨口吞噬。

车头明显歪向一侧，左前胎被匕首狠狠地扎了一道口子，甚至伤到了轮毂。这是有多大的仇恨？许我两腿发软，靠在车门上气喘吁吁。

就在许我手忙脚乱地给车子换备胎时，潜回加油站的切诺基被警惕的盗猎者发现。这辆老旧的大吉普他们再熟悉不过了，这些年，它和它的主人就像幽灵般神出鬼没，在他们脑海里挥之不去。

旦增曾经建议切诺基换掉这辆车，他觉得开着这辆车就是拉着警笛抓小偷，后来又在修车时自作主张地将原本银灰色的车身喷涂成墨绿色。切诺基坚决不换，理由是这辆车能驱散和震慑盗猎者，更能吸引如来飞蛾扑火。早在四年前，如来就悬赏百万要他切诺基的人头。

这一次，切诺基如愿了。如来的手下们没有逃，在确认仇敌孤身一人后，积聚多年的怒火排山倒海般激燃，冲昏了头脑、烧红了眼睛。他们迅速达成共识，誓将乌图美仁变成切诺基的葬身之地。

扫码收听精彩音频

来不及驾车逃离的切诺基只得弃车逃窜，赤手空拳的他躲进了一家因为“环保风暴”被勒令停产的钢铁厂办公区。盗猎者紧追不舍，五六个大汉有恃无恐，手执猎枪、长刀翻过围墙，叫嚣着要将切诺基剥皮抽筋剁成碎末。

许我狼狈不堪地驾着车。她刚给手机充上电，接通梨子恒的电话，便听到了枪声。此地就在她碰见任骄阳的那个加油站附近，枪声肯定跟他有关系。

错过这次机会，也许再也见不到他了。

做出决定的那一刻，她没有犹豫，她不知道自己哪里来的勇气。她见过了这个男人孩子般清澈的眼睛，更见识了他的狠绝。如若不心存善念，也许他早就将自己推进了深渊，或者将那把扎进轮胎的匕首狠狠刺向她的心脏。

盗猎者们发现切诺基藏身水塔的时候，切诺基看到了一辆红色吉普行驶在一望无垠的荒漠中。他跳下水塔，疾速向围墙跑去。子弹在耳边呼啸而过，200 米的距离，30 秒生死时速。一切就像事先编排好的，不偏不倚，当他翻过围墙时，红色吉普就停在他面前。

“上车！”许我起身，用力推开副驾驶位的车门，冲着切诺基叫道。

切诺基绕过车头拉开了驾驶室的门:“闪开，我来！”

许我应声而动，迅速挪到副驾座上，系上了安全带。

引擎轰鸣，吉普弹射起步，如离弦之箭。

许我扭头看向车后，大声问道:“是不是警察？”

后方百米之外，两个大汉率先翻过围墙，气急败坏地对着车子开枪。切诺基伸手一把将许我的脑袋按住，吼道:“不要命了？”

话音未落，“嗖——嗖——”子弹夹裹着灼热的空气，打在钢板上，车子随之剧烈地晃动了几下。切诺基猛打方向盘，用力将油门踩到底，发动机的声音歇斯底里。

许我埋着头紧闭着双眼，脑袋嗡嗡作响。

良久，车速才明显慢了下来，切诺基掏出手机给沈炯打电话。许我抬起头看向他，转头的刹那，瞥见他卷起的衣袖被染红，鲜血顺着弯曲的肘关节往下滴落。

“你……你中枪了！”许我强自镇定，声音却有点颤抖。

切诺基瞄了一眼受伤的右臂，挂了电话，声音毫无波澜:“皮外伤，不要紧。”

“我给你止血！”许我说着，迅速从旅行包里翻出一条丝巾，解开安全带，一把抓起了他的胳膊。

刚系上丝巾，切诺基突然猛踩油门，许我还来不及反应，便重重跌回座位。

“嗖——！”一发子弹击中后挡风玻璃，切诺基跟着左右猛打方向盘，眼睛死死地盯着后视镜。车子在荒漠中左冲右突，如一只逃避猎捕的猛兽，灵活地躲避着子弹。

许我下意识地蜷缩在座位上，两只手紧紧地捂着耳朵大叫：“他们到底是什么人？”

回答她的，只有擦着车身呼啸而过的子弹。

“他们是不是警察？你赶紧停车！”许我试图去抢方向盘。

“嘭！”车胎爆裂的声音如平地惊雷。车子猛然向右侧倾斜，许我猝不及防，身体倒向车门又弹回到座位上。

“他们是偷猎者，不要慌，抓紧扶手。”他的语调依然毫无波澜，却莫名让人信任和心安。

车子明显倒向一边，许我紧抓扶手探头去看右侧后视镜，爆了胎的后轮竟然悬在空中。她不敢相信自己的眼睛，这种侧边驾驶的特技，她只在电视中见过。

窗外，荒漠无边，沙石涌起的皱褶如凝固的波涛，在烈日炙烤下蒸腾着滚滚热浪。

追击的两辆车越来越近，切诺基果断将吉普驶向来时的公路。他知道只有人多的地方才最安全，而且兄弟们就快到了，他们的手机都设置了相互定位的功能。

切诺基看到前方的 G500 时，汗毛直竖，有那么一瞬间，他有点惊慌失措，但很快在许我的喊叫中缓过了神。

许我盯着那辆车，对着手机大叫：“梨子恒，别过来，他们有枪！”

G500 毫不犹豫地冲向那两辆普拉多时，它的右后方突然蹿出一辆面包车。沈炯和旦增一左一右，从车窗探出半个身子，对着普拉多猛射击。

远处隐约传来警笛声。

盗猎者懊恼地掉头离开。许我香汗淋漓，瘫倒在座椅上，两眼盯着切诺基，她在等他开口。空气像是凝固了，切诺基双手放在方向盘上，目不斜视，脸上看不出惊慌，更没有劫后余生的喜悦，仿佛置身事外。

“队长！”沈炯奔过来，一把拉开车门。

切诺基的嘴角微微抽动了下，拉上手刹，拔下车钥匙，轻轻地放在仪表台上，“谢谢你，我不是你要找的那个人，更不是坏人。”

“等等！”许我跟着跳下车，叫道，“你还没跟我道歉呢。”

切诺基愣了下，头也不回地径直上了面包车。

“许我、许我，你没事吧？”赶来的梨子恒狂奔到她跟前，关切地问道。

许我摇摇头，指着缓缓启动的面包车喊道：“梨子恒，快，快追上他们。”

“你怎么跟他们搅和在一起？我认识他们，一群土匪！”

梨子恒话还没说完，许我已经转身上了车，拿起钥匙点火，开着被盗猎者打爆了一只轮胎的吉普直接追了上去。

吉普别住面包车时，开车的沈炯一个急刹车，下巴结结实实磕在了方向盘上。他捂着下巴从车窗探出脑袋，冲着许我怒斥：“疯婆子，不要命了吗？”

“你让任骄阳下车。”

沈炯愣了一下，回头看向车后，切诺基摇摇头。透过车窗，许我看见面包车里的人皆是一脸茫然。

“什么人交羊？有病吧你！”沈炯说着准备倒车，几乎就在同时，G500 别住了面包车的右后方。旦增抓起枪就要推门下车，被切诺基按住了肩头。

切诺基沉着脸下车，没等许我开口，便冷声道：“说过了，我不是你要找的那个人。”

“我找的就是你！”许我说道，“你们是‘knight’野保队，你是队长切诺基，没错吧？”

切诺基仰头厉声道：“请你们把车挪开，我们还得赶路！”

许我毫不示弱地挺起胸脯，迎着他凛厉的目光，正色道：“你欺负我，还扎了我车胎。这事儿不能就这么算了！”

“对不起。”

“我以德报怨，还救了你！”

“谢谢！”

“你这什么态度？”

“你到底想怎样？”

“带上我，我想听听你们的故事。”

“对不起，不欢迎！”切诺基说完，转身就要上车。

“梨子恒，他刚欺负过我，别让他跑了！”许我手忙脚乱地一边熄火拉手刹，一边冲着梨子恒叫道。

梨子恒闻声而动，跳下车一把抓住切诺基的胳膊：“大叔，就这么走了？咱们的账还没算哪！”

切诺基还没反应过来，一支猎枪顶住梨子恒的脑袋：“来，我跟你算！”

梨子恒闻声放开切诺基，举起双手，趁对方不注意，一个闪身抓住枪管用力一扯，左脚顺势踹向旦增的小腹。旦增倒地的瞬间，猎枪在梨子恒手里划出一道漂亮的弧线，枪管抵住了切诺基的胸口。

整套动作一气呵成，在场的所有人都惊呆了。

沈炯正欲上前，被许我拽住：“别激动，小心枪走火。”

梨子恒表情戏谑地盯着切诺基：“就这点儿道行，还牛皮哄哄？”

“这是猎枪，先得推弹上膛。”切诺基用手指推开枪管，兀自拉开车门坐进驾驶室，扭头对着风中凌乱的两人说道，“赶紧离开这里，那群人不会善罢甘休。”

旦增跟着上来，从梨子恒的手里一把夺过猎枪，挥舞着还要跟梨子恒叫板，被沈炯一把拽进了车里。

许我不甘心地挡在面包车前：“咱们的事还没完，不带上我，今天谁也别想走！”

“胡搅蛮缠！”切诺基看了她一眼，跟着挂挡起步。面包车引擎轰鸣，前后摇晃了几下，伴随着“刺啦”一声，擦过“牧马人”的车身，绝尘而去。

2

浑圆的落日快要贴近大地的棱线，余晖给荒漠涂上了一层深红。灼人的暑气正慢慢消散，傍晚的荒原显得更加苍凉与悲壮。

梨子恒拿出许我刚换过的轮胎，看着那道触目惊心的刀痕，倒抽一口凉气，问道："这是他扎的？"

"嗯！"许我心不在焉地点点头。

"他到底是怎么欺负你的？"

"子恒，我没事的，赖不着他。"

梨子恒抬头，盯着她："许大胆，你变了。"

"我想静一静。"许我挤出一丝笑容。

梨子恒也不再追问，拖出G500的备胎，认真地捣鼓着。许我靠在车门上，上下颠着从梨子恒车里翻出的一个苹果，看着面包车消失的方向，脑子里翻江倒海。这一切恍如一场梦，像雾像雨像漫天飞舞的雪花，更像凛冽的北风卷起遮天蔽日的沙尘，那么不可思议，却又那么真切。

凭借女人的直觉，许我笃定这个男人就是她要找的人。只是没想到，老天跟她开了个天大的玩笑，这个骆好嘴里穷凶极恶的"人渣"，竟然是正义的化身。可为什么连他的队友都不知道他的名字？回想起这一路找寻，从到公安局查车牌到绑匪以及警察仓拉和那个号称与盗猎者斗了半辈子的辅警老贾，没有一个人听说过任骄阳这个名字。

"切诺基"显然只是一个绰号。那他为什么要隐姓埋名？这些年到底发生了什么？这里面到底隐藏了什么秘密？

梨子恒绑好拖车绳，又踢了一脚被盗猎者打烂的车胎，冲着许我招呼道："走吧，咱俩这备胎不匹配，得找个地儿补胎。"

许我点点头，神色落寞地打开车门坐了进去。

梨子恒驾着车，不时扭头去看许我："梨护法刚才迎着枪林弹雨舍生忘死英雄救美，差点儿英勇就义了，你就一点儿都不感动吗？就不能对小爷笑一个？"

"嘿嘿！"许我配合着，冲他咧开嘴，露出两颗小虎牙。

"够狂野的啊，许大胆，这就是你要体验的生活？你不是应该待在咖啡馆里，捧杯奶茶，读你的列夫·托尔斯泰吗？还有，你不是来找我的吗？怎么就跟这帮野蛮人搅和到一起了？"

"天意吧，我本来就是在找他。"许我说完，突然想到了什么，"这么说来，你认识他们？”

梨子恒见状，如此这般说起那场误会，然后抓起那个被许我啃了一半的苹果晃了晃，“喏，这就是他给我的补偿。”

许我乐不可支，拍着梨子恒的胳膊：“终于碰到个能治你的人了。”

梨子恒一脸不屑：“乌合之众！你要去的大格勒是他们的大本营吧？”

许我点头：“是的，你会陪我一起去吗？”

“不！”梨子恒的态度很坚决，“对我来说，这是没有意义的事。而且——”梨子恒转头冲许我狡黠一笑，“看上去，他们并不欢迎你。”

晚霞满天，黄沙横亘绵延于无穷的天际，满眼荒旷的沉寂。几峰骆驼在窗外闲庭信步，车里回荡着约翰·列侬最著名的专辑《双重幻想》中的歌曲。许我默默地看着窗外，伤感瞬间涌上心头，一滴泪水顺着她瓷器般的脸颊悄悄滑落。

她出身书香门第，从小十指不沾阳春水，聪明乖巧，知书达理，在母亲为她规划好的人生轨道上循规蹈矩、心安理得地前行。上了大学后，她突然开始叛逆，改专业、组乐队、偷偷跑去支教，甚至鼓捣着要开素食餐厅，拼命地想要摆脱母亲的束缚。

母亲一直希望她能当大学老师，或者找个机关单位任职，一辈子安静平稳地度过。许我不想过波澜不惊的生活，她要时刻将命运掌握在自己的手里，可这短短几天的经历，她突然意识到，自己跟个傻子一样，横冲直撞，什么也不懂，什么也掌控不了。

“大胆，你哭了？”梨子恒听到动静，关切地问道。

“没有，以后不准再叫我许大胆。”她轻抚脸颊，竭力地掩饰着。

梨子恒将脑袋伸到她的面前，皱起眉头：“你就是哭了。他到底有没有欺负你？”

“被你熏的，你有多少天没洗澡了？”许我破涕为笑。

梨子恒下意识地打开车窗又关上：“不对啊，你埋汰我呢？早上刚洗的。”

“你玩过‘狩猎者’游戏吗？”许我突然问道。

“当然啦！全南大只有哥一个人能通关。要不是被这游戏耽误，咱俩的孩子都能打酱油了。”

许我红着脸嗔怒：“梨子恒，你变了，被美帝腐化了。”

梨子恒哈哈大笑：“我可是为了你一直守身如玉。宇宙相对论告诉我们，如果时空交错，即使我就坐在你身边，你看到的我也不是当时的我。”

许我并不接茬儿，反而笑捋道：“你这是在撩我吗？这就是你在伯克利学来的本事？”

梨子恒一脸得意：“学以致用啊。如果你能受得了，花式翻新，三年不重样，保证让你天天泡在蜜罐里。”

许我笑着拧了一下他的胳膊：“别贫了，说正事。他是这个游戏的开发者。”

“My God！”梨子恒一脚刹车，停下来急问，“你是说那个野保队长？”

许我点点头。

“那游戏因为太血腥，后来被查封了。那时候我们还一直在等升级版。”梨子恒说完，转而问道，“所以，你是专门来找他体验生活的，准备写他的故事？”

许我不置可否地笑了笑，一时不知该如何回答这个问题。

“你玩过游戏吗？”梨子恒又问。

“有啊。”许我一本正经地回答，“愤怒的小鸟、欢乐斗地主、植物大战僵尸……还有跳一跳。”

梨子恒痛不欲生地摇摇头，然后说道：“我记得上学那会儿，你就对游戏深恶痛绝，怎么会盯上他了？”

“你不觉得这个人很有意思吗？”许我答非所问。

梨子恒毫不客气地摇摇头：“没觉得！”

“那你觉得，他为什么会变成现在的样子？”许我言辞恳切。

梨子恒思忖片刻，说道：“如果混淆了游戏与现实，他应该是现在自己的对手才对啊。”

“看来你这160的IQ值是花钱充的，我开始也是这么认为的。”

“这么看来，这个人还真挺有意思的。”梨子恒笑道，“这世界除了物质总量不变，没有什么是不可改变的。”

“梨公子，你第一次见他的时候，不觉得有点眼熟吗？”

“啊？”

“很多年以前，我俩就见过他。也许你不记得了。”

“这个世界真是太奇妙了。”许我见梨子恒一头雾水，笑了笑，闭上了眼睛。

3

许我发现任骄阳拿错手机时，太阳已经落山，梨子恒刚把车子驶进路边的修理铺。

她兴奋地冲着梨子恒晃动着任骄阳与她同款的 iPhone：“即使这宇宙有无数个空间，有无数意想不到的结果，但总有些事，冥冥之中早有安排。”

许我深吸一口气，拿过梨子恒的手机拨打自己的手机，她想跟任骄阳见面交换。电话一直无人接听，过了好久，任骄阳手机跳出一条短信，许我下意识地点开，意外地发现他的手机竟然没有上锁。

“手机放在朝阳加油站，不必再见。”果然是任骄阳一贯的作风，惜字如金。

许我等不及补好车胎，催促梨子恒赶紧出发，她满心期待着能在那里碰见任骄阳。

去往加油站的路上，许我忍不住打开任骄阳的手机，里面除了系统自带的 App 外，甚至连微信都没有，“照片”与“通讯录”里更是一片空白，只有最近的十多次通话记录，分别打给了三个不同的号码。

用着这么高档的智能手机，却只将它当作一个简单的通信工具，这是常人无法理解的。许我怀疑他还有另一部手机，但梨子恒不这么认为，他觉得有这样的人并不奇怪。

许我并不赞同，试图继续从手机里翻找出蛛丝马迹，果然很快又发现了“备忘录”中有一条记录于 2011 年 6 月 28 日的提醒事项，上面只记录了一串字母“WLKKXL”。两个人满头雾水，根据骆好之前的表述，这个时间点应该就是当年任骄阳突然失踪前后。

许我认定这个日期意义非凡，而那串字母一定是记录了当时某件鲜为人知的大事。她跟着点开了“音乐播放器”，这应该是他除了打电话之外，最常用的功能，因为里面收藏了上百首歌曲，而且全是小野丽莎的。

梨子恒瞄了眼手机:“嚯！志趣相投。又是个文艺青年。”

许我有点激动地脱口而出:“看来还真有缘分！”

“春心荡漾！”梨子恒撇撇嘴，“从没见你这么激动过，看来我得把你盯紧喽。”

加油站的员工转告许我，切诺基劝他们赶紧离开这里。几乎就在这一瞬间，许我决定带走任骄阳的手机。梨子恒揶揄她孩子气，他根本没想到，许我的任性阴差阳错救了他们一命。

从加油站回修车铺，已经是晚上八点多，天色渐暗，梨子恒选择了抄近道，孰料撞上了如来团伙的另一辆普拉多。

这辆车上的人早就收到同伙的消息，一见到这辆奔驰便跟了上来。

许我想起任骄阳的警告，意识到遇见了同一伙人，催促梨子恒加速。如来团伙见状紧随其后，两辆车在荒漠中疯狂追逐。

许我惊恐中拿出任骄阳的手机，拨通最近的一个通话号码，接电话的是沈炯，许我还没开口，便听到他大声地叫道:“不要慌，我们就在你附近！”

不过半分钟，许我便看到迎面驶来一辆车，不停地闪着大灯。梨子恒立马回闪了几下，跟着急速转弯，将后车暴露在前车的灯照下。

原来，任骄阳并没有走远，正领着队员们兵分两路，在附近转悠寻找可疑目标。加油站反馈许我并没有留下他的手机后，他断定许我不听劝告，肯定还要纠缠。而如来团伙不会轻易罢休，如果她再碰上他们，后果不堪设想。他用队友的手机定位到许我的位置后，发现她不在公路上，似乎正漫无目的地在戈壁上左冲右突。

几声枪响后，盗猎者再次被逼退。梨子恒双手紧紧地抓着方向盘，看着那辆车渐行渐远的尾灯，大口大口地喘着粗气。

看着这辆神兵天降般的墨绿色的大吉普，许我惊魂甫定，按捺不住激动的心情，下车试图向任骄阳示好。

旦增暴跳如雷，跳下车挡在她面前，叫嚣着:“队长，把他俩都铐起来吧！”

任骄阳坐在车上纹丝不动，手臂上的伤口已经换上了绷带。

“现在由不得你了。”看着楚楚可怜的许我，任骄阳沉声命令沈炯:“你去开他们的车，跟在我后面！”

许我怯怯地问:“你这是要带我们去哪里？”

“去没有枪声的地方，去你们应该去的地方，去一个我永远都不会再见到你的地方！”任骄阳梗着脖子怫然作色，脖子上的刀疤狰狞醒目。

许我狼狈不堪，心底却莫名地泛起一丝暖意。他原本是那么倨傲不逊，周身凛然，透着一股生人勿近的冰冷味道，即便死到临头仍颐指气使，不可一世。现在，这个“冷血动物”终于热气腾腾地爆发了。

面对这个须发戟张的男人，许我再无勇气抗争。

得了命令的沈炯拉开G500车门，一把将梨子恒拽下车。许我担心再起冲突，赶紧拽住梨子恒的衣服，不想梨子恒却一反常态，冲许我摇了摇头，似乎根本就没想计较。

时钟已经指向了9点，天已经完全黑了下来。梨子恒上车后就一个人躺在后座上呼呼大睡。沈炯主动打破了沉默，他说如来是他们的宿敌，切诺基从只身追凶到三年前组建“knight”，和他斗了七八年，才遇到这千载难逢的机会。如果不是许我屡次搅局，也许一切都结束了。

许我没有问他知不知道切诺基的真实背景，她一度以为他对自己避之唯恐不及，仅仅是因为害怕身份的秘密被捅破。沈炯却称切诺基从来不跟与工作无关的人打交道，不喜欢有人打扰他的生活。他还告诉许我，切诺基在他的心目中就是侠之大者。

前面的大吉普突然闪起了转向灯，沈炯的电话跟着响起，他接电话的时候，许我清楚地听到了一个男人熟悉的声音:“别跟着我。你送她去机场，看着她上飞机。”

“老大，到底什么情况？”沈炯忙不迭地问道，但任骄阳已经挂了电话。

许我看着沈炯，一脸疑惑。

"那帮人应该是还没走远，被我们另外的兄弟发现了。"沈炯说道。

刚刚还在熟睡的梨子恒突然从后座上翻身坐起，说道："跟上去，人多力量大！"

沈炯还在犹豫，眼看着就要错过前面的路口，许我伸手抓住方向盘一转，G500跟着大吉普拐上了岔路。

任骄阳看了一眼后视镜，嘴里嘟哝着，狠命地拍了一下方向盘。坐在副驾驶位上的旦增察言观色，瓮声说道："我觉得，让他们见识一下也好。"

4

事情看上去跟沈炯预想的差不多。任骄阳接到的是队员唐杰的电话，唐杰说有人跟他举报一辆拉锌铁矿的挂车藏了羚羊绒，就在离这儿不过几十里的县道上。

半个小时后，大家发现了那辆老旧的半挂车。任骄阳跟上去，闪着车灯准备超车，不料挂车疯狂加速，在公路中央左摇右晃。沈炯将车驶入戈壁，企图抄近道在前方道路拐弯处堵住挂车。没承想挂车在高速转弯时车身脱挂，车头失控直接撞上了路旁的杨树。车身脱挂后翻倒，在惯性的作用下，擦着马路火花四溅地飞进了戈壁。

许我脑袋嗡嗡作响，沈炯面色煞白。

所幸挂车司机并无大碍，车头受损也不严重。大家跑过来时，司机正敞着车门在打电话。任骄阳亮明身份，惊魂未定的司机破口大骂："驴儿日处子！老子还以为碰上了打劫的！"

许我上前想看看他有没有受伤，被这哥们儿一把推开老远。

旦增一声不吭地将挂车的驾驶室翻了个底朝天，又跟沈炯跑到远处的车身上检查了一遍。那司机手里抓着个铸铁的大扳手，紧跟在他们身边不停地"口吐芬芳"。见哥儿俩一无所获，他冷不丁地举起扳手砸向任骄阳。好在梨子恒反应神速，一把抓住他手腕，硬生生地将扳手给夺了下来。

等接到司机报案的俩协警赶到时，天都快亮了。沈炯留下跟司机一起等着交警来勘查现场，其他人上了任骄阳的车，被协警带去了附近的警务室。旦增一路上不停地解释着，见队长不说话，到了警务室后越发地嚣张，一会儿要两个小协警给局长打电话，一会儿又叫嚣着扒了他们的警服。

协警终于急眼了，直接将旦增和梨子恒铐在一起，关进了杂物间。任骄阳一言不发，伸出双手，许我跟上来，也伸出了一只手，示意协警将他们铐在一起。任骄阳戴上手铐后看都没看许我一眼，一屁股就坐到了长椅上。许我被拽了个趔趄，险些栽进了他的怀里。她皱着眉头用力地扯了扯手腕以示抗议，见任骄阳仍无动于衷，只好老老实实紧挨着他坐下。

回答完协警的几个问题后，许我瞥眼一看，任骄阳靠着墙老僧入定般，似乎已经睡着了。

“切队长，睡着了？”她歪过脑袋凑近他耳边，轻声问道。

任骄阳闭着眼置若罔闻。许我看见他的睫毛明显颤动了几下，坏笑着又用胳膊碰了他一下:“喂，别装了。跟我说说话呗，这么待着挺尴尬的。”

任骄阳微挪身体，侧过脸去，并不搭理许我。

“真没趣！”许我撇撇嘴。

许我被挂车司机的大嗓门惊醒时，发现自己正卧在椅子上，身上盖着件男式外套，腕上的手铐也不见了。她有点犯迷糊，她记得之前自己一直靠着任骄阳的肩膀，睡得特别安稳来着。

“有话好好说。”调解室里传来协警的声音。

许我起身看了眼调解室，任骄阳正靠着墙吸烟，梨子恒在一旁低头摆弄着手机，沈炯和旦增加上一个协警都正襟危坐，对面的挂车司机一夜未眠，看上去仍龙精虎猛。

“说什么都不好使。十万块钱，少一个子儿都不行。”挂车司机语气蛮横而坚决。

旦增站起来一拍桌子:“这简直敲诈吗不是？你那破车本来就是一堆废铁，哪值这么多钱？”

挂车司机见状也跟着拍桌子:“你知道这是什么性质吗？蓄意谋杀。去法院起码也得给你们定个‘危害公共安全罪’！”

许我倒了杯水，踱到窗户边，好整以暇地盯着任骄阳。她想看看，这事儿他要怎么摆平。但任骄阳的脸上看不出任何表情，仿佛一个局外人。

“我们本来就是正常在执法，你不跑不就没事了吗？”沈炯语气也软下来，赔着笑脸说道。

“谁他妈知道你们是不是车匪路霸？”司机越说越来劲，“野保队算个什么东西？屁都不是！谁给了你们执法的权力？”

“你嘴巴放干净点！”旦增说着又要起身，被沈炯拽着，气呼呼地随时都要爆炸的样子。

协警急了，转头对任骄阳说道：“喂，你到底啥意思啊？领导打了招呼，跟这调解不了，就只能送你们去分局了。”

“去吧。”任骄阳说完扔了手里的烟头，转身出来拿起许我放在一旁的那件男式外套，径直往外走。

“牛×！”挂车司机啐了口痰，“老子豁出去陪你们玩！不判你们个十年八年的，这事没完！”

“你给我个账号，十万块钱天黑前一分不少地打给你！”许我见事情快要闹得不可收拾了，赶紧放下水杯，对挂车司机说道。

许我的话音没落，便听到身后任骄阳冷冰冰的声音：“这事跟你没关系。”

“怎么没关系？你坐了牢我找谁去？你带上我，这十万块钱算是我买你们的故事，咱们都不吃亏。”许我笑着说道。

旦增跟在任骄阳屁股后面，梗起脖子说道：“咱们老大不差钱！但凡事都得讲个道理，讹咱们可不行！”

“但这事，你们不占理啊。”许我不客气地撑了回去。

“瞎掺和什么？”任骄阳一脸愠怒，厉声命令着沈炯，“马上把这两个瘟神给我送走！”

“什么人啊？好赖不分。”许我甩开沈炯，“我哪儿也不去，等着看你进牢房！”

挂车司机在一旁跟着嚷嚷：“事情不弄清楚，谁都别想溜！”

赶到分局时，已是正午时分。车子刚停稳，对面一辆老式皇冠轿车里突然钻出一个穿着僧衣、脖子上挂着佛珠的中年男子，冲着率先下车的挂车司机喊道:“怎么还闹到这里来了？”

任骄阳正要下车，见到此人后又不动声色地缩回脑袋，重新坐回到车上。待看清那人的真面目后，旦增也不禁嘟哝着:“这不是瘸子韩吗，他怎么会在这里？”

僧衣男子训斥着挂车司机:“我不是在电话里跟你说清楚了吗？车子我们都上了全险，公司会负责，你管他们要什么钱？”

刚才还气焰嚣张的卡车司机瞬间变成了小绵羊，小声嘟囔道:“韩总，他们太欺负人了，没跟我道歉还说我讹他们！”

“我看他们说得没错！你要是配合检查，能出这事吗？”

韩总一边说着，一边转身一瘸一拐地朝这边走来。

任骄阳见躲不过，便沉着脸下了车。韩总满脸堆笑地冲他单手立掌，“切队长，真是大水冲了龙王庙。他是我们公司的司机，这损失我们自己认了。”

任骄阳点头说道:“该怎么样就怎么样。等车子核完损，该我们的，一分钱不少。”

“别啊！”韩总忙不迭地摇头，义正词严道，“你们都是英雄，铁肩担正义，绝对不能让你们受委屈。”

“行。那就谢谢韩总了，麻烦跟我那兄弟道个歉。”任骄阳说完，转身就要上车。

韩总跟上来，一把拉住任骄阳，商量着:“那什么，切队长，能不能赏脸让我请兄弟们吃个饭？”

任骄阳犹豫了下:“行，我上你的车。”

韩总一脸灿烂，冲着分局大楼努了努嘴:“州局的程副局长今天刚好也在，要不要叫上他和分局的领导一起？”

“没必要！”任骄阳冷声回绝。

见证了这般戏剧性的过程，许我一脸的不可思议。她问沈炯:“你们队长这么拽，还有这么无私的朋友？”

沈炯笑了笑：“熟悉的人应该都知道他的脾气，没人会计较。”

旦增跟着解释道：“我们队长是这个韩总的偶像！别看韩总是个瘸子，他可是札合木最大的运输公司的老板，更是个热心公益的大善人。”

“我怎么觉得这事有点蹊跷？”一直在一旁冷眼旁观的梨子恒冷不丁地插了一句。

旦增不以为然地回应：“你想多了。报案的那孙子在玩我们呢，光是唐杰，就被人玩过好几次。你来的时间短，没经历过罢了。”

吃饭的间隙，另一路的唐杰和两个队员也赶到了。一顿饭却吃得索然无味，滴酒不沾的韩总不咸不淡地说着场面话，任骄阳坐在一旁冷着脸，很少回应。两个人看上去似乎并没有许我想象的那样熟络，更像是凑在一桌吃饭的两个陌生人。只有那个挂车司机，像变了个人似的，乐呵呵地上蹿下跳，不停地劝队员们喝酒。但队长没发话，队员们便都各自找了理由回绝。

一顿饭吃了不过半个小时，韩总便识趣地拱手与众人告别。任骄阳招呼着大家上车，一起去札合木。许我知道，他已决心要送自己离开，虽然心有不甘，却也无力再去纠缠。

5

此去札合木城三百多公里，又是拉矿的大货车出行的高峰期，整条大路全程拥堵。两辆越野车夹在挂车的缝隙中缓缓爬行，前车的尾灯映在许我娇柔的脸上，她看上去并没有多少倦意。

天擦黑的时候，走在前面的大吉普拐入一条乡间小道。如果一直跟着车流，按照这样的速度，天亮也到不了城区。任骄阳担心再横生事端，不敢从戈壁穿越。这一路折腾，几十个小时不眠不休，早就兵困马乏，必须找个地方休息。

半小时后，任骄阳将车开到一片视野开阔的胡杨树林，决定在此野营。这里是戈壁的边缘，再往前几公里便是阿尔顿曲克草原的巴勒格图牧区。

晚餐很简单，唐杰去蒙古族牧民家里找来一些干粮，还有队员们随身携带的牛肉干。任骄阳招呼大家围坐在一起，但气氛有点压抑。沈炯率先打破了沉默，问任骄阳怎么就猜到了梨子恒是天文学家。

坐在任骄阳身边的旦增抢先道:“老大火眼金睛，能掐会算！”

任骄阳抬手扇了一下旦增的脑袋:“我就是瞎蒙的。”

“吹什么牛皮？我车子后备厢放了台便携式天文望远镜，盒子上有标签，一看就知道。”梨子恒一脸不屑。

被拆穿的任骄阳勾下头，身体明显颤动了几下。队员们跟着乐开了花。

这是许我第一次见到任骄阳笑，虽然没见到他的笑脸。许是被这温馨的气氛感染，她挤开旦增，蹭到任骄阳的身边，正准备坐下来，任骄阳抓起分给他的炒米和奶茶，起身一言不发地走向自己的车子。

许我和远远地看着她的梨子恒对视了一眼，尴尬地撇撇嘴。队员们把自己的牛肉干都扔到了她的面前，但她只喝了半囊奶茶。

旦增早没了白天的戾气，像个孩子般凑到梨子恒的身边，手舞足蹈地比画着，问他那些一招制敌的功夫属于哪门哪派。

“他就是个孩子，一个长着娃娃脸的大孩子。”沈炯捡了个小石块瞄了一下砸向旦增，回头冲许我说道，“他身上的故事也许比我们队长还精彩，以后有机会慢慢跟你说。”

旦增捂着脑袋，龇牙咧嘴:“当兵的，别只会欺负我。你不是说科学家在你面前走不了三个回合吗？你来呀，来呀，让他满地找牙。”

队员们乐不可支，跟着起哄。

沈炯仰头喝了一口奶茶，一脚踏在车轮上，做豪气干云状:“我只会对豺狼下手，只有你分不清孰敌孰友！”

许我拿出相机准备给队员们拍照，沈炯在一旁轻声地提醒她，“队长不喜欢拍照，有一次我偷拍他，他差点没杀了我。”

“长这么帅，可惜了。”许我笑着感慨。

队员们嬉笑着摆出各种造型，在许我的镜头下搔首弄姿，笑作一团。

任骄阳开着车窗，靠在椅子上默默地看着他们，眼角似有笑意，古铜色的脸庞融进柔和的月光中，一切都是那么恬静与美好。

仲夏的夜晚，一弯月牙静静地躺在空中，灿烂的繁星像无数漂浮在银河上的航标灯。透过胡杨树的缝隙，依稀可见远处牧羊人蒙古包的白色圆顶；醉人的晚风捎着野花的芬芳拂过红柳枝和芨芨草，轻轻撩拨着帐篷的卷帘。

夜已深，任骄阳在帐篷外独自守护，手里攥着许我给他包扎伤口的那条已经染满了鲜血的天蓝色丝巾，若有所思。许我的突然闯入，唤醒了他心底对故乡的怀念。丝巾上的LOGO刺绣他再熟悉不过了，他在这家工厂大院里度过了整个童年……

许我躺在帐篷里，透过卷帘的缝隙，看着车顶上那个独自仰望着星空的背影，怅然若失。晚饭时，她跟梨子恒商量着去找任骄阳道歉，梨子恒揶她："你自己去找他好啦。天不怕地不怕的许大胆，什么时候变成了个期期艾艾的小绵羊？"

梨子恒说得没错，她有点莫名其妙地怕他，却又按捺不住地想要靠近他。之前她从未体验过这种新奇的感觉。她不敢去深究自己为什么会有这样的变化，也许就此打住，就不会滋生烦恼。

天亮后就要赶回躁狂喧嚣的都市，她不甘心就此离去，不是担心那些供人消遣的故事难以编织，而是遗憾一切结束得太快，快得共同经历过生死却仍旧素昧平生。

耳畔飘来一阵忽隐忽现的乐声，许我不由自主地走出帐篷。车顶上的男人嘴里叼着一片树叶，正轻轻地吹奏着，那声音如泣如诉、不绝如缕。她悄然走近他的身边，他吹的是《故乡的原风景》。那是她听过的最好听的版本。

"这个世界本不该这么激烈。皓月星空，飘扬的音乐和这醉人的晚风才是它应有的样子。"许我本不想打扰他，只是忍不住脱口而出。

乐声停了下来，任骄阳的肩头微微地耸动着。他没有回头，更没有回应。

"你是一直这么不近人情，还是因为讨厌我？"他的沉默，并没有让许我却步。

任骄阳转过身，漆黑的眼眸闪动着曜石般的光芒。

“你不该出现，更不该在出现后纠缠不休。”任骄阳的脸上没有任何表情，厚沉的声调在这寂静的夜晚听起来像笙发出的音。

许我直视他：“我只是个无意冒犯你的过客，你不必摆出拒人千里的样子。”

任骄阳沉默以对，良久才悠然说道：“你已经打扰到我了，而且不知进退。”

许我眉头紧蹙：“我不觉得你这样很酷，并且，这只会暴露你内心的软弱与不安。”

任骄阳视若无睹，转过身背对着她挥挥手。在他的眼里，这个在身旁舞着大刀憋足了劲想要刺透他的姑娘，就像空气一般。

许我羞恼不已，拼命地抑制住身体里快要喷薄而出的怒气，半晌，终究还是平静下来，望着任骄阳的背影，无奈地扯了扯嘴角，转身离去。

任骄阳在天亮前就带着几个队员悄然离开。凌晨四点的时候，他接到了扎西平措的电话，他们找到了那个在蓝河子逃脱的中间人。

许我睡得很沉，直到被阳光刺醒。留下来送他们的是沈炯，他和梨子恒在帐篷外耐心地等着她。他们应该是聊了很久，梨子恒的嘴里竟然还叼着烟。

在札合木城挥手告别的时候，沈炯交给许我一个U盘，他说这是切诺基交代他转交给她的，那里面关于野保队的资料足够她去创作剧本了。切诺基还特意嘱咐她，尊重事实不要夸大，以及不要将野保队任何一个人的真实背景写进剧本。

许我看着掌心小小的U盘，一时间有点手足无措。她问梨子恒对任骄阳是什么感觉，会不会跟她一样觉得他装腔作势。

一向看似玩世不恭的梨子恒倒一反常态，十分认真地回答道：“这是经历过纷繁复杂跌宕无常之后的纯真。我们习惯了用世俗的眼光去衡量和看待身边的另类，却忽略了这世界原本就该万物万形，拼凑在一起才变得精彩绝伦。”

临到机场，梨子恒改变了主意，想在青海多待一段日子。他说厌倦了都市的生活，不想回杭州，就像不喜欢伯克利一样。他甚至想在天文台旁边建一座庄园，种满土豆和葡萄，再养上各种颜色的马，引导它们自由交配。

许我被他的情绪感染，笑着说：“梨子恒，我要在你的天文台边开一个咖啡馆，一个人的咖啡馆。”

梨子恒说：“我们不过是茫茫宇宙中的转瞬即逝，为什么不恣意地活着，去做自己想做的事呢？”

许我愣了好久，心有戚戚。

5

Chapter

难 断

“你对他是什么感觉？”骆好目不转睛地盯着许我，似乎要把她看穿。

许我皱了皱眉头，思索片刻：“冷得彻骨，热得烫人。”

“听我说，许我，一切到此为止。无论他现在是什么角色，对一个女人来说，他就是个摄人心魄的魔鬼。故事可以编，但踏进旋涡就是万劫不复！”

1

飞机上，许我迫不及待地打开了电脑。U 盘里的资料被任骄阳分类整理成几个资料夹，但有用的信息并不多，基本上都是日常生活的照片和视频，文字资料只有战果统计和一份记录了十多个队员年龄、籍贯、特长以及入队和离队时间的简单的人事表格。

令人不可思议的是，无论照片、视频还是文字资料，几乎都找不到任骄阳的影子。沈炯说过任骄阳不喜欢拍照，但他保存了这么多队员的照片，真是个怪人。

虽然有点失望，但许我还是发现了一个细节。这些编了号的资料夹，从 001 到 005，中间缺了个 003。也就是说，任骄阳可能刻意删除了编号 003 的资料夹。当然，也可能是他临时从电脑拷贝到 U 盘里的，无论如何，缺失的这份资料一定是任骄阳不想让她看到的。

许我能理解任骄阳的动机，他就是不想让她知道关于自己的一切。但这份资料的存在，让她百爪挠心。

刚下飞机，许我便给梨子恒和任骄阳分别发了平安到达的短信，然后又马不停蹄地赶回公司，兴冲冲地跑去找徐建富。她想跟老板好好讨论一下这个故事，虽然她并没有抱太大的期望。

进公司都快半年了，徐建富还没有正经地跟她讨论过一个剧本。在他看来，能写剧本的人太多了，导演和演员才是一个影视项目成功与否的关键。她曾经不止一次地私下说他本末倒置，但徐建富总是摆出一副资深从业者的嘴脸，每次回应她时都会语重心长:“我说的都是当下的现实，在这个行业待久了你就会明白。”

如果她没有足够的心理承受能力和独立的见解，在徐建富这样的老板面前，

“职业三观”早就碎了一地。

果不其然，她刚开口说了几句，徐建富便摆了摆手，打断了她：“我明白你的想法了，还没到讨论细节的时候。晚上我带你去见个大咖，听听他怎么说。”

许我苦笑着摇摇头，虽然徐建富的反应她早有预料，但仍觉得很悲哀。她没有拒绝，即便打心底里不认可徐建富的那套理论，她也一直恪守着最基本的职场规则——身在公司一天，就得服从老板的安排。

“记得化个妆，今天这客人讲究！”许我刚走到门口，徐建富又提醒了一句。

许我本来就憋着火，闻听此言终于忍不住直接搾了回去：“徐建富，你当初跟我怎么说来着？我来这儿可不是给你当花瓶的！”

“别急眼啊，我这不是跟你商量吗？”徐建富也黑了脸，赶紧走过来关上门。

“这是商量的口吻吗？”许我索性一屁股坐到沙发上，“今天我得好好跟你掰扯一下，你招我进公司到底想干什么？是怕我没饭吃好心收留我，还是因为我跟你女朋友是闺蜜？”

“小许，你这话有点过了啊。”徐建富愠怒，但很快便调整好了情绪，满脸堆笑道，“我可是一直把你当成宝重点培养，希望有一天你能成为我们‘最美江南影视’的一杆大旗。”

“别跟我来这套，不管用！”

“放心好了，这次不是让你去陪酒。本来想给你个惊喜的，今晚这位你去了就知道了，我在戏院的同班同学，绝对头排的大导演！”见许我根本不买账，徐建富忙解释道。

许我知道他说的是谁，因为徐建富常常将这位挂在嘴边。这大导至少比他大十岁，而且半路出家的经历几乎尽人皆知，他俩绝无可能是同学。在徐建富的嘴里，那些如日中天的明星和大导不是他的同学就是他的同乡，八竿子打不着的，就一律归为“我的好朋友”。她已经习惯了徐建富的信口开河，也懒得戳穿他，更不会因此而激动。

伸手不打笑脸人，但许我仍旧愤愤难平：“我只想安安静静地写剧本，其他的事我不想掺和！”

“知道啦！你的努力我都看到了，我也会努力不让你失望的。”

“你知道的，我从来都不化妆。”

“嗯嗯嗯，天然去雕琢，素面朝天就挺好。”

徐建富将会面的地点安排在了许我经常光顾的“Costa Coffee”唯一一个包厢里，这让她颇感意外，还有那么一点小感动。徐建富是个讲排场的人，凡是重要的客人他都会安排在公司附近的一家高档会所，他是那里的 VIP 会员。骆好曾经很不忿地告诉她，徐建富打肿脸充胖子，这会所光是年费就能赶上她卖保险三年的收入。

大约等了半个小时，大导才姗姗来迟。看上去，徐建富跟他确实颇有交情，两个人一见面便勾肩搭背，称兄道弟。

“这就是咱们这个项目的编剧许老师，她是文学博士，省作协和影视家协会的会员。”徐建富介绍许我的时候，显得信心满满。

和许我握了手，导演大马金刀地坐下，直奔主题：“许老师之前有过编剧作品吗？”

“我学的是外国语言文学，接触过戏文，参与过几个话剧剧本的创作。”许我如实回应。

“噢。”导演怔了一下，“那也算是有经验了。学这个专业，还真是需要点勇气。”

导演虽然不动声色，但许我明显感觉到他的失望与轻蔑。他大概也没想到，这个跟他称兄道弟的徐老板会给他引荐个菜鸟编剧。

徐建富赶紧打圆场：“许老师特别勤奋，今天刚从青海体验生活回来。之前公司的几个重点项目，她都参与了。”

“做编剧，光勤奋还不够，得有悟性和韧劲。”导演说完，问徐建富，“你说的那几个重点项目是不是之前跟我提到过的网大？”

“院线，都是院线，还有个头部 IP 改编的电视剧。”徐建富忙不迭地笑道，“她是我们重点培养的编剧，网大那不是大材小用了吗？”

导演点点头：“这个圈子太浮躁，干行活儿的人太多，我就不爱跟他们合作。尤其是成熟的编剧，养了一群枪手，接不完的活，没几个能真正地沉下来去体验生活的。”

许我正准备说点儿什么，导演早就扭过头去，不动声色地岔开了话题：“新闻看了吗？我昨晚研究了一遍川普的推特……”

就这样，许我拢共只说了一句囫囵话，两个男人就开始聊起了中美贸易战。许我捧着奶茶在一旁百无聊赖，如坐针毡。

一个小时后，谈兴正浓的导演接了个电话，拿着手机跟许我摆摆手，竟然走了。

送完客，徐建富转头回来问许我：“怎么样？跟他合作有信心吗？”

许我忽闪着大眼，一脸的不可思议：“你是打算让我陪他去跟特朗普谈判吗？”

“要聊的，我早就跟他聊过了。他从剧组过来就是想跟你见个面，看上去他对你的印象还不错。”徐建富说完，从公文包里拿出一份“投资合作意向书”放在桌上，“你那故事，公司已经立项了。看看，焦总领投，导演也差不多定了，这几天就签正式的合约。”

“可我还一个字都没写呢。”许我瞄了眼协议，一脸蒙。

徐建富满面笑容地拿起协议挥了挥，信心十足地说：“有这个，你怕什么？你放开写，等你的想法成形了，有了故事大纲后咱们再详细聊。”

如果换作一周前，徐建富要她去写个故事，许我肯定会一蹦三尺高。但今天她一点也高兴不起来，她觉得这也太儿戏了。徐建富走后，她思前想后，还是拿出手机给骆好打了个电话。没想到骆好早就来了，正坐在二楼等着她。

“怎么样？老徐这回靠谱了吧？”一见到许我，骆好便迫不及待地问道。

许我一屁股坐下：“我得想想该怎么回答你这个问题。”

骆好扑哧一声笑了起来：“是不是感觉幸福来得太快？这次老徐没吹牛，投资方除了焦总外，还有我的保险客户，一家新组建的文投公司，他们昨天下午刚达成了合作意向。”

“就凭那天我在机场给你打电话说的那几句？他不是说没人敢拍吗？”

“对呀，那几句描述就足够让人兴奋的了。”骆好笑道，“不过，他当时没当回事，回头我又跟他说起你要找的那个人之前的故事，当然，我不会什么都告诉他。

没想到，那天晚上他就约了焦总，这姓焦的多年前在青海生活过，对这个选题特兴奋，两个人一拍即合。”

许我点点头，没再说什么。

“来说说，这次勇闯天涯都有什么收获？”骆好很快转移了话题。

许我深吸一口气，盯着骆好:“我找到他了。”

骆好的笑容僵在脸上，半晌无语。

许我捧着奶茶看向窗外，那几天的经历像老电影的胶片，一帧一帧在脑中无序闪现。她努力地将这一切串联起来，无论她如何克制自己，竭力用最平淡的方式讲述，仍旧连自己都不相信她说出的故事是刚刚在她身上真真切切发生过的。

“许我，你是在跟我说剧本吗？”骆好的声音有些颤抖。

“我真希望自己能编出这样的故事。骆好，你还爱他吗？”许我抬起头，望着骆好。

“不会！”骆好坚定地摇摇头，“从他推开我的那一刻起，这个人在我心里就是死人了。”

“那天你喝醉了，在江边哭得很伤心。”

“你知道吗，我对他的感情就像遭遇了一场强对流天气，来时暴风骤雨地动山摇，惊魂之后无声无息无影无踪，只留下一地狼藉和满身创伤。”骆好说完，顿了顿，“这种经历，一辈子有过一次就够了！”

许我沉默片刻:“那，老徐呢？你爱他吗？”

骆好是个极其敏感的双子座，她安静地看着许我，想知道她为什么突然问这些问题，但终是没有说出口。

“许我，你让我的心情变得很沉重。”骆好转过头避开许我探询的目光，手指一圈一圈地摩挲着杯口，半晌才笑道，“我从不问他的过去，更不关心他的未来。我可以掙他骂他甚至羞辱他，他从不计较；我得意的时候，总想着离他远远的，不开心的时候却总是会想到他。我不知道这算不算爱，也从未想过该不该珍惜。”

许我低头含住吸管，怅然若失。

骆好盯着她看了一会儿，突然趴到桌子上问道:“你不会还想去找他吧？”

“也许吧，我不知道。”许我心不在焉地摇摇头，“我想知道他到底经历过什么，但他根本就不给我机会了解他。”

“你对他是什么感觉？”骆好目不转睛地盯着许我，似乎要把她看穿。

许我皱了皱眉头，思索片刻：“冷得彻骨，热得烫人。”

“听我说，许我，一切到此为止。无论他现在是什么角色，对一个女人来说，他就是个摄人心魄的魔鬼。故事可以编，但踏进旋涡就是万劫不复！”

2

呼楞措南郊的一家小饭馆门口，切诺基刚跳下车，就被冲上来的扎西平措反拧胳膊按倒在引擎盖上。扎西从怀里掏出一把束线带，切诺基像一根木头，一动不动地配合着他的动作。

除了沈炯，野保队的队员们认识扎西平措都超过了三年，从来没人见他发过这么大的火。

沈炯在一旁打圆场：“二位队长，别这么大火气，不如进屋喝几杯。”

“滚蛋！”扎西扎紧切诺基的双手，转身指着沈炯和他身后那几个噤若寒蝉的队友，“你们他妈的给老子滚出 100 米开外，等会来给这傻 × 收尸！”

唐杰搂住胡杨的肩膀，拼命地朝一脸蒙的沈炯挤眉弄眼：“走，咱哥儿几个去喝点！”

“有种就一枪毙了我。”切诺基转身靠在车上，一脸淡定地看着目眦欲裂的扎西。

扎西抬起腿，虚晃了一下，最后还是踢在了车轮上。他恨恨地掏出一根烟塞进嘴里，“你出局了！”

“给我也来一根。”切诺基笑着冲扎西努了努嘴。

“去你妈的！”扎西气急败坏，作势要打。

切诺基身体后仰，闭上了眼睛。午后的阳光穿过云层的缝隙，扫过他微微抽搐的嘴角，泼洒在吉普车的前挡风玻璃上，发出耀眼的光芒。

饭馆靠窗的位置上，沈炯不时地扭头看向外面，一脸的焦躁不安。旦增站在他身边，手里抓着半个馒头，抻直脖子拼命地想要咽下卡在喉咙里的另外半个馒头。

胡扬接过唐杰递来的酒瓶，拧开盖子凑在鼻子边嗅了嗅，又递了回去，“还是别喝了，我们有纪律。”

沈烔怒撑胡杨：“你们头儿是不是吃错药了？铐他干什么？叫我们跑这么远来看丫耍官威？”

唐杰笑道：“打是亲骂是爱，这是他俩经常玩的游戏。”

“人呢？不是说找到中间人了？”沈烔一脸不忿。为了见证这历史性的时刻，他送完许我，一路狂飙才追上队友们。

胡杨看上去有点漫不经心，扒拉着眼前已经见底的一盘菜：“压根儿就没抓，人已经走了。”

旦增被馒头噎得直翻白眼：“我 ×！你们他妈脑子进水了？”

“小毛孩儿，给老子嘴巴放干净点儿！”胡杨一拍桌子，“抓他有鸟用，拿什么定罪？他手上连根羊毛都没有！”

唐杰伸手拽了一下旦增，对胡杨说道：“哥们儿别激动，到底怎么回事？”

“那边传来消息，如来承诺赔款，放弃了交易。都是你们那猪队长折腾的！”

沈烔浓眉一挑：“这事跟他有什么关系？他孤胆追凶差点连命都丢了。”

胡杨怒目：“我们盯牢了中间人，他要是及时通气，别打草惊蛇，这事就黄不了！”

旦增忍不住插嘴，嘟囔道：“都怪那女的。”

“我们老大被程副局骂得跟个孙子似的，找谁说理去？”胡杨站起来，抬手划拉了一下，“没得玩了，都回家抱孩子去吧！”

沈烔一脸不忿：“这个程治安老是跟扎西和大切过不去，到底是友军还是敌军？”

胡杨指着沈烔的鼻子，警告道：“饭可以乱吃，话不能乱讲！”

外面，扎西将烟头扔在地上，一脚踏上去，狠命地搓了几下，上前从切诺基的裤腿里摸出匕首挑断他手腕上的束线带：“你他妈的自己找死，能不能别拖着你那几个兄弟垫背？”

切诺基站在那里，转了转手腕，几道勒出的血痕在阳光下有点刺眼。

扎西用力地推了一下他的后背:“吃完这顿饭，永远滚出我的地盘！”

切诺基踉跄几步，嘴角渗出一丝鲜血。

屋里的人见状瞬间作鸟兽散，消失得无影无踪。老板蹲在厨房门口，一边捡着被撞翻在地上的糌粑，一边扭头朝着他们消失的方向大骂:“囊帮！都撞鬼了吗？”

3

签完正式的合约，徐建富张罗着要庆祝一番。那天公司的人几乎倾巢出动，平日那些几乎跟许我毫无交集的同事轮番上阵，极尽奉迎之能事。许我以一挡十，数不清喝了多少酒。接到教育局上班的同学陈显凡的电话时，同事们早已散去，徐建富给了她一张房卡后，扛走了烂醉如泥的骆好。

退了房卡，许我站在“城市阳台”上。月华如练，吹着仲夏的晚风，她脑子此刻无比清醒。

陈显凡查到了任骄阳就读的学校，说他是个典型的学渣，学生档案里劣迹斑斑，逃课、打架、聚众大闹食堂，大二下学期因入侵学校内网挂出后勤处处长十宗罪，被学校开除。

许我哑然失笑，这个夜晚所有的压抑在这一刻烟消云散。从“恶贯满盈”的学渣到游戏新贵，再到疾恶如仇的环保斗士，这个人如神一般存在。她曾经离他如此之近，清晰地听到过他呼吸的声音，如今这个人却远在天边，那么遥不可及。

她将 U 盘交给陈显凡，然后回了家。

她住在这座城市著名的豪宅中，这里紧临钱塘江，距离“城市阳台”不过几百米，当年开发商的宣传直接对标上海的“汤臣一品”。许母在出国前花了近千万买下这个两百多平的顶层复式楼，将它当作礼物送给了女儿。

那天晚上，她躺在浴缸里重温了一遍电影《可可西里》。影片上映的那一年，她还是名初中二年级的学生，五十多岁的班主任老师平素盛气凌人，那天晚上在晚自习课上分享这部电影时，竟然泪流满面。都是些十三四岁的孩子，看到平常恨得牙痒痒的班主任哽咽，多半都在下面偷着乐。她也不例外，成人的世界，当时的她还无法感同身受。

直到大一那年的暑假，她才在同学家里看了这部电影，这也是她生平第一次完整地看完一部国产影片。那天一屋子的同学，她和大家一样，都没法理解巡山队长日泰最后为什么去找死，她甚至觉得导演压根儿就没搞清楚原型的生活状态和行为逻辑。

她相信，当年的自己肯定会以为这辈子不可能再去看一遍这部影片，可人生就是这么奇妙，有些你可能一辈子都想不明白的道理，因为某个人、某件事，有一天会豁然开朗。尽管她还不知道那个男人到底经历了什么才会变成现在这样，但她知道，现在的他一定跟日泰一样，怀揣着信仰，肩负着责任与使命。

白天在公司，徐建富问她还要不要去体验生活，公司可以对接当地政府，派人陪她一起去，她毫不犹豫地拒绝了老板的好意。这几天，只要静下来，她脑子里就不由自主地浮现出那个男人清亮的眼眸和冰冷彻骨、拒人千里的目光。她不想再去打扰他，怕他也好，尊重他的意愿也罢，骆好的忠告没错，那里就是风暴的旋涡。

洗完澡，许我才发现骆好十分钟前发来的微信语音，隔着手机屏幕都能闻到她身上浓烈的酒味。

“许我，你在酒店吗？徐建富把我剥光了想睡我，你快点过来把门踹开。”

她赶紧拨通了骆好的手机，骆好在那边喘着粗气：“没……没事了，许我，我已经决定嫁给这个流氓了！”

半夜的时候，梨子恒突然给她发了个链接，是六年前某知名游戏论坛里的一个帖子，分析了当年狩猎者公司消失的原因，声称这是典型的被资本裹挟和玩死的互联网游戏公司：投资方挑起创始团队内斗，游戏开发者宁为玉碎，愤而出走，从此杳无音讯。

当她看到爆料者指出的那家投资机构的名字时，顿时傻眼。母亲当年就在这家投资公司担任高管，负责风险投资与企业重组，极有可能参与甚至主导了这次事件。她记得后来母亲转行到了现在任职的跨国公司，兴许就是此事让她败走麦城。

她拿起手机，又果断放下。决定加盟徐建富的公司时，她和远在法国的母亲大吵了一架，扔下一句“我绝不会去过你想要我过的生活”后，她们已经快半年没有联系了。母亲敏感而又善于联想，凡事都要追根溯源、刨根问底，即便隔着千山万水，她也能通过女儿的语气精准地判断出她的处境。许我不想自找麻烦，或者说，还没有到麻烦母亲的时候。

天就快亮了，许我关了电脑，起身拉开窗帘。朦胧的江面上，一艘轮船悠然地穿过氤氲的薄雾，似在水上，又在云中。它一定是驶过了漫长的黑夜，才能如此气定神闲地等待着黎明和旭日。

她说不清自己是为了故事还是出于好奇，也许都不是。她不敢去想，但这个夜晚她满脑子都是那个人的身影，挥之不去。

她拿起床头的萨克斯，靠在飘窗边，吹响了《故乡的原风景》。

4

清晨的怀头他拉草原，空气中弥漫着青草的甜香，明媚的阳光和着牧羊人的歌声，一派祥和。在饭馆里待了整整一夜的扎西和切诺基，一前一后神色凝重地走出饭馆，走向各自的车子。

几百只蒙古羊排山倒海般蜂拥而来，争先恐后地蹿过公路奔向草原，放羊的孩子追赶着羊群，手里的杆子鞭噼啪作响。

唐杰抱着几杆枪走向警车，胡杨站在涌动的羊群中，一脸怆然。那跟着羊群疯跑的孩子奔到他们面前瞪大眼睛，兴奋地扭头大叫:“爷爷快看，警察，还有好多枪！”

牧羊人上来紧张地抓住孩子的胳膊:“那是警察抓坏人，你长大了可不能干坏事。”

胡杨从唐杰手里接过枪，头也不回地上了车。旦增被两个队员紧紧地夹在后排中间，低着头不停地揪着自己的头发。

返回大格勒的路上，切诺基一直在睡觉。车里只能听到轮胎噪声和发动机的轰鸣，没有人说话，沈炯小心翼翼地把着方向盘。队员们心照不宣又忐忑不安，不时地看看切诺基，生怕惊醒了他，又期待着他能像往常一样醒来，告诉他们下一站的方向。

从上车到现在，切诺基只对唐杰说了一句话:“把枪收起来，交给他们。”

他能睡得如此香甜，也许并没有大家想的那么糟糕。

到了大格勒，正是午饭的时间，一路沉默的切诺基交代沈炯去饭店多点几个菜，然后下车径直走向了理发店。

“他每年只在二月二那天理一次头发，但今年已经是第三次了。”唐杰小声嘟囔了一句。

旦增突然就哭起来:“他肯定是要回杭州了。我们怎么办哪？”

沈炯用力地拍了下方向盘，吼道:“瞎他妈哭什么？这叫削发明志，从头开始！”

切诺基回来的时候，队员们在包厢里正襟危坐。旦增显然是没被沈炯唬住，眼睛红肿，看到他抱着一箱酒推门而入，赶紧扭过头去。

切诺基从箱子里拿出六瓶茅台，逐一拧开了瓶盖放在桌子上。这是两年前他在呼楞措参加州府的表彰大会时买的，为抓住如来准备的庆功酒。

“兄弟们，喝完这箱酒，咱们各奔前程！”

淡定的语气，没有任何铺垫的开门见山，这是他们熟悉的队长的个性，但这一刻，他在他们的眼里却变得无比陌生。虽然队员们早有心理准备，但听到他亲口说出来，仍不啻晴天霹雳。

“是你给了我活着的勇气，是你告诉我在逆境中站直了才算是男人！这点挫折算得了什么？大不了兄弟们一起去请愿！”唐杰在旦增的抽泣声中，振振有词，心有不甘。

切诺基摇摇头:“我犯了不该犯的错，他们已经没了耐心。”

沈炯突然站起来，一脚踹翻了面前的椅子:“招之即来，挥之即去，你把我们当什么？”

“聚者必散，积者必竭，是时候解脱了。谢谢你们陪着我风餐露宿，生死不惧。”切诺基嘴角挂着笑，默默地给自己的杯子倒满了酒，然后一饮而尽。

旦增哽咽着:“没有枪，我们还有刀；没有刀，我们还有拳头！你抓不到他，就别想摆脱我们！”

“能在一起是缘分，缘分尽了就该散了。”切诺基轻轻地搂过旦增的肩膀，他眼里亮晶晶的，分不清是泪光还是日光灯的映影。

沈炯颓然而坐。他仍然清晰地记得那个冬天的深夜，切诺基砸开车窗将手伸向他的那一刻，雪光映在他的脸上，犹如天神一般。

屋里死一般的沉寂。良久，唐杰起身拿起酒瓶游目四顾:“凡事都有定数，天下没有不散的宴席。来，兄弟们，莫要辜负了这美酒和最后的时光！”

六只酒瓶撞在一起，切诺基的眼前渐渐模糊。

八年前的今天，他从杭州踏上了飞往西宁的航班，崭新的 Prada 旅行包里整齐地码放着 100 万现金。那时候，在网游圈和资本眼里，任骄阳人如其名，如日中天。

5

果如许我所料，陈显凡很快帮她找回了任骄阳删掉的内容。编号为 003 的资料夹，里面是一个“记事本”，还有唯一的一张任骄阳的照片。拿到 U 盘后，许我来不及查看，她还有更重要的事要去做，陈显凡帮她约了任骄阳当年的系主任。

任骄阳的母校是一所在国内排不上号的三流大学，但因为出了个教父级的互联网大佬，勉强算是个名校。

在学校附近的咖啡馆里，许我见到了满头华发的倪教授。这个世界太小了，去年在母亲的张罗下，她应聘过这所学校的助教，而这位笑容可掬的倪教授便是考官之一。那次应聘完全是为了敷衍母亲，她根本就没当回事，一无准备二无状态，即便如此，校方仍通知她去参加最后的三选二。她思忖再三，最后还是选择了放弃。

如今看来，虽然倪教授一见面就对她放弃终试表达了遗憾，但她更加庆幸自己当时的选择，否则她可能永远也遇不上任骄阳。

倪教授是北京人，在他的印象中，任骄阳就是个胆大妄为的“浑不吝”，聪明而又顽劣，从来就不好好上课，除了入侵内网诽谤后勤处处长外，还在学校广播里代兄弟公开向女讲师求爱。被学校开除后，在校门口卖了一年烧饼，听说创业之初还拖着两个合伙人去找过那位明星学长为他投资。

这些过往的种种细节，陈显凡已经七七八八地基本都跟许我说过，她没想到的是，任骄阳竟然是孤儿，父母在他很小的时候就在一场大火中丧生。

关于他后来的经历，许我在教授这里没有得到任何有价值的线索，但倪教授对这个学生变身环保斗士一点都不觉得意外。他跟许我最初的反应一样，这个什么事都干得出的家伙也许仅仅是为了找刺激。

送走倪教授，许我在咖啡馆里泡到了半夜，浏览了一遍被任骄阳删除的资料后，她盯着那张唯一的照片，整个人瘫倒在沙发上。

照片中的任骄阳置身可可西里一望无垠的荒漠中，沾满鲜血的双手托着一只刚出生的小羊羔，微风拂起他的长发，露出风餐露宿的面孔。他的眼神有一种摄人心魄的力量，坚定而又温柔，那清澈如水的双眸，一汪叫卓乃湖，一汪叫太阳湖。

“记事本”中的多数信息跟任骄阳手机中的那串神秘的字母一样，看得许我满头雾水。

从 2014 年 11 月“knight”建队开始，到许我去蓝河子的头一天为止，四年多的时间，总共上千条标注了日期的信息，而且每条信息都极简单，多则三五句话，少则几个字。有直接记事的，有莫名其妙的感慨，杂乱无章。

许我找到了和骆好一起见到他的那一天的记录，“总有些事让人猝不及防，自乱阵脚才功亏一篑”。前一句很好理解，但后一句许我百思不得其解。

这些冰冷的文字无法令她感同身受，但她又隐约觉察到每一段记录背后都隐藏着这个男人的某种思绪。她默默地记下了这些令人费解的文字，将它们揣进怀里、焐在胸口，她相信终有一天，这些文字和那个男人一样，终究会被她读懂、焐热。

两天后，热心的倪教授帮许我联系到了他的另外一个学生——任骄阳当年的两个合伙人之一的李强。那天下午，在滨江新区CBD某大厦顶楼的办公室里，许我见到了这位精明利落又盛气凌人的互联网公司VP[1]。

许我被秘书领进来的时候，李总将身体埋在宽大的老板椅里，欠了欠身，算是打了招呼。许我的第一反应，如果不是倪教授的面子，这位李总兴许连见面的机会都不给。

两个人隔着偌大的办公桌对坐，李总的眼睛一直盯着电脑屏幕，这中间还接了三次电话。他偶尔抬头去看许我，目光扫过她的额头，也许是头顶，又迅速收回，从不与她对视。许我不习惯这种被应付的感觉，甚至怀疑他所说的一切，聊了不到半个小时便匆匆作别。

许我隐约觉得自己被耍了。她在大厦一楼的星巴克买了杯EBTL后，信步走到江边。她需要静下来理清头绪。

夏日的杭州就是个大火炉，江边暑气逼人，知了隐身在桂花树上恣意地欢叫。

江对面便是许我经常流连的“城市阳台”。第一次去青藏回来的那天晚上，就在那儿，她从醉眼蒙眬的骆好嘴里听到了任骄阳的名字。那时候，这个名字虽然并不陌生，甚至在多年前，他们还有过一面之缘，但对她来说，任骄阳仍是个神秘的符号，她根本不知道他是人还是鬼。

人生就是这么奇妙，才过了不到一个月，这个仍旧陌生的男人已让她魂牵梦萦。

她不知道该不该相信李强的话，因为她实在没办法将他嘴里的那个人，跟她见过的那个活生生的任骄阳联系在一起。

刚进李强办公室的时候，他指着桌子上他和当年另一个合伙人杨淳的合影说，任骄阳最对不起的就是他。杨淳是他们的学长，比他和任骄阳大整整十岁，当年刚结婚，正准备度蜜月，任骄阳突然失踪，他只能取消计划，处理留下的烂摊子。其妻独自去旅行，结果跌落悬崖，不幸罹难。

---

[1] 即公司副总裁。

在李强的眼里，任骄阳就是个彻头彻尾的人渣，夜郎自大的暴发户，刚愎自用又扭曲变态，得罪政府、坑害伙伴、藐视客户、算计投资人。在私欲得不到满足的情况下，就选择玉石俱焚，一走了之。他甚至断定，任骄阳现在干的事一定掩藏了某种不可告人的勾当。

这是有多大的仇恨？时过境迁，即便当年的任骄阳有再多的不堪，他也不至于在陌生人面前将曾经的合伙人贬得一无是处。何况，是任骄阳当年带着他创业的。以他的资历，不应该如此拙劣，难道他只是把自己当作一个无知的小姑娘来打发？

许我不是傻子，她知道事情没这么简单。李强几乎没有提及任何细节，全都是上纲上线、狠毒绝情的抨击，他肯定是想掩藏什么，而且根本不怕她告诉任骄阳来兴师问罪。

她想起告别的时候，李强劝她不要相信网上的谣言。此地无银三百两。他一定不知道自己跟当年那个投资公司女高管的关系，要验证他的话并不难，只消一个电话。

又是一个不眠夜。

许我思前想后，还是担心母亲会在电话中问长问短，令自己左支右绌，思来想去，便以编剧的身份给母亲写了封邮件。她希望这种商务沟通的方式能引起母亲的足够重视。

许母秒回邮件，只有一句话："等我回国，见面再聊。"

这冷冰冰的回复在许我看来，却是母亲这些年来最有温度的一句话。她从出生就跟着母亲姓，从小就不知道生父是谁，小时候只要提起他，母亲就会翻脸，她已经数不清为了这件事情挨过母亲多少次耳光。大学的时候，她曾信心满满地去调查过，但也只查清了母亲当年是未婚先育。没人知道那个男人是谁，更没人知道母亲当年到底经历了什么。

根据这几天寻访的结果，关于故事主线和主要人设，许我已经有了大体的思路。就在她准备动笔的时候，意外接到了沈炯的电话，切诺基被盗猎团伙伏击，身负重伤。沈炯匆匆挂了电话，但许我已经感觉到，这件事情肯定跟自己脱不了干系。她没有丝毫犹豫，打开手机订了第二天上午飞往梨江的航班。

出发前，许我专门理了个短发，然后去了一趟烈士陵园。那里长眠着一名英勇无畏的边防警察，是她的至亲，更是她儿时的偶像。

19 年前的那一天，她正在参加期末考试。母亲披头散发地冲进来将她拽出教室，直到坐上车，她还在挣扎着要回去做完最后一题。她记得母亲劈头给了她一记耳光，冲着她哭喊:“你舅舅死了，以后再也没人带你骑马打枪了！”

那一年，她八岁。舅舅是武警某边防支队的副参谋长，在追捕一伙走私犯时为战友挡枪牺牲，身上留下了一百多颗弹珠。她有一个秘密，和舅舅拉过钩的秘密，母亲不在身边的时候，舅舅就是她的爸爸。每次她叫爸爸的时候，舅舅都会紧紧地将她搂在怀里。

再过几天就是他的忌日，每年的这个时候，母亲都会回国祭奠。此去青海，她不知道还能不能在那天陪母亲一起来。

登机的时候，许我给骆好打电话，想让她帮自己请假。这些天骆好一直跟徐建富腻歪在一起，每天至少要在朋友圈里秀三组九宫格。许我有点小失落，但更多的是喜悦。为骆好修成正果的爱情，也为了压在自己心头不可名状的包袱。

许我没有再遮遮掩掩。

骆好一点也不客气:“许大胆，你是不是疯了？”

许我皱紧眉头:“错过了这次，也许这辈子再也没机会疯狂了。”

“你到底是为了故事，还是为了那个人？”骆好粗暴地打断她。

许我愣住:“我不知道，也许这一次就会有答案。”

6

Chapter

再会

见到任骄阳时，天刚蒙蒙亮。他气若游丝地靠在路边的石碑上，嘴里还叼着烟头，微睁的双眼只剩下瘆人的眼白。缠在腹部的天蓝色丝巾已经被殷红的鲜血浸透，身后不远处的大吉普被子弹打成了马蜂窝。

这里往北不过五十里，就是“环保卫士”索南达杰当年殉难的地方。

1

飞机经停西安时，许我碰见了出差返回的扎西平措。他本来被抽调到公安大学学习，结果刚到首都便接到切诺基受伤的消息。

这个看上去与切诺基年龄相仿的汉子，一路上长吁短叹，感慨万千。他是这群人中唯一知道切诺基真名和之前背景的人。八年前，他还是警校实习生时，曾亲手抓捕过非法持枪的切诺基。那时，他还叫任骄阳。

三年后任骄阳出狱，化名加入一个民间野保队，并向他们捐赠了大量物资，但这个队长暗中与盗猎者勾结，收人钱财，被其发现。此后队伍解散，他带着原来的两名队员自立门户。扎西说服了时任局领导为其担保，“knight”队名也是他给取的。

扎西说他也不知道任骄阳与如来如何结怨，这么多年他一直讳莫如深。

许我问扎西：“有没有可能他一开始与如来是同伙，之后因为利益分配反目？”

“不可能！你这是编剧思维。而且他根本就没见过如来。”扎西回答得很干脆，语气中明显有些不满。

许我如释重负。这个问题她纠结了很久，她曾经想问沈炯，终究还是忍住了。如果任骄阳真的是正义之士，她就是在亵渎英雄。

许我问道：“那要如何解释他非法持枪的问题？别忘了，他曾经开发过狩猎的游戏。”

“我抓他的时候，他就在追击盗猎者。之所以盯着如来，是因为其他的团伙基本都被打掉了。”扎西说完，反问许我，“你觉得他像个坏人吗？”

许我坚定地摇摇头，但她隐约觉得扎西向她隐瞒了什么。作为一名警察，即便是以正义之名，也不可能无缘无故地助人复仇，何况这个人还是他亲手抓捕过的罪犯，于情于理于法都很难说通。当然，扎西不说，肯定有他的理由。

扎西最后告诉许我：“除了打击盗猎，他几乎与世无争。这些年，几乎是他以一己之力供养着野保队。我们能给他的，除了尽力保护他们的安全，还要时刻警惕着，别让他变成脱缰的野马。”

来接机的是沈炯，上车前，扎西拖住他想说点什么，被他一把甩开。去往医院的路上，沈炯一直沉默着，扎西则不断地发着微信。许我意识到事情远比他想象的糟糕，她紧紧地抱着打算送给任骄阳的一袋杭州特产，脑子里一片空白。

刚进市区，沈炯突然发作，将车子停在路边，冲着扎西低吼：“滚下去！”

扎西一脸无奈地摇摇头，打开车门跳了下去。沈炯一把抓起后座上扎西的旅行包扔给他，然后毫不犹豫地一脚油门冲了出去。

天已黄昏，外面下起了雨，归家的人们行色匆匆。街道两旁商铺的招牌陆续点亮，梨江老城一派人间烟火。沈炯沉着脸专心地开着车，许我不时地抬眼去看他。她不知道该说些什么，更不敢去问。她一路上都在默默地祈祷着，也许情况并没有她担心的那么严重。

过了好久，沈炯才吸吸鼻子，主动说道：“刚进手术室，不知道他这一次能不能挺过来。”

许我闭目仰头，良久，才缓缓开口问道：“其他人呢？”

“都在医院。你走的第二天，扎西就让他把队伍解散了。兄弟们知道他不会放弃的，除了唐杰那个白眼狼，其他人都没走。”

“为什么要解散队伍呢？伤害他的是之前的那帮人吗？”

“行动失败了，我们成了替罪羊。”沈炯越说越激动，突然用力地拍了一下方向盘，“大切扔下我们，一个人跑去卓乃湖守护在那里繁殖的藏羚羊，结果……这帮孙子太狠了！”

“都是我的错，真没想到会变成这样。他们为何这么疯狂？”许我的声音有点颤抖。

“你也不是故意的。大切是他们的眼中钉、肉中刺，一直压得他们喘不过气来。现在交易不成便狗急跳墙，一门心思要除掉大切。”沈炯说完顿了顿，声音有点哽咽，“如果可以的话，帮我们跟领导求求情，别让我们解散。”

许我狠命地点点头，然后问道：“还有人敢在卓乃湖猎杀藏羚羊？”

沈炯摇头：“守护的人很多，早就没有了。他每年都会带着兄弟们去待几天，几乎变成了一种仪式。他还亲手为藏羚羊接生过，说是想让大家亲眼看到生命诞生的过程。”

许我眼里噙满泪水，她想起了那张任骄阳抱着小羊的照片，脑海里又浮现出那个微风沉醉的夜晚和车顶上那个守护着他们的孤独的背影，还有余音袅袅的《故乡的原风景》……

2

去卓乃湖前，任骄阳搬到了唐古拉山镇。

队伍解散后，他睡了整整两天。那天傍晚，他起床发现院门上挂着一颗血淋淋的羊头，整双眼睛被抠掉，只留下两个黑洞洞的眼眶。

刚解散队伍就有人上门“送大礼”，对方显然已经得到消息了。

四年前路过大格勒时，正是枸杞成熟和格桑花怒放的季节，他帮一个当地阿婆摘了两天枸杞后，买下了她的小院。阿婆一直管他叫“杭州人”，虽然大家一年中在大本营待着的时间屈指可数，但却跟阿婆一家相处得十分融洽，这两年的除夕夜都是在阿婆家过的。队员们只要在外面待上一个月，就开始念叨阿婆包的饺子和加了枸杞一起红烧的黄河大鲤鱼。

有了阿婆的照应，他每次回来恍惚中都能感觉到家的温暖，他相信队员们跟他的感受一样。这几年，他不止一次地憧憬着在这个抬头满天繁星、放眼遍地牛羊的地方度过余生，却从未想过，有朝一日会逃离这里。

惊恐的阿婆报了警。任骄阳不想再跟警察纠缠，默默地坐在满院子的格桑花中抽了一支烟后，起身将房子的钥匙扔给了阿婆，最后看了一眼还挂在门口的野保队的木牌，驾车扬长而去。

他不怕死，只是不想连累这里的任何人。这颗羊头明确地告诉他，这些年总是在关键时刻有如神助的如来，本质上就是个十足的赌徒，愈是山穷水尽，愈会恣睢无忌。他知道接下来的路只会更加凶险，但他坚信人不可能一辈子靠运气活着，只要自己不死，如来终会服法。

离开大格勒后，任骄阳顺道买了些粮油和水果，去向已经还俗的喇嘛德吉道别。他不是个佛教徒，穷困潦倒的德吉更算不上得道的高僧。德吉知道关于他的一切，每次见面，德吉都会和他行碰头礼，然后泡一壶酥油茶。他从不问道，喝完了就走；德吉总能看透他的心思，却从不点破，只说些吉利的话。

那天，他们比往常说的话更少。德吉对他要离开这里一点也不觉得意外，不问缘由更不问去向，两个人讨论完天气便默默地坐着喝茶。直到临别前，德吉才语重心长地对他说："前心造，后心报，何有脱时？若前心不造，即后心无报，亦安得妄见业报哉。"

任骄阳坐在车里愣了好久。

几年前，他和唐杰在柴达木初次见到德吉时，德吉就指着他，说他"不疯魔不成活"，他认定的事谁也挡不住。当年他问德吉，要如何才能放下执念？德吉指着眼前的沙漠说："心魔不起，外魔不生。这里本该是一片草原。"

德吉是禅者，信奉宽恕、福报与天道轮回。而他，只是这人间一个匆匆的过客，不问前生不求来世，只愿这一世能惩恶赎罪。

唐古拉山镇地处唐古拉山脉北坡，距离大格勒 400 多公里，是札合木的一块飞地。入藏口的特殊地理位置加上多民族混居，使得这里欣欣向荣又鱼龙混杂。这些年，"knight"的很多情报都来自这里的一个叫"天路"的汽修店。

任骄阳第一次受伤，就是在唐古拉山下的混牧区，他被人绑在了自己的车顶上，险些被鹰鹫分食。那次救他的，是打算到长江源头沱沱河来寻死的破产股神唐杰。而这次救他的，则是天文学博士梨子恒。

他怎么也没想到，如来的手下会如此丧心病狂。他选择傍晚出行，想在次日天黑前赶到卓乃湖。刚进无人区，便发现有两辆车远远尾随，他试探着变线后发现他们并没有跟上来，便以为对方是自驾游的驴友，彻底放松了警惕。他不知道，自己一到唐古拉山镇便被这伙人盯上了，对方料定他要去卓乃湖，便兵分两路前伏后随。

等到他发现危险的时候，已经太晚了。他没有枪，身边更没有兄弟，他甚至都不知道对方到底有多少人。听到第一声枪响时，他就决定选择逃命。他撞开了一辆围堵他的车，在暗夜的无人区，在铺天盖地的子弹里，像一只受伤后被围猎的独狼，红了眼睛瘸着腿，伤口迸着黑色的血，跌跌撞撞、左冲右突。

他告诉自己，无论多狼狈都要活下来。他不怕死，但他不想死，他不甘心在这里腐烂，变成一副赤裸森白、散发着恶臭的骨架。德吉曾说，人要死得其所。这些年他无数次想过自己的下场，如果一定会死，他希望自己尸骨无存，从这个世界消失得无影无踪。

直到再也听不到枪声了，他才终于停下了车，挣扎着摸出了一根烟。漆黑的夜似乎有了一丝亮光，他打开天窗抬头看向夜空，启明星眨了眨眼又钻进了无尽的苍穹。他摸了摸腹部，血就快流干了吧？他已经感觉不到疼痛了。星星终于出来了，一颗、两颗、三颗……星辰渐渐铺满整片夜空，数都数不过来，他嘴角牵动着浮起一丝微笑，张开手指想丈量两颗最亮的星星之间的距离，最终无力地垂下，然后轻轻地合上了双眼。

德吉一直说他命不该绝，一定会活到寿终正寝。每当和德吉谈论生死的时候，他总是微笑着沉默。为了死的那一天，他已经做好了准备，他甚至幻想过如果人能多一条命，他一定会毫不犹豫地去体验一次，然后把最后一次交给老天。

德吉说得没错，他命不该绝。

在可可西里为天文台选址的梨子恒，原本打算去西藏，结果在太阳湖南岸碰见了两个来祭奠索南达杰的大学生，然后在他们的鼓动下，一起跑到卓乃湖看藏羚羊产崽。

那天晚上，沈炯给他打电话，说队员们准备去呼楞措找领导“请愿”，希望他作为见证人能去帮他们说说话，梨子恒挂了电话便往回赶。

见到任骄阳时，天刚蒙蒙亮。他气若游丝地靠在路边的石碑上，嘴里还叼着烟头，微睁的双眼只剩下瘆人的眼白。缠在腹部的天蓝色丝巾已经被殷红的鲜血浸透，看不出本来的颜色，身后不远处的大吉普也被子弹打成了马蜂窝。

这里往北不过五十里，就是“环保卫士”索南达杰当年殉难的地方。

3

梨子恒在医院门口拉开车门的时候，许我愣了好久。这个半个月前还神采飞扬、戏称要一辈子给她当“备胎”的梨公子，此时眼窝凹陷，神色萎靡，一下苍老了十多岁。

走过两条长长的走廊，梨子恒只说了一句话：“He's Rambo[1]，never die！”

队员们都守在手术室的门口，仓拉和辅警老贾也在，还有两个穿制服的辖区警察和几个陌生的面孔，据说是以前离开的队员。旦增眼睛红肿，一个人怯怯地靠在墙角仰头看着天花板。大家见到许我，都一脸漠然，只有老贾冲着她笑了笑。

没有人说话，空气像是凝固了。许我紧紧地抓着挎包肩带，茫然无措地看着对面椅子上闭目养神的梨子恒。昨天到现在，从无人区到中间转院再到去公安局做笔录，梨子恒已经连轴转了三十多个小时。

不一会儿，扎西赶到，队员们都围了上来。老贾和梨子恒拼命地将他们按回到座椅上，那俩警察将扎西推进了楼梯间。沈炯来回踱着，老贾一直在搓手，气氛无比压抑。许我能清晰地听到墙上电子钟的嘀嗒声。

差不多快天黑的时候，手术室的门才打开。队员们一拥而上。

护士高声问道：“谁是O型血？伤者需要再补充200毫升。”

“我！”梨子恒应声而出。

“你没休息好，太累了。”许我拉住已经撸起衣袖的梨子恒，“还是我来吧。”

梨子恒知道她从小怕血，小声问她：“不害怕吗？”

许我摇摇头：“总是要经历的，不用担心。”

半个小时后，手术终于结束。任骄阳脱离了危险，但因为中了三弹加上腹部被打穿，失血过多，一直在昏迷，必须要转到重症监护室观察。主治医生说，放在上衣口袋里的手机救了任骄阳一命。他低声痛斥围上来的队员们，说他们心太大，伤者的肋部还卡着一颗弹头，离心脏只有几毫米的距离，至少有四五年的

---

[1] Rambo：电影*Rambo*（《最后一滴血》）中史泰龙饰演的经典孤胆英雄角色。

历史。

旦增当场就哭了，他说队长一直要求他们把手机放在上衣左边的口袋，护着心脏，即便是盛夏的季节也不准穿没有口袋的T恤衫，这几乎成了“knight”的铁律。为了这个规定，他们私下里还笑话过队长。

看着面无血色的任骄阳从身边经过，许我心底一阵抽痛。即便命悬一线，这个男人仍从容安详得像是在熟睡。刚才在手术室里，她差点没晕过去，她不敢去看任骄阳，不敢去看输血管，强撑着才输完了血。

医院专门为大家准备了两间休息室，旦增哑着嗓子说什么都不肯休息，他要守着队长醒来。许我默默地坐到一边，她不知道怎么安慰他，从队员们看她的眼神就知道，这里并不欢迎她。

梨子恒送走了辖区警察，回头见许我落落寡合、六神无主的样子，心里五味杂陈。是他让沈炯通知许我的，可当沈炯打电话的时候，他就有点后悔了，满心期待着许我能漠视，没想到她会这么迫不及待地赶来，还克服心理障碍，义无反顾地去输血。

许我还在路上的时候，骆好跟他通电话时就痛斥他不该告诉许我，这样会害死她。

那天送许我去机场，梨子恒就感觉到了她的不舍，是留恋这里的不羁，还是因为没达到采访目的？抑或如骆好所言，仅仅因为某个人？也许都有，他不敢肯定，但至少有一点，任骄阳受伤她肯定会自责，这个姑娘太感性了。

他走到许我身边:“你脸色不太好，我给你开个房，去休息吧。”

“没事的，不要紧。”许我摇摇头，从袋子里抓出一盒绿茶饼递给他。

“这是给他准备的吧？”

许我点头:“怎么会这么巧？为什么是你救了他？”

“如你所言，也许是冥冥之中早有安排。”梨子恒说完，咧开干裂的嘴唇笑了笑，“救了他，我终于失去了你。”

许我嗔怒道:“你本该是英雄，非要变得这么不正经。”

“你不应该来的，我后悔了，你比我还不了解他。”梨子恒正色道。

许我有点不服气:“我知道的一定比你想象的更多。”

“你一直在调查他？为了创作，还是为了拯救大兵瑞恩？”

“也许都不是，我也不知道。”许我摇头，神色黯淡。

梨子恒一时语塞，竟然不知道再说些什么。他知道这句话意味着什么，他习惯了从前干净利落的许我，从小到大，她就是那种特别明白的姑娘，不会撒谎，更不会在一个问题上摇摆不定。

“你那天文台选好位置了吗？有没有什么我能帮得上的？”许我显然对他突然的沉默有点不习惯，算是没话找话。

梨子恒有点答非所问：“我已经决定留下来了。”

许我迟疑地看着他。

“很简单，备胎和原配必须得在一起。”梨子恒笑道，避重就轻。

许我翻了个白眼：“我听说他们已经解散了。”

梨子恒反问：“你都看见了，能散得了吗？”

“子恒，”许我喊了一声，然后缓了缓才说道，“如果因为我，不值得。”

梨子恒抬头看向长长的过道，过了好久才说道：“比起浩渺的宇宙，他更让我感动。我一直相信灵魂不死、精神不灭。我只想助他一臂之力！”

仓拉将梨子恒叫进队员们隔壁的休息室，扎西打算找他了解情况。结果刚坐下，便听到隔壁传来噼里啪啦的声音，不一会儿老贾黑着脸顶开门，怀里抱着一堆被队员们扔掉的面包和饼干。

“白眼狼，一群白眼狼！”老贾将怀里的东西一股脑倒在椅子上，一脸不忿。

仓拉腾的一下站起来就要出门，扎西一把拽住她：“都在气头上，较个什么劲？”

仓拉气鼓鼓地安慰道：“这事怎么能赖你？他们太过分了！”

扎西抬手阻止她：“你俩现在就回去，这边的事情我来对接。告诉兄弟们，这几天辛苦点，在队里全时待命。”

话音未落，沈炯和接到消息后赶回来的唐杰一前一后推门而入。

沈炯进门便嚷嚷：“为什么还不去抓人，你们这是在等着给他送终吗？”

扎西看着他一言不发。

老贾跳出来怒斥：“你当过兵吧？怎么跟领导说话的？一点规矩都不懂！”

“要官威上瘾是吧？要想当领导就收回成命，兄弟们都在等着去找人！”

“你告诉我，谁干的？凶手在哪里？你们又能干什么？”扎西终于忍不住了。

唐杰拉住还要争辩的沈炯：“刚解散就有人盯上他，我们怀疑有内鬼！”

老贾插嘴：“你是在怀疑我们？”

扎西横了老贾一眼，跟着说道：“怎么查，不用你们来教！这边辖区的同志已经介入了，需要调查后才能确定是否跟以前的事并案。至于其他的事，等大切醒来再说。”

“无论如何，我们都要从头开始，绝不能让他一个人流血！”

沈炯的声音振聋发聩。

4

仓拉和老贾走后不久，原本要等着任骄阳醒来了解情况的扎西突然要离开医院，临走时交代许我，任骄阳醒来第一时间给他打电话。

许我见他行色匆匆，追上去问他是不是出了什么事。扎西愣了一下，没头没脑地说了句：“你告诉那哥儿几个，我没回来之前，谁也不准离开！”

许我转身，看见旦增正冲着扎西的背影拳打脚踢。她忍俊不禁，想起沈炯曾经说过的话：“队长在身边，旦增就是头狼；离开大切，他就是只小绵羊。”

扎西刚走，许我就看见来了两个警察，但他们转了一圈又不声不响地离开了。

第二天临近中午，切诺基从ICU转回到贵宾病房。

这是个带厨房和会客室的大套间，同样的病房整个医院只有三间。任骄阳还在抢救的时候，扎西就跟院方打了招呼，当时住在这里的是一个刚退休的高官，听说医院收治了一个被盗猎者打伤的英雄，二话不说腾出了病房。

许我远远地站在蜂拥而上的队员身后，透过人群的间隙看着身上裹满纱布的切诺基，还有他这群历经磨难仍不离不弃的兄弟，她突然觉得自己过往的追求与执着是那么渺小和不堪一击，心中燃起强烈的、前所未有的使命感。

虽然转危为安，但切诺基的身体仍然很虚弱，不一会儿又睡了过去。队员们都争着要陪床，护士长说病人至少得躺一个月，吃喝拉撒都得用心照应，最好是有家属陪床，糙老爷们儿不靠谱。

许我毫不犹豫地挺身而出："我来！"

"你是病人家属？女朋友？"护士长问道。

见许我红着脸，不知如何作答，沈炯赶紧解围："她是我们队长的亲侄女，昨天还给他输血了。"

队员们忍俊不禁，纷纷附和。

唐杰在一旁打趣道："你们没搞清楚什么叫家属，得跟他在一个户口本上才算数。侄女只能算是亲属，家属不在就只能让亲属上了。"

许我一脸尴尬："我护理过病人，有经验。"

护士长不耐烦地一挥手："都散了，病人需要安静，最多只能再留一个跟他侄女换班。"

许我在医院门口的鲜花店买了个漂亮的玻璃瓶和一束白色的马蹄莲，付钱的时候，热情的老板娘又送了她一盆格桑花。她刚走出花店，便听到有人叫她，扭头一看，原来是之前见过的那个运输公司的老板韩少辉。

他从车窗里探出脑袋，满脸堆笑地问她是不是在照顾切队长，原来他是来医院探望任骄阳的。两个人站在那儿聊了一会儿，得知切队长一直在昏睡，他双手合十默念了几句，然后一瘸一拐地走到车尾，从后备厢里拎出几件进口的高档营养品递给许我，让她给切队长带个好，说等到状况好点再来看他。

回到病房，许我才想起来给扎西打电话报平安。电话无人接听，而且仓拉的手机竟然关机了。唐杰说他们应该在执行任务，不方便接电话。扎西临走前交代他们不要离开，大家都期待着，他可能是想跟他们谈队伍的事，事情也许有了转机。

大家商量着留下旦增陪许我照顾队长，其他人都撤到旅馆里等扎西。

看着沉睡中的切诺基，旦增敞开心扉拉拉杂杂地和许我说了很多往事，关于他自己和沈炯，还有唐杰。

旦增在梨江地震中痛失双亲，十三岁便辍学帮盗猎者偷运羊绒。那年在可可西里遭遇暴风雪，他被团伙抛弃，切诺基硬是扛着他走出了无人区。后来切诺基要资助他去上学，他死缠烂打了半年，切诺基才决定将他带在身边。

沈炯还在服役时就认识切诺基。同样是一个极端的暴风雪天气，沈炯和战友深夜追捕越狱的逃犯时，车子失控滚落山涧，切诺基正好路过，用拳头砸开了车窗。沈炯退役后找了他整整三个月，然后又跟着切诺基死缠烂打了三个月才入了队。

唐杰曾经资产数千万，是个小有名气的“牛散”[1]，而且特别好学。走到哪里，背包里都会装上几本书。2015 年股灾时配资爆仓，他一个人开着车从上海跑到唐古拉山来寻死，结果撞上了被盗猎者打伤后绑在车顶上等死的切诺基。

旦增说，本来队里有十来个人，如来总是在节骨眼儿上逃脱，原来的几个老队员便怀疑他和唐杰，逼着队长“清理门户”。队长宣称“无兄弟，不战斗”，他们可以怀疑他这个队长，但绝对不允许他们怀疑其他兄弟。因为队长的态度，那几个队员都离开了。他说，送别他们的那天晚上，他第一次见到切诺基流泪了。

旦增夹杂着俚语的普通话有点蹩脚，但许我仍然听得入神。她对旦增的话深信不疑，若不是之前的亲身经历，她觉得纵使自己再写二十年剧本，也编排不出这些情节。

许我试探旦增:“你知不知道你们队长过去的经历？”

“没人知道，他也从来不说。”旦增说完想了想，又补充道，“队长一直养着我们。唐杰说他是江浙人，那里的富人很多。不过，这些都不重要。”

许我笑问:“那什么才重要呢？”

“品格！”旦增说完，露出两排整洁的牙齿，不好意思地笑了笑。

“可是，我怎么感觉好像有些领导不怎么喜欢他？”

“你说的是那个程副局长吧？”旦增说完抓了抓脑袋，犹豫着说道，“我也不知道，反正他得罪的人很多。”

许我没有往下追问，转而问道:“这些年，他回过家吗？”

[1] 指非机构的自然人账户，但却是择股能力很强、盈利能力非凡的“很牛”的散户。

“没有！”旦增头摇得像拨浪鼓，“他说‘不破楼兰终不还’，抓不到如来，他就永远不会离开这里。”

许我没再说话，眼里泛起了一层雾气。

过了好一会儿，旦增突然问道：“姐，你是不是以前就认识他？”

许我吸了吸鼻子，笑而不语。

“他们都说你知道他的名字，是专门来找他的。那次在梨江，你和另外一个姐姐拦下我们的车之后，队长那天很奇怪。”

许我心里咯噔了一下：“怎么奇怪了？”

旦增欲言又止，犹豫了半天才吞吞吐吐道：“本来，本来我们可以换条路堵住他们的，但他莫名其妙地把车子开到河套里陷进去了，那些人就跑掉了。”

许我的脑袋像被人捣了一拳，闭上眼睛半天没说话。她终于懂了任骄阳“记事本”中关于那天的感慨：“总有些事让人猝不及防，自乱阵脚才功亏一篑。”

她相信任骄阳一定不会记得多年前他们曾经有过一面之缘。是啊，就像众星拱月般，那时候，有太多花枝招展的学姐学妹们围在他身边。但那天在高速上，他肯定认出了骆好。女人特有的敏感吧？也许他和骆好都没有翻篇，她不相信一个正经的女孩会在男人对她毫无感觉的情况下，不管不顾地投怀送抱。

许我突然的情绪变化，让旦增有点不知所措：“队长说过了，后来发生的这些事跟你没关系，都是如来太狡猾了！”

旦增显然是会错了意，接着又抖起机灵：“我不相信他们说的，因为你才是编剧。再说了，我要是女生，遇到我们队长这样的英雄，肯定也不会放过他！”

许我被他逗乐了：“他是英雄吗？”

“嗯！沈炯说他是侠之大者，就是大侠的意思。”

“队伍解散了，以后怎么打算？”

“他走到哪儿，我跟到哪儿！从小父亲就教导我，羊知跪乳之恩。”

“一点不害怕吗？”

旦增摇头，目光坚定：“索南达杰在佑护着他，他在保护着我们！”

5

梨子恒刚到旅馆，脱了衣服正准备洗完澡好好睡一觉，手机就响了。打电话的是他在无人区碰见的那两个大学生，他们在去往沱沱河的路上，见到了疑似追杀任骄阳的两辆无牌的绿色皮卡车驶进了一个矿区。

任骄阳刚被梨子恒抱上车的时候，头脑还是清醒的，说追杀他的是两辆改装过的国产皮卡车。梨子恒当时就电话交代那两个还在卓乃湖的大学生，让他们帮忙留意。

没想到，还真让他们撞上了。

梨子恒从床上蹦起来，一边打算报警，一边让同屋的沈炯叫上其他队员。但沈炯很快冷静下来，说那款车在青海随处可见，就只有黑绿两种颜色，因为适合野外通勤，不挂牌照和改装轮胎的人很多，而且兄弟们手上的家伙都被收缴了，真遇到那拨人恐怕也无从下手。

扎西的电话仍然无人接听，两个人犹豫片刻，决定先去看看再说。

梨子恒的车子上有工兵铲和棒球棒，沈炯多了个心眼，在旅馆楼下买了几瓶廉价烈酒和两卷绷带，又在加油站给梨子恒的备用油壶加满了汽油。

哥儿俩像出征的勇士，紧张而又亢奋地驾着 G500 直奔沱沱河。

快到目的地的时候，已近黄昏。大学生又来电话，说有一辆车刚刚离开，问他要不要跟踪。梨子恒吓了一跳，没想到这俩小子这么血性，一直守在那里没离开。梨子恒担心他们被对方发现，便谎称警察已经抓到嫌疑人，要求他俩离开。

梨子恒已经笃定那两辆车就是行凶者，因为大学生告诉他，刚离开的那辆皮卡只亮着一个大灯。他想起任骄阳说过自己曾开车撞击对方的车，后来他想让梨子恒拖走他的大吉普，梨子恒看了一眼车，车头右侧的保险杠被撞得凹了进去。从位置判断，那个位置对应的正是皮卡车的一侧大灯。

沈炯分析，另外一辆车很可能会在矿区过夜。现在再叫兄弟们过来已经来不及了，沈炯接着给扎西打电话，而此时扎西正在给许我回电话。

原来，头天晚上仓拉和老贾在归队途中遭遇了车祸，肇事车辆逃逸，老贾只受了点皮外伤。但坐在副驾驶位上的仓拉受了重伤，一直在抢救中。

扎西接到老贾电话的时候，出于职业的敏感，他当时就觉得是蓄意肇事，而对方的目标很可能就是他这个刑侦队长。如果真是这样，那就太可怕了，对方极有可能一直在暗中盯着他们，然后借助野保队解散的契机开始疯狂报复。

他担心这帮丧心病狂的家伙会到医院来行凶，所以才交代许我告诉队员们不要离开，然后又请求辖区派警察到医院看守。许我见到的那两个警察，在病房外转悠一圈发现有监控探头后，一直守在医院的消控室里。

扎西回沈炯电话的时候，哥儿俩已经到了矿区。

沈炯简单说了下情况。身心俱疲的扎西倒抽一口凉气，赶紧嘱咐他："你们找个地方藏着盯好，我马上调集警力赶过去！"

沈炯解释："现在出手，我跟梨子恒有把握按住他们。万一再跑了，就没得玩了。你们赶紧去找那辆瞎了一只眼的车。"

"不准动，这是命令！就算那辆车离开了，也不准去追！"扎西在那边吼道。

沈炯跟着怒吼："等你们过来，沱沱河都他妈结冰了！"

"沈炯，你脑袋被车碾了？你俩现在师出无名，他们死了，你们得坐牢；你们死了，连个烈士都捞不着！"

"去你妈的！"沈炯按断电话，直接关了手机。

7

Chapter

交　锋

“善始者众，善终者寡。”任骄阳说完，闭上了眼睛，“你真的不该再来。”

许我扭头看向窗外，几只麻雀贴着紧闭的玻璃窗，扑棱着翅膀，拼命地想要穿过眼前这似乎并不存在却又无法逾越的屏障。

“切队长，你的身上流淌着我的血液，你再也别想赶我走了！”

1

天还没有完全黑下来，梨子恒和沈炯坐在车里屏气凝神。车内的气温只有10℃，正午的时候，他们在400公里外的札合木，还穿着短袖T恤。

梨子恒嘴里嚼着口香糖，静静地看着窗外，远处巍峨的格拉丹冬雪山依稀可见。他对这里并不陌生，往西不过20公里便是全球海拔最高的探空站“沱沱河气象站”的所在地。

一个月前，他才跟那位被切诺基吓得两腿发软的周教授来这里参观考察过，住在一天五十元的民宿里，整整一个星期，踏遍了方圆数百公里的土地。

后座上的沈炯，正面红耳赤地倒腾着手里的酒瓶。为了壮胆，他刚刚一口气吹了半瓶白酒，这会儿正在将汽油和几瓶烈酒掺合在一起，用绷带搓成捻子塞到瓶口里。

为了这个“武器”，来时的路上，沈炯跟梨子恒争执了好久。沈炯他认为纯是白酒，只能当作“燃烧瓶”，威力太小；光用汽油就变成了“燃烧弹”，可能会炸死人，只有将两个掺和才能均衡。梨子恒扯了半天物质的能量和密度后，见他还是一头雾水，便笑称子弹与弓箭理论上都是一样伤人，区别在于准头和力道。

一切准备就绪，梨子恒关了车灯，小心翼翼地驾车绕着矿区转了大半圈。进出矿区只有一条表面覆盖着矿土的石子路。沈炯查看车辙，确认了大学生的表述——进去了两辆车，出来了一辆。

哥儿俩不敢靠得太近，踩好点后便将车远远地停在一个隐蔽的沟谷中。两边都是开矿留下的碎矿堆，从这儿往上爬几十米，整个矿区便一览无余。沈炯脱下外套将酒瓶包裹起来缠在腰上，拿起工兵铲在手上掂了掂，率先下了车。

梨子恒提着棒球棒打开车门，一个哆嗦，又缩回来加了件衣服。等他下车，沈炯已经爬到了半山腰。

星稀月暗，初夏的沱沱河沿岸，微风拂面，彻骨生寒。梨子恒手腕上的“卡西欧”显示气温 3℃。

这是个废弃的矿区，面积并不大，放眼望去，都是裸露在地表未修复的山体沟谷和层层叠叠的坑洞，显然是一个不成规模的非法采矿点。

上次来沱沱河的时候，民宿的老板曾告诉梨子恒，因为这里矿产丰富，以前是盗采者的乐园。多年前，为了保护三江源的生态环境，政府重手整治，几乎关停了所有矿点。

哥儿俩交替用夜视望远镜来回搜寻了好几遍，既不见车也不见人，地上更是找不到建筑物，盗猎者像人间蒸发了般。沈炯急中生智，指向身边不远处的一块篮球般大小的矿石，梨子恒会意地点点头。

石头滚下矿堆，沉闷的响声过后，一束强光手电的光柱像从地底下直射而来。哥儿俩屏气凝神伏在地上，沈炯下意识地将手伸向腰间。光柱漫无目的地扫了几圈，很快就熄灭了。

二人这才反应过来，对方可能藏在采矿留下的坑道里。

位置锁定，就在他们的左前方六百米开外。沈炯迫不及待地刚要起身，被梨子恒一把按住，几乎同时，几束强光从同一个方向照向他们伏身的地方。角度加上距离，对方不可能看到伏在高处的人。梨子恒通过望远镜看见三个大汉散开，两个手持强光手电，还有一个端着双管猎枪四处比画着。

过了足有三分钟，三个人重又聚到了一起，像是在讨论着什么，两个人随后转身进了坑道，留下了那个持枪的大汉守在外面。

沈炯接过望远镜观察了一会儿，自言自语道:“很可能是他们的老巢，至少也是一个据点！”

梨子恒扭头看着他，一脸的难以置信:“这里？”

“这些人就是一群穴居的耗子，见不得阳光！”沈炯咽了口口水，接着说道，“半年前我刚入队的时候，大切带着我们在治多县的一个山洞里缴获了一批野牦牛和藏羚羊的角，那里面贮藏的食物和生活用品够用好几年。可惜，那次一个人都没逮着。”

“如来团伙？”

“不确定，大切说他没发现如来的人杀过牦牛。但这几个孙子肯定是如来的人，只有他们想要弄死大切。”

“如果是这样，咱们就更不能轻举妄动，走掉的那辆车可能还会回来。”

“嗯！”沈炯点头，兴奋地说道，“这次说不定能抓住如来！”

梨子恒两眼放光:“那怎么办？给扎西打电话吧？”

沈炯犹豫了下，掏出手机，刚开机，扎西的电话就进来了。

“沈炯你听我说，那边的兄弟已经发现了另外一辆车，你们的位置也被他们锁定了，正在赶来的路上。你们盯好了，最多半小时！”

沈炯挥舞了一下拳头:“他们跑不了！这地儿可能是如来的老巢。”

“千万别打草惊蛇。”扎西在那边一再嘱咐。

“老大，这次我们要是立功了，兄弟们就不用解散了吧？”

沈炯说完，发现扎西已经挂了电话。

“我有个不好的预感，他们随时可能会走。”梨子恒分析道，“那个拿枪的还守在坑道外，不像是要在这里过夜的样子。而且，如果另一辆车发现自己被盯上了，就肯定会通知这边。”

沈炯一拍脑门:“咱们先下手，我去解决掉那个带枪的，然后封锁坑道口！”

2

任骄阳醒来的时候，许我正站在门外小声地跟骆好通着电话。病房里弥漫着淡淡的茉莉香水味，旦增伏在床尾睡意正酣，墙上的石英钟指向了晚上 9 点。

从昨天下飞机到现在，骆好给许我发了几十条微信语音，但她一条都没点开。她知道骆好要说什么，甚至能脑补到她说话时的表情。她原本想着跟任骄阳照上面后，待到自己彻底平静下来，再接受骆好的“审判”。

“许我，以后漂流瓶联系！”这是骆好的最后一条文字消息。等许我回她的时候，发现自己已经被拉黑了。

许我哑然失笑，这是骆好惯用的伎俩。她俩虽然从小就“焦不离孟，孟不离焦”，但许我喜欢安静，常常关了手机独自宅在家里看书。骆好是个急性子加强迫症，还一惊一炸，凡事都习惯了先找她。许我有时候挺烦她的，故意不搭理她，她就不停地打电话、发信息，实在没辙了，就拉黑许我的微信。

许我刚拨通电话，就听到骆好在那边大笑。

许我轻叹一声：“咱能别那么幼稚吗？今年第三回拉黑我了吧？”

“许我，徐建富正式向我求婚了。”骆好的喜悦溢于言表。

“嗯。”许我探头看了一眼病床，发现任骄阳的脑袋动了一下，她愣了会儿才反应过来，说道，“祝福你呀，终于修成了正果！”

“你就不问问我答没答应？”

“还用问吗？你俩不是都睡一起了？”

骆好大笑：“那么，你什么时候……你还打算回来吗？”

许我捂着嘴，差点笑出声：“徐老板是不是怕我跑了？”

骆好清了清嗓子：“你是不是把梨公子也拖下水了？他跟我说了，要跟他们一起。”

“这事我管不了，咱都别操心了。”

“许我，他肯定是因为你才……”

“如果你经历了他所经历的，你就能理解他为什么会做出这样的选择。”许我打断她，回头看了眼病房，“他醒了。放心，我就算舍弃世界也舍不得你，我肯定得回去给你当伴娘。”

许我挂了电话，旦增听到动静才醒来，嘴角还挂着口水。

“切队长，我又来打扰你了。”许我走过去，俯身贴近任骄阳的耳朵轻声说道。

没有回应，任骄阳仍旧闭着眼睛。

旦增赶紧竖起食指贴着嘴唇，示意许我不要打扰他的队长。

许我笑了笑，转身问旦增：“他以前是不是很喜欢装睡？”

“没有啊。”旦增说完挠挠头，“我也不知道。他经常几天几夜不睡觉，但只要想睡，走路都能睡着呢。”

许我觉得有点不可思议:“为什么几天几夜都不睡呢？还经常？”

“咯。”没等旦增开口，病床上响起一声轻咳。

“快去叫医生，说他醒了。”

旦增满脑袋问号，看了眼“熟睡”的任骄阳，跟着一溜烟跑出病房。

任骄阳睁开眼，盯着许我:“你怎么又回来了？”

“听你这语气，还是要赶我走？”许我歪着脑袋，笑眯眯地回应着。

任骄阳面无表情地扭过头，看看床头的“病人监护仪”，又转回头盯着天花板:“看来你是不会轻易放过我了。”

“对！”许我笑道，“早知今日，何必当初？上次就不应该赶我走。”

任骄阳闭上眼不再说话，但许我分明看到他嘴角微微上扬了一下。她伸手轻轻地掖了掖盖在他身上的被子，巧笑嫣然:“放心好了，我不会再给你添麻烦。你不知道自己笑起来有多灿烂，别再板着脸了，挺吓人的。”

这二十多个小时，许我一直惴惴不安，担心任骄阳排斥她，更在脑子里演练了无数次应对的方法。她觉得自己有点可笑，“许大胆”不过是浪得虚名。

她怎么都没推演到，任骄阳会如此云淡风轻。但任骄阳的态度还是给她打了针强心剂，更让那些莫名的焦虑瞬间消失得无影无踪。

主治医生是个戴着眼镜的中年人，待到随行的护士测完血压，才感慨道:“哥们儿，你这身体是铁打的吗？指标正常得太不正常了！”

旦增忙问:“大夫，您什么意思？”

“我的意思是，他的状况很不错，最多再躺三天就可以下床走走了。”

旦增这才放下心来，欢快地叫道:“老大威武！”

许我将医生送到门口，刚要转身，远远地看见唐杰站在楼梯口向她招手。唐杰一脸焦急地问许我知不知道沈炯和梨子恒去了哪里，说两个人离开了宾馆，电话也打不通。

回到病房，许我拿起手机给梨子恒打电话，果然无人接听，沈炯的电话亦是如此。刚才扎西回她电话的时候，虽然没提到车祸的事，但她已经听出扎西的情绪不对，再加上他走得匆忙以及这二位不接电话，让人不得不胡思乱想。

任骄阳看到许我的表情，似乎意识到了什么，要她拨通扎西的电话，然后把手机给他。许我犹豫的时候，他又转头命令旦增。

扎西没有隐瞒他，说哥儿俩发现了嫌疑人的踪迹，正在配合警察抓捕。

任骄阳从病床上猛地坐起来，对着电话厉声吼道：“他俩要是再出什么事，我跟你没完！”

3

果如梨子恒所料，正当哥儿俩准备行动的时候，下面隐约传来一阵发动机的引擎声，紧接着两束灯光在坑道里亮起。

扫码收听精彩音频

沈炯惊道：“不好，他们要跑！”

来不及思量，哥儿俩迅速冲下矿堆。就在此时，十多公里外的109国道上，几辆警车正风驰电掣而来。

对方显然没料到已经有人盯上了他们，加上路面坑洼不平，车子晃晃悠悠开得极慢。哥儿俩冲上路面的时候，皮卡还在400米开外，他们可以从容不迫地找好掩体，准备好“燃烧弹”，严阵以待。

一切准备就绪，眼看车子越来越近，直到这时候哥儿俩才感觉到紧张和心虚。

梨子恒的脑门全是汗水，不停地看着表。按照扎西的说法，警察至少还要十五分钟才能赶到，而对方最多五分钟就能驶离矿区，然后利用中间的时间差销声匿迹。

沈炯攥着酒瓶的手在微微地颤抖，脑子里飞速地转动着。他知道这伙人手中这种霰弹猎枪的威力，百米之内，铁砂铺天盖地。最可怕的是，这帮亡命徒基本上都是人手一枪，如果没有办法让他们瞬间失去抵抗力，等他们回过神来，他和梨子恒马上就会变成“蜂窝煤”。

沈炯比画着手势：“我先出手吸引对方火力，如果他们敢下车，你再扔。”

“一定要让车子烧起来！”梨子恒小声提醒道。

“保护好自己，扔完迅速撤离。”沈炯说完用力按了按梨子恒的肩膀，从土堆后面出来，猫着腰疾速穿过路面，翻身滚进一个矿坑。

扎西事后复盘了这场伏击的全过程，他坚定地认为哥儿俩只是侥幸成功，完全是因为对方蒙了，再加上道行太浅。只要有一个狠人，他俩就得躺着回来。

沈炯的“燃烧弹”在寂静的夜空中划出一道漂亮的弧线，随着一声脆响，盖着帆布的皮卡后车厢瞬间燃起。皮卡顿了顿，另一侧的梨子恒毫不犹豫地跟着出手，砸中了前挡风玻璃。

本来打算下车的嫌疑人又关上了车门，司机猛踩油门，夺路狂奔的皮卡像滚动的火球在暗夜里拖曳出一道炽烈的火线。

沈炯爬出矿坑，后背上别着工兵铲，一手一只酒瓶，跟在皮卡后面穷追不舍。此刻，所有的恐惧都被他抛在了脑后，他一心只想着抓住这几个宵小之徒，为队长报仇。

皮卡车在蹿出几百米后，失控撞向矿堆，剧烈的撞击之后又瞬间转向，一头栽进了路旁巨大的矿坑。

“危险！”紧随身后的梨子恒一个跃起，将沈炯扑倒在地。

“轰！”一声沉闷的巨响过后，世界复归了平静，空气中充斥着浓烈的汽油混合着烧焦的皮毛的味道。

刺耳的警笛声响起，梨子恒甚至已经看见了交替闪烁着的红蓝色警灯，沈炯却看到了两条人影冲上了矿堆。哥儿俩刚爬起来准备去追，便听到有人鸣枪示警，已经爬到半山的两条人影愣在原地，紧跟着，一群警察如神兵天降。

领头的警察冲着梨子恒问谁是沈炯的时候，梨子恒这才发现沈炯不见了。

百米之外的一个矿坑里，沈炯正手持工兵铲与一个端着制式步枪的彪形大汉对峙。

沈炯仰头怒吼:“你觉得你还能跑得了吗？”

大汉上前一步，枪管几乎抵住了沈炯的额头:“老子一枪打死你就够本了！”

“有胆子你早开枪了，还废这么多话？”沈炯凛然不惧。

大汉怒目圆睁，咬牙切齿道:“你他妈到底是什么人？哥们儿刚来这地方，还没与人结过仇。”

“三天前，在可可西里。你不会忘了吧？”

大汉愣了一下，显然是在装糊涂：“你肯定找错人了！看来是道上的朋友，警察来了你也跑不了，要多少钱你开口，放兄弟一马！”

“一个亿，马上！”

“大哥，你……你别开玩笑了。”大汉抓枪的手在微微抖动着，“前面坑道里的货能值几百万，那是兄弟们的所有家当，都……都他妈归你了。”

沈炯刚要说话，巨大的矿坑骤然间一片雪亮。

“放下武器，举起双手跪地！”

扩音喇叭带着刺耳的刺啦声，十几个枪口对准了大汉。

“咣当！”就在大汉松开双手，步枪落地的瞬间，沈炯抡起工兵铲照准大汉的腰间就拍了过去。

一声惨叫过后，警察鸣枪示警。沈炯眼里冒着怒火，缓缓地放下了再次举起的铁铲。

几乎就在同时，十几个警察冲进了五十公里外沱沱河镇的一个小旅馆，另外一辆皮卡上的四个嫌疑人束手就擒。

4

许我收到梨子恒平安短信的时候，旦增正在接扎西的电话，他按下了免提键。

扎西哑着嗓子，语气很平淡：“告诉大切，人都抓到了，他那俩哥们儿一根汗毛都没掉。”

旦增挂了电话，兴奋得蹦起来大叫：“老大，灭了，团灭了！”

许我也跟着激动不已。

任骄阳却闭着眼睛不为所动，过了好久才莫名其妙地摇了摇头，悠悠地说道：“应该不是他们。”

旦增愣在那里，眼睛慢慢地红了起来。队长的话，他从来都深信不疑。

任骄阳的感觉没错，这帮人确实不是如来团伙。第二天一早，警方突审的结果就出来了，这是一年前才从蒙古国流窜过来的走私团伙，身上还背着命案，那颗挂在野保队门口的羊头也不是他们所为。

梨子恒与沈炯第二天中午回到医院，带回了更详细的消息。

原来，他们就是半年前在治多县被野保队端了山洞的那伙人。被沈炯“索要”一个亿的那个大汉是团伙头目，当时他就躲在暗处，并且记住了任骄阳的车子。任骄阳去卓乃湖前，跑去常给他提供情报的“天路”汽修店换轮胎，这狗日的恰巧在隔壁的饭馆吃面条，然后就盯住了他。

这伙人跟如来毫无交集，那个坑道是他们新找的用于藏匿赃物的地方。因为枪杀任骄阳，他们自己害怕起了内讧，正打算带着赃物往西藏转移，结果撞上了那几个疾恶如仇的大学生和不要命的沈炯与梨子恒……

这个团伙基本上被一锅端了，也算是给任骄阳报了仇，兄弟们却高兴不起来。尤其是立下头功的沈炯，一个人坐在医院门口连抽了半盒烟。

扎西第二天傍晚和穿着便装的老孟一起到了医院，他和任骄阳关上门聊了很久。许我和旦增在门外听到了花瓶落地碎裂的声音，旦增想要进去，被老孟一把拖住。

扎西出来的时候，全没了平素黑脸硬茬的威风劲，委屈得像个孩子。他把许我单独带往楼下的花园，说有些事情要与她商量。许我跟着他亦步亦趋，脑子里闪过无数念头，她不知道扎西是什么意思，但她预料到自己可能要担负起某种不可推卸的责任。

扎西显得很疲惫，十指交叉用力地搓了几下才说道:“我不知道该怎么办，更不知道要怎么帮他。”

许我默默地看着他。晚风撩乱青丝，她却屏气凝神，浑然不觉。

“看得出来，你对他……”说到这里，扎西不好意思地笑了笑，“我的意思是，也许你的话他能听得进去。”

“未必呢。”许我摇摇头，跟着说道，“有话您就直说吧，我能做到的，责无旁贷。”

扎西犹豫片刻，接着说道:“局里让缴了他们的枪，但队伍是他自己要解散的，我在配合他演戏。”

许我瞪大眼，一脸震惊:“为什么会这样？”

“我也不确定，他说自己累了想休息，而且再也无力承担队伍的开支。当然，这话骗不了我，我想应该是担心他那帮兄弟的安危吧。”

许我轻叹一声，抬头望着天空，清风拂过枝梢，月朗如盘，触手可及。她相信这个理由是成立的，她已亲眼见识了这帮如狼似虎的男人之间超越生死的兄弟情谊。他就是那头随时可以牺牲自己生命的狼王，他一定是害怕了，怕自己没有能力保护好这帮兄弟。

她的眼里雾蒙蒙一片，过了好久才问道:“旦增跟我说，有人怀疑队伍中有偷猎者的内应，有没有可能是因为这个？”

“是的，我也怀疑。这件事之前他们内部闹过，但以他的性格，不至于因噎废食。”

“也许，我们都不懂他。”

“本来这事出了，我怀疑他是故意这么干，为引如来现身。结果你也知道了，跟如来根本没关系，而且他这些年结了太多的仇家，想置他于死地的人远不止如来一个！”

许我沉默，心有戚戚焉，然心戚戚矣。

“刚才，我劝他重新召回兄弟们，你也看到了，这帮兄弟不可能会散。但他就是不同意，还砸了花瓶。”

“我试试看吧。”许我犹豫片刻，有点不好意思地笑着说道，“我其实……特别怕他。”

“谢谢你！”扎西愣了一下，叫住已经转身的许我，从口袋里掏出一个牛皮纸信封递给她，“这应该是你给他的，刑侦的兄弟在他车上发现的，应该是用来包扎过伤口。我洗干净了，刚才忘记交给他了。”

许我打开信封，里面是一条折叠得整整齐齐的天蓝色丝巾。

回到病房，任骄阳已经睡着了。柔和的灯光照在他苍白的脸上，眉头微蹙，长长的睫毛微微地颤动着，安静得像一个乖巧的孩子。看着他熟睡的样子，想着与他一起亡命的时刻，她多希望，他醒来时如此刻这般美好。

骆好曾说过，睫毛长的男人温柔而又多情，眼前的他，到底是个怎样的男人？为何会对自己如此寡淡？要如何才能激起他内心的波澜？她越来越迷茫了。

夜已深，她关了灯，悄悄地将那条丝巾放进了他的旅行包。她打开电脑，看了眼被她设置成桌面背景的任骄阳抱着小羚羊的照片，思忖片刻，直接将电脑桌面上标注“狩猎者故事大纲和人物小传”的文件夹拖进了“回收站”。

“推倒重来吧！”她告诉自己，然后点开了桌面上的“记事本”，漫无目的地往下滑动着，鼠标落在了一行文字间：

2018 年 1 月 28 日，除夕夜，唐古拉山口。兄弟们坐在车顶放烟花，春天就快来了，请不要让我在这冰天雪地里长眠。

5

一早，梨子恒带来消息，仓拉还是没能挺过去。旦增跟着队员们去了果洛自治州医院为她送别，许我伏在梨子恒的肩头，哭成了泪人。

她和仓拉素昧平生，从蓝河子宾馆被她跟踪到刑侦队做笔录，这个与她年龄相仿的女生并没有给她留下好印象。出事的那天晚上，仓拉离开医院时还冲她笑了笑，她甚至都没有回应她。

她觉得自己是万恶之源，如果不是她，后来的一切都不会发生。

梨子恒安慰她，一切都已被决定了，从宇宙、人类到蔬菜。这不是所谓的宿命论，现实更不是影视故事的逻辑，她没必要去自责。

任骄阳一直沉默着，面无表情地盯着天花板。

中午查过房，主治医生和任骄阳商量着说那位腾出病房的领导想过来看望他。任骄阳闭着眼置若罔闻，梨子恒只得嘱咐医生转告对方不方便。没想到过了一会儿，医院负责人便领着那位执着的领导来了，身后还跟着一个扛着摄像机的记者。

梨子恒一脸厌恶地将他们挡在门外。医院负责人一边斥责他“不懂事”，一边扒拉开他，硬要往里闯。

“出去，这里不是你们作秀的地方！”许我冲上来对着摄像机的镜头，怒斥，“知道他为什么受伤吗？知道他受了多少次伤吗？知道有多少人要他的命吗？受伤之前你们关心过他、在乎过他吗？你们现在有什么资格来打扰他？”

领导竭力地掩饰着内心的尴尬，吩咐医院负责人“全力医治好我们的英雄，绝不能让他流血又流泪”后，丢下一幅字画，悻悻而去。

“You are so amazing！”梨子恒称赞完许我，好奇地展开了那幅写着“满怀浩然正气，一腔剑胆琴心”的字画。

看着这十二个颜筋柳骨、力透纸背的大字，任骄阳恻然一笑，抓过来揉作一团。

任骄阳的状态看上去并没有主治医生描述的那么乐观，似乎一直在昏睡，醒来时也是情绪低落，对许我和来巡房的医护人员都很冷淡。许我有点落寞，她记得有人说过，女人受伤时最脆弱，而男人则恰恰相反。也许是不习惯自己在身边吧，或者，他一直都在抗拒甚至讨厌自己的存在。

第二天，队员们从果洛州回来后聚在医院对街的面馆里商量着“逼宫”。梨子恒和许我被请来给他们当参谋。

昨天下午，沈炯在果洛州医院堵住了公安局的一个大领导，结果野保队解散的事穿帮了，沈炯这才意识到从头到尾都是扎西跟队长在演戏。他跟着又去找扎西，扎西干脆把皮球踢回来，让他们自己去找切诺基。沈炯一直憋到现在，才说出真相。他说听公安局大领导的意思，扎西可能要被处分。

在到底要不要跟队长挑明这件事上，大家争得面红耳赤，也没讨论出个结果。他们都知道切诺基的脾气，杀伐决断，必定是深思熟虑后才做出这样的决定；也都担心，如果把事情挑明了，不仅没有挽回的余地，搞不好还要伤了兄弟感情。

大家都无计可施，只有埋头吃面的梨子恒一脸淡定地说道：“不要把事情想得太复杂，你们得学学许小姐，对付他很简单，死缠烂打就行了。我就不信他真能翻脸把大家赶走！”

唐杰跟着附和：“等会儿大家一起去看看大切，就当什么都不知道，往后该干什么干什么！”

沈炯看了眼一直没说话的许我，眼神里交织着期待和焦虑。

“还是先不要打扰他吧！”许我犹豫着说道，“他现在的身体状况并不好，人多嘴杂，他那么敏感。而且，我相信他一定不愿意看到大家对他的怜悯。”

队员们点头。

“大家先散了吧。”沈炯挥了挥手，转头冲许我眨了眨眼，“许小姐一定会找机会帮我们开导他的。”

队员们将许我送到医院门口，结果在那里碰见了等候多时的扎西。他看上去比两天前更加苍老，不停地抽着烟。他担心队员们惹恼了切诺基，事情闹得不可收拾，才跟了过来。听说了队员们的反应后，扎西眼睛红红的，不停地点着头，感叹着大切有他们这帮兄弟是前世修来的福气。说起仓拉，扎西的眼里泛起了泪光，他说只有抓住如来，仓拉才会瞑目。

直到现在，大家才知道，仓拉原来是警察胡杨的未婚妻。仓拉的父亲也是一名警察，在她很小的时候，就被盗猎团伙杀害。出事的那天，仓拉已经请假准备拍婚纱照，因为害怕再也见不到大切才赶来的。

众人唏嘘不已。许我愣在那里半天没回过神来，她不知道该怎么安慰扎西，她想起了任骄阳“记事本”中的一段文字:“死，不是死者的不幸，而是生者的不幸。”

傍晚的时候，许我接到了母亲要回国的电话。许母还特别交代，说她知道梨子恒在国内，希望能见他一面。

梨子恒从许我的手里拿过电话，说:“Aunt，我跟许我在一起呢，最近特别忙，等您下次回来再说吧。”

许母在电话那边乐开了花。

梨子恒挂了电话，笑着问许我:“怎么样？我这备胎还算安分吧？”

许我忍俊不禁，一拳捶在梨子恒的肩上:“好哥们儿，太给力了！”

梨子恒撇撇嘴:“回去吧，这儿有我照应着。放心，哥们儿绝不会给他下毒。”

许我笑着，眼眶泛潮。

“啊哈，终于被我感动了一把！记得守住秘密，别把我出卖了。”

许我狠命地点点头，吸了吸鼻子笑道:“梨子恒，咱俩就是太熟了……”

梨子恒挥手打断:“得了吧，不熟就更没我什么事了！”

虽然有万分不舍，但母亲回来祭奠舅舅，再加上她想知道母亲和任骄阳的那段过往，许我还是决定回杭州一趟。临行前，她想找任骄阳好好聊一聊，为了扎西的嘱托，更为了现实和她笔下那个仍旧模糊的人设。

梨子恒说要找旦增来顶替自己，独自离开了病房，虽然他很不情愿。他知道许我要跟任骄阳深谈，他和扎西的想法一样，也许只有许我能让这个脾气又臭又硬的男人改变主意。

任骄阳显然知道许我想跟自己聊什么，没等她开口，便说道:“谢谢你的关心，但我建议你就此打住。”

“改变你也许是一种奢望，但我还是想挑战一下。”许我顿了顿，盯着任骄阳，“这世界不只眼前的黑白，你只顾低头赶路，你应该抬头看看天空。”

“你是在同情我？”任骄阳直视许我。

“不！”许我摇头，“恰恰相反，一个需要同情的人不值得我纠缠，更不值得这么多人生死相随。”

“我无法解除对神灵与死亡的恐惧，更难以节制欲望。终有一天，他们会大失所望。”

“但你已经把他们拖下水了，包括梨子恒，甚至还有我。”

“所以，对不起。”他的脸上掠过一丝痛苦的表情。

“你这是朝欢暮散，始乱终弃！”许我变得有点激动，“你为什么不放弃呢？你为什么就不能放弃呢？”

“善始者众，善终者寡。”任骄阳说完，闭上了眼睛，“你真的不该再来。”

许我扭头看向窗外，几只麻雀贴着紧闭的玻璃窗，扑棱着翅膀，拼命地想要穿过眼前这似乎并不存在却又无法逾越的屏障。

“切队长，你的身上流淌着我的血液，你再也别想赶我走了！”

许我一夜未眠，她要赶最早一班航班回杭州，送她的是梨子恒。走的时候天还没亮，旦增被惊醒后红着眼睛追出来。虽然他没说什么，但许我明白，他是担心自己一去不返。她抱了抱这个还一脸孩子气的小男人，附在他耳边学着他的语气:“我是女生，遇到你们队长这样的英雄，肯定不会放过他！”

梨子恒也熬了一夜。按照计划，他原本今天要去羌塘与周教授会合的，但他竟然忘记了。这个蜚声中外的香港大学地质学教授，受梨子恒的天文学导师委托，过去的一个月为了自己的“私人天文台”不辞辛劳地陪着他四处考察。昨天下午，周教授领着两位正在北京参加学术交流的德国天文学家已经赶到了拉萨，听说他还在青海，两位德国专家直接就回国了。

他整晚都在忙着跟周教授和远在美国的导师解释，他们无法原谅他的怠慢，更没办法理解他为了一个萍水相逢的民间公益组织而做出的选择。

去往机场的路上，许我与梨子恒都心事重重。他们说了一些话，彼此也颇多感慨，但话题都心照不宣地避开了任骄阳和他的野保队。

她跟梨子恒说自己特别怀念大学那四年，无忧无虑、无拘无束，尝试过所有想干的事，到最后终于发现，自己最向往的还是信马由缰、海阔天空的生活。

梨子恒绝对是最懂她的人，他说有时候现实与梦想不过一步之遥，能不能跨出这一步，取决于你到底有没有活明白，有人踟蹰一辈子裹足不前，有人抬脚便到。

梨子恒没有跟她提“勇气”这个词。他知道，她从不缺乏。

任骄阳早上醒来时，发现了许我留在他枕边折成方块的便笺。白色信纸散发着清雅的淡香，娟秀的楷体字，整齐地对应着：

人间清寂
唯有肉身喧嚣
赶路的人像一粒微火
生死过客，来去匆匆
无须在意自己的短暂
山不喊疼
因为它足够久远，也足够坚硬
足以震慑尘世荒谬的杂音
水不言愁
因为它足够温顺，也足够狂放

他将信笺折回了原来的模样，小心翼翼地塞到枕头下面，然后摸出了一张塑过封的照片。

“南大第二届大学生创业论坛”的烫金字下，年轻的任骄阳意气风发地站在一群学生的中间。他身后，一个戴着黑框眼镜、满脸胶原蛋白的姑娘手捧一束马蹄莲，歪着脑袋俏皮地举着剪刀手，笑靥如花。

窗边小桌上的那束白色马蹄莲仍然娇艳欲滴，他的嘴角扬起一道迷人的弧线。从 ICU 转回病房的那天，恍惚中，他听到了旦增在和什么人说话。

“姐，这是百合花吗？为什么没有香味？”

“这叫马蹄莲。”

“咦，你怎么知道他喜欢马蹄莲？”

“我不知道呀。”

“姐，我没见过马蹄莲，但我知道它的花语。白色马蹄莲代表着至死不渝的爱。”

“是谁告诉你的？”

“我们队长呀。他喜欢种各种花，但他说最喜欢马蹄莲，因为没有香味！”

“他这么厉害，肯定有很多女朋友吧？”

“没有呢，他说他这辈子只遇见过一个令他心动的女人。”

“那是谁呀？”

“不知道。他说是很久很久以前的事了！”

…………

那天下午，受伤的男人躺在病床上做了一个奇怪的梦。他梦见年少的自己在西湖边摘莲蓬落水昏迷，醒来时躺在乌篷船里，船头上有个姑娘在吹萨克斯。黑色的高跟鞋，黑色的长裙，黑色的秀发遮住了半边脸。

8

Chapter

迷　雾

“他在你心目中到底是个怎样的人，让你如此着迷？”

“能温暖一头狼的，不是狼群，而是另一头狼。”

“你没有回答我，你到底有多爱他？”

“要不一辈子就一个人，要不一辈子就一个他！”

1

为了向母亲示好，许我特意在飞机上化了个淡妆。在母亲的观念里，化妆是职场女性的必备技能。母亲不在的日子，她从来都是素面朝天，包里的眉笔、唇膏和茉莉味香水还是骆好两年前做微商时强卖给她的。

许墨兰的航班比女儿的整整晚到三个小时。她看上去不过四十岁，风风火火、霸气侧漏，无论穿着、举止还是气质，一眼望去就能感觉到她是个事业有成的女强人。许我远远地看着她，有那么一瞬间，她感觉自己像是一个婢女在迎接女王。

从许我接过行李箱到坐上出租车，许墨兰只说了两句话："怎么又瘦了？""为什么把头发剪短？"然后就是无休止地接打电话。

坐在出租车前排，听着母亲在中、英、法三国语言间来回自由地切换，许我的心情无比沉闷。过去的很长一段时间里，她都以为自己潜意识里是想活成母亲的样子，直到这一刻她才真正明白，那不过只是她想象中别人希望她达到的目标。

从机场到住所，半个多小时的车程，许墨兰打了一个小时电话，司机将车子停在路边没敢打扰她。许我多付了五十块钱路费，刚下车，许墨兰就问道："是不是生病了？身上怎么会有药水味？"

"有个朋友病了。"许我头也不回地拖起行李箱就走。

许墨兰紧追几步问道："谁生病了？子恒还是小好？生的什么病啊？"

"除了他们，我就没别的朋友了吗？"许我没好气地回道。

许墨兰怅然若失。从女儿上大学后，她俩就一直是这样的状态，一个忍不住要管，一个总是不耐烦。她反省过，也尝试着去改变，那层说不清、道不明的隔阂却越来越深。

一跨进家门，许墨兰的视线就被客厅墙上一张巨大的切·格瓦拉[1]的人像吸引了。那是去年一个从古巴旅游归来的学长送给许我的生日礼物。

“我更喜欢您当年撕掉的那张。”许我站在她身后幽幽说道。

初中二年级的时候，她将自己房间里的“元素周期表”换成了切·格瓦拉的画像，母亲失心疯似的将画像扯下来撕得粉碎。

许墨兰叹息一声，她永远无法忘记当年那个男人给她最后一封信的结尾，引用的就是切·格瓦拉的名句“让我们面对现实，让我们忠于理想”。她不想继续这个话题，环顾了一下四周，问道：“你最近是不是都没住在家里？”

许我点点头，进了厨房准备给母亲找吃的。许墨兰跟在后面说道：“我刚在飞机上吃了。你是不是谈恋爱了？你坐下来，我要跟你好好谈谈。”

许我哭笑不得，头也不回地说道：“妈，您就不能歇会儿，喘口气吗？”

“不对，你这情绪有问题，是不是出了什么事？到底谁病了？你得跟我说清楚。”许墨兰不依不饶。

许我深吸一口气，转身面对母亲，“您问我疼不疼，我说不疼；您问我开不开心，我说开心；您问我缺不缺钱花，我不好意思，只能点点头。我会顺着您的意思给您想要的一切答案，每次都是这样，您真的就安心了吗？”

许墨兰沉默片刻，习惯性地挥了挥手：“我觉得，我们都应该安静地思考一下，往后该如何相处。”

那天晚上，“临江壹号”顶层江景豪宅里，许我关了灯开着窗户，晚风拂动着白色的纱幔，她却久久难以入睡。

早上醒来，许我发现母亲已经做好了早餐。拔丝苹果、煎甜饼、法式蔬菜沙拉和珍珠奶茶，全都是奉行素食主义的许我最爱吃的。许我看着这一切，突然有点手足无措。印象中，她上大学后，母亲就再没有下过厨。

这顿早餐，母女俩聊了很久，许墨兰像换了一个人，多数时间都在倾听，没有再咄咄逼人。话题从各自身上很快转向了梨子恒。许我没有再回避与梨子恒的关系，她说自己没想好，但总觉得他们并不合适。许墨兰一脸惋

[1] 古巴革命的核心人物，古巴共产党、古巴共和国和古巴革命武装力量的缔造者和领导人之一。

惜，看到母亲的样子，许我心底一软，笑道："我会努力的，不会什么事都让您失望。"

许墨兰有些伤感："我最怕你感情用事，不管不顾，爱上一个什么都给不了你的人。"

许我像是被看透了心思，心虚地点点头。

许我回杭州的那天傍晚，老孟在呼楞措开往酒泉的大巴车上抓获了逃逸的肇事司机。

扎西的预感是对的，车祸确实是针对他的。出人意料的是，肇事司机竟然是被境外杀手通过暗网收买，帮他执行暗杀任务的替身。也就是说，他的上家在国外，而且他连面都没见过，至于幕后的最终金主，他根本就无从知晓。

警方对这个ID名为"大白兔奶糖"的中东杀手早有耳闻，根据他们的联络信息以及转账记录，印证了此人所言非虚。虽然无法确定幕后指使者的身份，但警方推断的结果仍然指向了如来，分析他还会卷土重来，扎西和任骄阳都可能是他的目标。

为了保护任骄阳，局领导决定将其转到州府所在地的解放军某医院疗伤。会议刚结束，扎西就接到了唐杰的电话，说大切不配合治疗，以此胁迫他们离开。

扎西再次赶到了医院，直接挑明了大家已经知道他们之前在演戏，以及如来可能会对他下手。但任骄阳不以为然，他的理由很简单，如来真想杀他有的是机会，根本不用等到今天，至于坊间流传多年的如来悬赏百万要他的项上人头，也不过是虚张声势。野保队解散了，他自然就会放松警惕。

"你想得太简单了，他不会相信你就此放弃。队伍一散，他只会更加肆无忌惮！"扎西无法认同他的观点。在扎西看来，如来就是个亡命徒。

"对！他没那么简单，游戏早就升级了。那颗羊头，就是在昭示他的决心。他不屑杀人，他是要在精神上彻底击垮我！"

扎西摇头："狗急了还会跳墙，我绝不能再让你冒这个险。"

"这么多年被他玩弄于股掌之间，我们对他仍然雌雄莫辨。你告诉我，你有什么更好的办法？"

扎西沉默不语。

“你不必为我担心，也不必再来管我。如果他们真的不愿离开，你就去领导他们。”

那天下午，从医院出来，守候在门口的队员们见到扎西的脸色，就明白了事情再无挽回的余地。

一片沉默中，旦增率先表态：“大不了就自己干喽。”

大家都看向队员丁泽佳和陈晓良，他俩是“Knight”的元老，当年在另一个野保队就是任骄阳的队友。这个时候，他们就是主心骨。

丁泽佳神情黯然地摇摇头：“他既然选择了放弃，就没必要再坚守了。”

旦增瞪大眼：“你的意思是，想离开？”

陈晓良点头：“他早就说过，天下没有不散的宴席。”

“屃×！”沈炯脱口骂道。

“骂谁呢？”丁泽佳也恼怒起来，“跟他快五年了，他没有亏待我们，我们也不欠他的！”

唐杰赶紧挡在沈炯面前，劝道：“天要下雨，娘要嫁人。别伤了兄弟们的和气。”

“对不起兄弟们了！”陈晓良红着眼，冲着众人深深地鞠了一躬，“我们也不跟他道别了。往后，有用得着咱们的地方，尽管开口。”

看着二人离去的背影，刚刚还豪情万丈的旦增，此刻双手掩面蹲在地上。

那天，剩下的队员们和扎西达成共识，大家退避三舍，扎西协调大切的后续医护；队伍暂时由唐杰管控，随时听候扎西调遣；沈炯负责整合信息渠道资源，重新建立与官方和各地监控点的互通机制。也就是说，在大切伤愈之前，暂时切断他与外部的联系。

一切安排妥当，扎西再次提醒队员们，除了日常巡山，任何人不得私下追查如来的踪迹。

任骄阳一觉醒来，发现医院给他安排了个护工，才意识到兄弟们真的离开了。这虽然是他想要的结果，但内心还是不免有些伤感。

他拿起手机，快速地按下一串数字，那是旦增的电话号码，犹豫了好久又颓然放下。窗边花瓶里的马蹄莲还是那么娇艳，旁边的格桑花却已枯萎，他的眼里一片浓雾。

多年前，札合木城外的小旅馆，一个中年男子将任骄阳的脑袋死死地按在桌子上，另一只手上的双管猎枪顶着他的脑门。他的面前，整齐地码放着几扎崭新的百元大钞。几个男人手足无措地站在一旁，他们不知道到底该帮谁。

“你不差钱，但我的兄弟们都要养家。我一直拿你当兄弟，为什么一定要逼人太甚？”

“监守自盗、蝇营狗苟，你有什么资格在这里谈论兄弟？”

中年男子恻然:“你就不怕死吗？”

“怕。但你没这个胆子！”

中年男子松开手收起枪，转向一旁的队友:“如果你们也觉得我错了，我程治理一人做事一人当，明天就去公安局自首！”

没人回应。但有人在向任骄阳求情:“放过队长吧。他出生入死，抓过那么多盗猎者，受过那么多伤，只是一时糊涂。”

“是啊。”另一个跟着附和，“看在兄弟们的分儿上，让他把钱退回去。”

任骄阳决绝地摇了摇头。

“钱我是第一次拿，他们都不知道！”程治理一脸落寞地将枪放到桌子上，“我会给你一个说法，但队伍不能散。如果他们愿意，我希望你能带着他们继续前进。”

任骄阳苦笑着，神情凄惶地蹒跚而去。

那是 2014 年 7 月一个大雨倾盆的凌晨，任骄阳独自在雨中走到天亮。半个月后，那个给程治理求情的丁泽佳和陈晓良，成了“knight”野保队的第一批队员。

2

整个上午，许我一直在恍惚中。

根据母亲的描述，当年号称“任我行”的任骄阳，声色犬马，飞扬跋扈，员工私下称其“任教主”。在其开发的“狩猎者”游戏一夜暴红后，旋即被投资公司疯狂追捧，各路资本纷至沓来。经过几轮谈判，任骄阳接受了许母所在公司开出的天价，并签下对赌协议。

孰料，当首期资本注入后，身兼公司CEO（首席执行官）与CTO（首席技术官）的任骄阳却一直以各种理由压着早就内测成功的升级版“狩猎者2”迟迟不肯发布，而升级之前游戏的各种BUG（漏洞）早就被人诟病和利用，导致玩家不断流失。在资方盛压下，合伙人之一的市场总监李强在媒体和网站公示了“狩猎者2”发布时间。不料，发布会当天，任骄阳却躲在会所里纵情酒色，喝得烂醉如泥。其后，任骄阳便带着“狩猎者2”的游戏开发引擎和核心资料人间蒸发。资方一怒之下，撤资出局，许母因此黯然离职。此后不久，升级前的游戏被官方强制下架，一年后公司解散。

许我问母亲有没有看过“狩猎者2”的内测版，许墨兰说她本来就对网络游戏深恶痛绝，没兴趣也没有能力去评估一款游戏的价值。而投资公司都擅于追逐风口，通常看重的是市场、技术与核心团队，如果某种产品或者商业模式已经过市场验证，那么其他的都变得不重要。这一次，他们就败在对运营团队的失察上。

事实上，在做出投资决定前，她就在主导“尽职调查”时发现几个创始人劣迹斑斑。公司成立初期拖欠租金、水电费，骗取大学生创业和地方文创补助，在网络散布竞争对手的谣言。尤其是任骄阳，被学校开除后多次因斗殴被治安处罚，还乱搞下属并将其老公打伤，甚至大闹税务局被拘留。她当时给公司出的评估意见是“谨慎投资”，可惜她的老板对这一切置若罔闻，视而不见。

李强后来告诉许墨兰，任骄阳彼时是因为对重组后的股权结构不满。但许墨兰一直觉得另有隐情，因为她早看出几个合伙人貌合神离，经营理念不合，而且公司财务一直极其混乱，几个高层都有私自挪用资金的记录。

至于任骄阳为何选择如此极端的方式出走，因为后来离职，她再无兴致去追查。但她后来听说了一件事，就是任骄阳的合伙人杨淳的妻子在他失踪后发生意外，他将妻子的不幸归咎于任骄阳，后来卖掉公司股份隐居了。

母亲还告诉许我，大约两年半之前，她一个在保险公司任职的同学经手了一单信托业务，委托人正是任骄阳。因为那个同学知道她曾经跟任骄阳打过交道，在做“契调”时找到她了解情况。她看到了两份受益人的名单，前后共有六个人，她印象最深刻的是两份名单中都有一个未成年人，八年前最早的那份受益人名单中有一个叫卫林的少年，三年前追加的那份名单中，又加上了一个藏族少年旦增尼玛。

令许我恍惚的不仅是母亲揭开的这段鲜为人知的纷争，她做梦都没想到，当她翻出骆好晒在微信朋友圈里的“美好爱情”时，母亲一眼就认出了徐建富，而且徐建富竟然跟任骄阳很熟！

当年“狩猎者”公司参与了官方一个“青年导演扶持计划”，他们看中了刚从戏剧学院毕业的徐建富提交的一个关于藏羚羊保护的纪录片项目。整个项目预算三百万，但任骄阳的公司在支付了首期五十万后，就再也不认账。

当时，徐建富的摄制团队已经在西藏的羌塘无人区停工了半个月。他带人来公司要钱，许母当时正好在场，她亲眼见到任骄阳拿了一沓钞票砸在徐建富的脸上，要他滚蛋。据说，徐建富后来因为拖欠摄制人员报酬被打进了医院，最后变卖祖产才勉强拍完了片子。

许我想不通，徐建富明明知道她的故事是以任骄阳为原型，却为何对他们的过去只字不提？即便当年被任骄阳坑了，也不至于向她一个外人隐瞒，何况这些过往都是极精彩的故事素材。

许我没有再问更多的细节，结合母亲提供的信息和之前了解到的情况，她大概已经猜到了任骄阳当年为何选择消失。当人生不如意却又无力改变现状时，谁不曾有过突然消失的念头和“这个世界不再有我”的冲动呢？

她只是还不确定任骄阳后来为何选择反盗猎。她捋了下时间轴，根据扎西的说法，他消失后肯定是直接就奔着青海去了，而且很可能在此之前就酝酿了好久。这个逻辑很简单，因为他之前投资了徐建富的那个保护藏羚羊的纪录片，应该是早就有了保护野生动物的想法。

这真是个莫大的讽刺，他到底是赎罪，还是寻求另一种刺激？

当然，还有另外一种可能，许我想到了任骄阳手机“备忘录”里记录的那个时间和那几个神秘的字母。那个时间点离“狩猎者 2”的发布会过去不过半个月，也就是说，任骄阳可能是去青海打猎，结果突遭变故，然后才良心发现变换轨迹，从一个杀戮者反转成环保斗士。这个推断更契合当下的观感，因为任骄阳与如来“不共戴天”。

理性来看，第一种可能性更大，因为有理有据。但作为一个“感性动物”和有着编剧思维的女人，许我更相信自己的直觉，坏蛋反转，主角才够迷人，故事才会精彩。

3

任骄阳失踪了，在他手术后的第五天晚上。扎西安排的护工直到第二天一早才发现自己的雇主不见了，叠好的被子和病号服整齐地码放在病床上。

州局分管刑侦工作的副局长办公室里，听到消息的程治安挥手将桌子上的茶杯扫落在地。扎西坐在沙发上闷头抽着烟，老孟忙不迭地收拾着地上的碎片。

接到扎西电话的队员们立刻赶到医院，查了监控，离开的时间大约是凌晨两点左右。沈炯一拳将那个值夜班的保安打倒在地，那个时间点，这个保安正在门口的岗亭里跟护工下棋。

没人知道任骄阳去了哪里，他的手机一直是关机的状态。

扎西在电话里安抚大家：“不用找他的，他肯定会找个地方养伤。”

唐杰说：“你们可以动用刑侦手段，查查他都跟谁联系了。他这一走，就是想彻底与我们割裂。”

旦增又哭了，抢过唐杰的话头：“他伤还没好，要是被如来的人碰上，肯定得打死他！”

“你们只要别再缠着他，他就死不了！”扎西的声音无比烦躁。

冷静下来后，旦增要给许我打电话，被梨子恒阻止。半个小时后，梨子恒接到许我的电话，追问他任骄阳去了哪里。原来她发现任骄阳关机了，然后打电话到了医院。

梨子恒知道瞒不住，便实话实说。

对任骄阳突然的不辞而别，许我一点也不觉得意外。短暂地平复了一下心情后，她安慰梨子恒和他身边迫不及待地要跟她说话的旦增：“他不会有事的，只是没想好要怎么面对你们。给他一点时间。”

梨子恒不无醋意：“看来还是你比较了解他，这都已经心心相印了。”

“等我回来。”许我信心满满地说道，“我能解开他的心结。我要和你们并肩战斗，做你们最值得信赖的战友。”

许我打电话的时候，刚刚从机场送完母亲回来，正坐在公司楼下新开的咖啡馆里品着奶茶，她在等出差归来的老板徐建富。昨天晚上，她给徐建富发了邮件，对原来的故事重新提出了几点构想。当然，她更重要的目的是想和徐建富聊聊他与任骄阳的过往。

此刻，她放下手机，转动着手里的奶茶杯。偌大的玻璃窗前，一个小女孩放开父亲的手，挥舞着手里的泡泡枪，踉踉跄跄地冲过人行道，那纯真的笑容让人不由得想起这个季节高原上满山满谷怒放的格桑花。

几个小时前，在烈士陵园里，她不由自主地再次向母亲打听自己的生父。上一次问这个问题，还是十五年前，她清楚地记得，母亲给了她一记响亮的耳光，失心疯般冲着她怒吼：“你不要跟我提他，他早就死了！”

从那以后，她没有再提过。但她一直执着地认定，无论母亲经历了什么，那段往事有多么不堪，她也没理由隐瞒一辈子，终有一天要坦诚面对。这几天，她明显感觉到，母亲不再那么盛气凌人，她竭力地想要改善她们之间紧张的关系。这是一个难得的机会，也许她们可以心平气和地聊一聊了。

“您知道吗？小时候，我一直偷偷地叫舅舅爸爸。每次叫他的时候，他都会紧紧地搂着我，说等我长大了，您就会告诉我。”

她真的没想到，当她说完这句话的时候，母亲的泪水顷刻夺眶而出，她没有发飙，也没有怒吼，她就站在那里默然相对，任泪水长流。

她见过母亲流泪，见过她的声色俱厉，见过她举手投足间满溢的自信与优雅，也见过这个女强人在谈笑之间纵横职场，却从未见过她如今天这般凄惶、不安、无助甚至绝望。那一刻，她心软了，她打消了所有的念头，只想去抱抱这个让她又爱又怕的女人。母亲终是没有理她，她避开了女儿张开的双臂，掩面而去。

徐建富“出差”归来，陪同他的还有他公司的新晋董事骆好。前天骆好已经在微信里告诉了许我，徐建富专门带她去上海的Hakkasan吃鱼子酱片皮鸭。她问骆好，这算不算度蜜月？骆好笑着说，天天睡一起，连大姨妈来了都不管，还度什么蜜月？

看到许我，骆好抽出挽着徐建富胳膊的那只手，伸开五指晃了晃："看见没？四克拉的Tiffany&Co！"

看着她修长白净的手指上如往常般空空如也，许我乐不可支："隐形款？"

骆好哈哈大笑。

"我欠她的，打了欠条了。"徐建富表情淡定，"还欠套江景毫宅和一辆兰博基尼。"

"靠谱！"骆好打了个响指后挽起徐建富的胳膊摇了摇，"就喜欢我们家老徐这范儿，面不改色心不跳，长得不咋的，还特能吹牛。"

许我嗔怒："你够了！徐总这么帅，能不能别在我面前撒狗粮？"

骆好笑道："回头让老徐给你派一打小鲜肉。你这是单身太久，看谁都觉得眉清目秀。"

许我跺脚。

"你俩谈正事，我先回公司报个到。晚上老地方，一起吃饭。"骆好说完，又笑对许我，"老徐吹过的牛能不能实现，就看你这次了！"

一进总裁办公室，许我就开门见山："老板，我想跟你打听个人。"

徐建富愣了一下，显然是明白了许我要跟他聊谁。他面无表情地打开冰箱，拿出两听可乐，开了一听放在许我面前，然后才不紧不慢地答非所问："进展如何？看上去，你已经成竹在胸了。"

"之前的构想可能要推翻。"许我喝了口可乐，强自镇定地接着说道，"而且，我担心自己驾驭不了这个故事，可能需要你帮帮我。"

徐建富笑道："许我，你不要想得太复杂。电影本来就是导演的艺术，按照你之前的构想，重点捋捋爱情线，把故事讲清楚就行了。"

"可是，咱们有故事原型。我觉得重点不应该放在爱情上，而是挖掘人物和故事内核。"许我据理力争，试图将话题转移到任骄阳身上。

"你是不是因为没谈过恋爱，所以对爱情戏没把握？"徐建富说完，又加了一句，“多看看韩剧和日剧，还不行，就找个人去谈谈恋爱。”

许我苦笑:“咱们应该有点情怀。这个故事可以类型化，做成中国的西部侦探片。”

“书生意气！你真当自己是 Arthur Conan Doyle[1]？”徐建富将手里的可乐瓶用力地敲了一下书桌，“情怀能当饭吃？情怀能换来票房？我们要尊重市场规律。爱情是永恒不变的基调，咱把谈恋爱的地方放到了荒野大漠，这本身就是一种尝试，盗猎不过只是个噱头。”

“你曾经比谁都有情怀，否则就不会跑到无人区去拍纪录片。”

徐建富嘴角抽动了一下:“所以，我的同学们，要不成了日进斗金的名导，要不成了上市公司的老板。只有我，为了他妈的梦想和一文不值的情怀，穷得只能给自己的女人打白条！”

“他是我的故事原型，我想跟你聊聊他，聊聊你们的过往。”沉默片刻，许我抬起头，直视着徐建富。

“没什么好聊的，他就是个人渣！”徐建富打断她，“许我，你记住了：我不管你的故事原型是谁，我只要结果，只要故事好看！”

许我不依不饶:“你明知道我写的是他，为什么只字不提？”

“他对我来讲就是个早就放掉的屁，根本不值一提！”徐建富的情绪非常激动，说完又站起来补充道，“你可以去睡他，各取所需，我相信他不会拒绝！”

许我怔住，虽然母亲已经透露了一些信息，但徐建富如此激烈的反应还是让她有点始料未及，按照以往的脾气，她肯定会硬撑回去，但这次她选择了冷静以对。

“你可以选择拒绝我的请求，甚至没有任何理由。即便你们真的不共戴天，也不应该变成你轻薄我的理由。”许我心平气和地说道。

徐建富咬牙:“我可以收回刚才那句话，但请你永远不要在我面前再提这个人！”

---

[1] 阿瑟·柯南·道尔，英国著名小说家、医生，因成功塑造了侦探人物夏洛克·福尔摩斯从而成为侦探小说史上最重要的小说家之一，被称为“世界侦探小说之父”。

这熟悉的语气令她有些沮丧和窒息，母亲之于父亲，徐建富之于任骄阳，虽然性质不同，但看上去都像是有深仇大恨。她向往着这世间的一切美好，从小就痴迷于那些历尽磨难、渡尽劫波泯恩仇的故事，她坚信这世间没有无缘无故的爱，更没有无缘无故的恨，既然不小心一脚踏进来，那就尝试着去做那个解铃人。

那天晚上，在“Costa Coffee”，她跟骆好加起来说了不到十句话。骆好看出她情绪不对，又或许徐建富已经向她通报过了。两个十多年的好闺蜜，第一次遭遇了相对无言的尴尬。

直到快吃完简餐，骆好才打破了沉默：“项目能做就做，老徐是刀子嘴豆腐心，他是担心审查过不了。按照他的思路，完全可以换一个人来写。”

看上去，骆好并不知道她和徐建富聊起过任骄阳，甚至不知道这两个男人曾经相识以及过往的渊源。

“你这是真心话？我指的是，如果我真选择放弃，你会饶了我？”许我一脸认真地逗她。

骆好表情有点尴尬，她摆弄着手里的餐勺，小心翼翼地措辞：“比起那些虚妄的承诺，我更在意你快不快乐。毕竟，强扭的瓜不会甜。”

“有你这句话就够了！”许我笑道，“这么多年了，你看我什么时候在困难面前退缩过？何况，我还没撞到南墙。”

骆好低着头：“错在我，不该让他忽悠你进公司，更不该撺掇你去西藏。”

“行啦！”许我拿起叉子从骆好的餐盘里挑起一片火龙果，放在唇边妖娆地抹了抹，“我过去了，你倒来劲了。”

骆好忽然说道：“许我，你跟我说实话。”

许我反问：“嗯？我难道经常忽悠你吗？”

骆好摇头：“你真的爱他吗？”

许我正色：“非得说实话吗？”

骆好叹了口气：“他身边有那么多兄弟，前呼后拥着，不需要怜悯。”

许我惘然：“依你的理解，是我爱心泛滥？”

“你太善良了。”骆好点头，“还记得高一时那个插班生吴鹏吗？你对他充满好感，就因为他是个出身贫寒的孤儿。”

许我笑道：“那是少不更事。”

“他在你心目中到底是个怎样的人，让你如此着迷？”

“能温暖一头狼的，不是狼群，而是另一头狼。”

“你没有回答我，你到底有多爱他？”

“要不一辈子就一个人，要不一辈子就一个他！”

4

接到任骄阳短信的那天，许我刚向徐建富提交了电影《繁星若沧海》的大纲和人设。

这十多天，她搬回到西湖边的老宅子里，关了手机，断绝了与外界的一切联系。动笔前，她一直在思考徐建富的建议，他说得没错，错在这个行业的所谓“规则”。她原本固执地想按自己的思路和老板的要求，写两个完全不一样的故事供他选择，但在交稿前，她突然删掉了那个她想要坚持的类型化故事。

“好好地谈场恋爱吧。”这是她给徐建富发完邮件后在朋友圈里写下的一段话，还配了一张唐古拉山的图片。

骆好在评论区怒撑：“大胆，别太骚了。”

许我笑着回复她：“我说的是故事里的男女主，都是被你男人逼的！”

任骄阳换了手机号码，短信只有一句话。

“如果你在青海，我们见一面。”

“好！”许我秒回短信。

任骄阳跟着发来了一个地址，顺带着交代她不要告诉任何人。

许我不假思索地用手机订好了机票，正准备收拾行李，徐建富的电话来了。

“许我，你没让我失望。等导演的意见出来，咱们再详细讨论下一步怎么推进。这段时间你最好就在杭州，随叫随到。”

“给我详细的书面意见，让我怎么写，我就怎么写。”她有点烦躁地说完，又补了一句，“我要出趟远门，不知归期！”老宅子是学校当年分配给外公的教授住房，六十多平方米，许我从小就跟母亲住在这里。去年听说要拆迁，许我才彻底搬到现在居住的大房子里。此去青海，她不知道什么时候才能回来，半年？一年？也许会更久，如果有选择，她甚至希望能在那儿待一辈子。

母亲回去的那天，在飞机上给她发了条微信，说自己没有想好，更没有勇气揭开那道早就结痂的伤疤。她希望女儿能给她一点时间，更希望女儿能放下执念，忘掉那些不值得的人和事。

许我没有回复母亲，她一个人抱着儿时睡过的枕头，躺在外公坐过的摇椅里哭成了泪人。她无法想象，这世间会有怎样的仇恨能让人如此绝望，让一个母亲这般绝情。即便那个男人是个魔鬼，那也是自己孩子的生父，不是吗？

收拾好行李准备出门的时候，许我突然想起了什么。她搬了张椅子，打开了母亲房间的一块天花板。她记得小时候曾见过母亲往里面放过东西。

许我掏出了一个落满灰尘的小皮箱，箱子没有上锁，里面塞满了母亲学生时代的荣誉证书，以及大学时期和外公的往来书信，还有一沓高仓健和 Alain Delon[1] 的明信片。她翻了半天，在箱子的最底层发现了一张泛黄的照片，那是母亲高中毕业时的合影。

高挑清纯的许墨兰，明眸皓齿，微微地歪着脑袋站在最后一排男生的中间，笑容灿若星辰。离开老屋时，她将那张合影放进了自己的行李箱。

去往机场的路上，许我一直在思考一个问题，任骄阳约她做什么？如果野保队没有解散，她还可以理解成他在向她妥协，允许她随队采访。但他现在将自己变成了“孤家寡人”，不惜和生死与共的兄弟们割裂，明明对她避之唯恐不及，为什么还要主动约她？

她有个不好的预感，这一次，恐怕真的是最后一次见他了。

许我赴约的地方，在大格勒乡西北角三十公里处一个叫“傍月岭”的小山村里。

[1] 阿兰·德龙（1935 年 11 月 8 日— ），出生于法国，法国著名男演员。

她上网搜到了一篇游记，文章的主人是一个刚大学毕业的姑娘，某年七月独自在此地露宿了一夜。她说，整个夜晚，她坐在这个几乎与世隔绝的山村里，戴着薰衣草与油菜花编织的花冠，在虫嚣蝉鸣中，仰望着镶满了五克拉钻石般的靛蓝色星空，不忍闭目，不舍离去。

去到傍月岭，需要穿过大格勒政府所在地。许我知道，这里曾是“knight”的驻地。街道上到处挂着“扫黑除恶”的宣传条幅，就连挂着外地牌照的货车车厢都刷上了“惩恶扬善，除恶务尽，打好扫黑除恶攻坚战”的标语。

循着乡民指引的方向，许我找到了任骄阳买下的那个小院。那块野保队的木牌还在，她站在院门外看了好久。

这是青海一年中最好的季节。院子里种满了向日葵和各种颜色的格桑花，还有几棵已经起蕾的百合。许我心下怦然，百合喜温暖湿润的环境，并不适合在这里种植，他一定是花了不少心血才培育成这样。

站在院门外放眼远处，连绵不断的油菜花田，间或成片的薰衣草，还有娇艳欲滴的枸杞，在暮光中勾勒出一派人间仙境的景象。

“兴来无远近，欲去惜芳菲。”此情此景，想到他来到这里，离开这里又回到了这里，一定是和那个写游记的姑娘一样，不舍离去吧？

阿婆走过来问她:“姑娘，你是南方来的吧？是不是认识住在这里的那个杭州人？”

许我微笑着点点头:“是的，他是我同乡。其他人我也认识。”

“他们都走了。”阿婆叹了口气，上前抚摩着那块木牌，“这群孩子啊，也不知道他们图什么？不拿政府一分钱，苦哈哈的，风里来雨里去。”

“阿婆，他们都是侠客呢。”

“是呢，那些杀千刀的都怕他们。”阿婆笑着说完，又跟着黯然神伤，“他什么都没带走，也不知道还会不会回来。”

“他们会回来的。”许我上前搂着阿婆的肩膀，“阿婆，您跟我讲讲他们的故事吧。”

5

许我到了村口，德吉已经在那里等了好久。他住的地方在车子无法到达的半山腰，那儿离山脚下的村庄还要步行半个小时。

德吉是个看不出年龄更看不出表情的大叔，长着一张普通得不能再普通的西北汉子的脸。他微微地驼着背，走起路来不疾不徐。除了见面时的那句“我是德吉，请跟我走”和跨过沟坎时提醒她“小心”，许我不问，他便不说话，回答她问题的时候，更是惜字如金。

“他……还好吗？”许我问道。

德吉点点头:“好着呢。”

许我紧跟几步，与他并肩而行:“身体恢复得咋样？”

德吉点点头:“好着呢。”

穿过一片胡杨林，天已擦黑，但眼前豁然开朗。

房子坐北朝南，远比许我想象的要大得多。平顶砖木结构，石头围垒的院落里，种满了土豆、甘蓝、西红柿和大白菜，还有几种瓜类。一张看起来有些年头的雕花木桌和几只樟木凳摆在院子的一角，旁边煤炉上的瓦罐正滋滋地冒着热气，浓郁的中药味道扑面而来。

“他应该是睡了。”德吉说完，撩起布帘进了屋。

许我的目光被一本打开倒扣在桌子上的图书吸引，她放下手中的百合，拿起那本索甲仁波切的《西藏生死书》翻了翻。陈显凡曾经聊起并向她推荐过这本书，但她一直没看，她觉得自己还没到需要去证悟生死的年龄。

一个熟悉的声音在背后响起:“我以为你在青海，那么远就不要来了。”

许我放下手里的书，转过身看着他。山上傍晚的温度有点低，他将自己裹得严严实实，看上去气色还不错。

“我正打算回来，你恰好约我。”她说完，歪着脑袋笑道，“我说过的，你别想赶我走。”

他的眼里闪过一丝光芒，微微抬头，下巴向前伸了伸，指向桌子上的书:“那是德吉的。以前在他这儿翻过，始终看不进去。”

“我也是。很久没有静下来去读一本书了。”说着她闪开身，坐到凳子上，拿起那几枝百合，“你走的时候，应该还没有起蕾。我顺手给你捎来了，也不知道能不能开。”

他面无表情:“它应该待在它该待的地方。”

她撇撇嘴。明知她去过那里，他却波澜不惊。

她摆弄着百合，笑道:“旦增说它长得像马蹄莲，看着还真像呢。”

他抬头正视着远方，脸上毫无表情。

她放下花，有点尴尬。

“伤好点没？”许我尝试着打破尴尬。

他点点头，看着从屋里走出来的德吉:“他掌控着一切，每天给我熬药。”

德吉听着，笑了笑，将两个瓷碗摆在桌子上，一边提起有点斑驳的铁壶往碗里倒着酥油茶，一边小声地说道:“他喜欢喝奶茶，说你也喜欢。如果不习惯，这儿还有茯茶和花茶。”

许我怔住，抬头看向任骄阳。

像是在逃避她的目光，任骄阳扭过头，端起茶轻轻地抿了口:“没有人比德吉的奶茶煮得更好喝了。”

德吉不好意思地笑了笑:“你们聊着，我去准备晚饭。”

她想起那天自己的车上放着速溶奶茶，还有在巴勒格图的那个晚上，他肯定看到自己喝了半囊奶茶。想到这里，她突然就红了脸。

“大叔家的这个房子看起来有些年头了。不过，在这儿养伤真的是要比医院好多了。”她强抑住内心的澎湃，有点没话找话。

“你可以直接叫他名字，他其实比我大不了几岁。这是他家的祖宅，得有六七十年了吧。”

“怪不得，选了个这么好的地方。”许我说着话题又转了回去，“我跟老阿婆聊了聊，她跟我说了很多。”

“嗯。”他点点头，看上去并不想继续这个话题。

“可真会选地方。我在小院子里转了转，还喝了口井里的水。我一直梦想着找个那样的地方，开一家咖啡馆。”

他沉默以对，过了好久才说道：“不知道你从杭州赶来，应该提醒你在大格勒住一夜的。这儿很简陋，什么都没准备。晚点，我让德吉送你去山下找个人家凑合一夜。”

她点头：“其实我没那么讲究，住哪儿都行。”

他喝了口奶茶，缓缓道：“我有点后悔叫你来这儿了，其实电话里也可以讲清楚的。”

“我大约猜到了你要跟我说什么。既然来了，你让我休息一会儿，明天、后天，什么时候都可以说。”

他没再说话，他听出了许我的意思。这一刻，他有点后悔了。

德吉看清了一切，是他建议约许我来这儿的。德吉还问他是不是喜欢上了这个姑娘，是不是因为她，他才下定决心解散了野保队，然后又躲到了这里。他无力反驳德吉，没有承认也没有否认，这是他第一次试图在德吉面前隐藏自己的真情实感。

德吉红着眼睛踌躇了好久，又说她本该是他的“救世主”，他真的不该拒她于千里之外。如果他无法去除心魔，就应该放她一条生路。唯有跟她见面，将一切说清楚，才有可能让她彻底死心。

许我看了看一言不发的任骄阳，起身走到院墙边。

天已经完全黑了。云层遮挡住月光，没有靛蓝色的星空，更没有钻石样的繁星。山下的民房影影绰绰，三三两两的，开始亮起了灯。

刚刚梨子恒给她发了微信，问她是不是已经来青海了，她不知道怎么回复他。和他相处总是很舒服，即便信息不回，电话不接，不用解释，不用考虑他的感受，也根本不用担心他会误会。

“吃饭了。”德吉总是那么谦卑，他提着一盏酥油灯走到许我的身边，躬身说道：“抱歉啊，天公不作美，我这儿也一直没通电。”

许我莞尔：“您辛苦了！我喜欢这里，空气特别新鲜。”

晚饭简单得不能再简单，一盆糌粑、一碟土豆丝和一盘炝炒大白菜。

“德吉本来想准备点羊肉。我跟他说这样挺好，菜都是他自己种的。”任骄阳拿了个糌粑，掰成碎块放进奶茶里，然后冲着准备离开的德吉说，“一起吃吧。”

她笑道:“我本来就吃素。这里有甘蓝和西红柿，明天我可以给你们做好吃的蔬菜沙拉。”

德吉点了头，任骄阳埋头在吃着“奶茶糌粑”，没有人再说话。

起风了，来自太平洋的东南季风潮湿温润。月亮露出了半边脸，空气中弥漫着油菜花的芬芳。许我听到了蝉鸣，还有自己吞噬食物和两个男人咀嚼的声响。

“我累了，哪里也不想去。”德吉收拾桌子的时候，她说道。

德吉愣了一下，看着任骄阳，说道:“我去收拾一下，就住这儿吧。明天小郭来送大米，让他帮忙捎些洗漱用品。”

“不用的，我都准备了。”

许我说话的时候，任骄阳敛眸垂首，看不清脸上的表情。

9

Chapter

既　往

“你又何尝不是呢？赌了这么多年，还准备赌上性命，赌它一辈子！”她微笑着，缓了缓继续说道，“切队长，让我陪你一起赌吧！”

看着许我如朝阳般和煦的笑容，还有那满含期待的眼神，这一瞬间，他几近沦陷。山风乍起，他扭过头去，远处的青稞荡起层层麦浪，有人在山下唱着歌，听不清，看不见。

1

戈壁滩上，一辆红色“牧马人”在拼命地逃窜。血流满面的任骄阳双手紧紧握着方向盘，无数颗子弹从窗外呼啸而过，橘黄色的弹道清晰可见。

许我歇斯底里地吼叫着:“你到底是什么人？你要带我去哪里？”

“嗖嗖嗖——”几颗子弹穿过车身打在任骄阳的后背上，溅出几团血花后又折出窗外。“牧马人”的车身突然四分五裂，她被抛向空中，像一根羽毛般飘飘荡荡，一只飞起的车胎擦过她的脸颊，凌空炸裂。

天地间一片静谧，耳畔传来若隐若现的叶笛声。她睁开眼睛，秃鹫在空中盘旋，眼前是深不见底的矿坑。

“为什么跟着我？”冰冷彻骨的声音传来。任骄阳的手里攥着匕首，胸前密布的弹孔，“突突突”地冒着鲜血。

许我爬起来，使劲地堆起笑脸:“我是许我，你还记得吗？我是许我。”

“我问你，为什么跟着我？”任骄阳的匕首，在她脸上来回比画着。

“我……我想带你回家。”

“我不认识你！”

寒光一闪，匕首刺进了她的心脏……

许我捂着胸口，猛地坐了起来。清晨的阳光穿过布幔的缝隙，打在青花老粗布的被面上，枕头掉在了地上，窗外传来布谷鸟的叫声。她看了眼手机，这一觉，她整整睡了十个小时。

打开房门，德吉就站在门外。

“做噩梦了吧？”他小声地问道。

许我不好意思地点点头。

“他在院子里，今天的天气不错。”德吉说着，转身进了厨房。

洗漱完，许我戴上隐形眼镜，又化了个淡妆才走出门外。德吉已经准备好了早餐，任骄阳坐在院子里看书，桌子上摆了台撑着天线的袖珍收音机。新闻主播的声音，字正腔圆：

“自治州扫黑除恶专项斗争领导小组半年总结会议在州府召开。会议深入学习贯彻全国扫黑除恶专项斗争视频会议精神并部署下半年工作重点，强调要把握时势，深化打击，以更加旺盛的斗志、精准的举措和过硬的作风，推动扫黑除恶专项斗争全面纵深发展……”

抬头看见明眸流转、巧笑嫣然的许我，任骄阳安之若素，合上书，关了收音机。

“早！”许我走到桌前，迤迤然坐下。

早餐是香煎土豆与菊花枸杞茶，还有一小碟奶油。

“土豆蘸奶油，德吉说这样别有风味，你尝尝看。”任骄阳说着，将装了土豆的盘子往她跟前推了推。

“等德吉一起吧。”许我拿起收音机，贴在耳边慢慢转动着调频旋钮。

“他原本每天只吃一顿中饭，我来了，他才开始陪我一起吃晚饭的。”

她找到一个音乐台，将声音调到最小，顺口说道：“这样不好，你应该劝他吃早餐的。”

“他是个苦修者，有些习惯已经深入骨髓。”他说完，拿起一个土豆，“每个人都有自己的思想和生活方式，没必要去强迫别人改变。”

许我明白他意有所指，不禁莞尔。

电台里正在播放歌曲《美若黎明》，许我稍稍调整了下音量。李健的声音淡雅脱俗，清澈而又柔和，散发着原野的清香。

我听见那天堂鸟已开始了歌唱

跑过来又跑过去的风还在游荡

我看见那梦中人走出彩色的房间

远处渐渐升起不一样的朝阳
回望曾经的旅程
三言两语说不清
过去的已过去
今天已经到来
…………

“我昨晚睡得很好，但做了些千奇百怪的梦。你想不想听？”一曲终了，她才缓过神来。

“德吉半夜被你吵醒了，然后就一直没睡。”他似乎也沉浸曲中，慢条斯理地回应着。

她歪着脑袋紧盯着他：“好奇怪，梦里的事情都经历过，但结局跟现实完全不一样。”

“不奇怪。清醒的时候未必就不是在梦里，你以为做梦的时候也许就是在现实中。”

她若有所思：“梦到的可能就是真相，只是暂时还没有发生。”

任骄阳选择了沉默。他知道许我想要表达什么，就像许我好像总是能猜到他的心思一样。这或许就是一种默契，这种感觉跟最懂他的德吉相处时的默契又不太一样，他有点心悸，又有那么一点小确幸。

看着他失神的样子，她噘起嘴：“你还想不想听，还让不让我说？”

“约你来，是想告诉你，你想知道的一切。”他沉默了一会儿，才缓缓开口。

她苦笑着摇摇头，扭头看向院子外。

“切队长，能陪我走一走吗？”她轻声说道，“你相信吗，我曾经梦到过类似的地方。我不知道此刻是在梦里，还是在现实中。”

朝阳穿过云霞，露出半边涨得通红的脸蛋，像一个情窦初开的美丽姑娘，羞羞答答却掩饰不住浑身璀璨绚丽的光芒。静谧的大地沐浴在霞光中，山翠含烟，花红草青。

两个人在山路上一前一后，缓缓前行。看着眼前这一派祥和的景象，许我张开双臂，吐纳着香甜的空气。

“我一定是来过这里。看到氤氲中升起的朝阳，霞光中摇曳的格桑花，听到牧羊人悠扬的笛声，喝到香醇甘洌的酥油茶，都会心生莫名的欢喜。”

他停下脚步，微笑着：“如果在某个地方或者在某一刻，见到陌生的人或陌生的景象，突然感觉似曾相识，这并不奇怪。德吉说这个叫‘宿慧’，是你前世来过、看过、牵挂过，那一世的记忆还没有断。”

“切队长，你信佛吗？”她驻足问道。

他摇头：“我信人定胜天。”

她看上去有点感伤：“谁能想到，百万年前海底泛滥的红珊瑚，如今变成了拍卖会上那串珍稀的佛珠？谁又能想到，沧海桑田，这世界之巅亿万年前还在海底？如若不心怀敬畏，极端也许只能换来更极端。”

他站住，转身看向山下：“我不过只是这世间的一粒尘埃，不问前生，不谋来世，只求这一生能心安理得。”

“嗯。”她点头，“我准备好了，开始你的故事吧。”

2

“狩猎者”游戏几乎是一夜之间蹿红，但因其高度仿真的杀戮场景和几乎无法通关的设置，从诞生之日起，就一直伴随着巨大的争议。公司连续月收超过五千万的时候，作为CEO的任骄阳却变得惶惶不可终日，他打算转变思路，开发全新的游戏，但遭到合伙人的竭力反对。之后，他们逼迫他引进战略投资，并擅自发布了还在内测阶段的游戏升级版的上线时间。

就在深感矛盾难以调和的任骄阳萌生退意，准备套现离场另起炉灶之际，一个顶级玩家声称发现了游戏中的致命BUG，能轻松地一次通关，并开出100万赌金向他发出对抗挑战。结果，对方轻松过关，任骄阳完败。这对血气方刚、自视甚高、被媒体吹捧成游戏奇才的任骄阳来说，无疑是奇耻大辱。他计划着邀请这个对手一起再创业，然后便与对方约定见面，提了赌金赶到了青海。

令他始料未及的是，对方竟然是个还未成年的高二学生。因为沉溺“狩猎者”，这个曾经的学霸榨干了父母的血汗钱后，逃出家门，并打算加入如来团伙，做一个真正的狩猎者。赌金中的一半用作“诚意金”支付给如来，但如来拿到钱之后，突然翻脸将他赶走。

任骄阳开始并不知道这一切，直到他准备登机离开青海时，那孩子突然在可可西里给他打电话，说他要杀人，之后便杳无音信。任骄阳找到他的家里，他父母认定了孩子已经在可可西里遇难。孩子的母亲患了抑郁症，不久后便跳楼自杀了。

他说原本有机会将这个“对手”带回杭州，当发现他是个孩子后，担心自己被人笑话，便放弃了这个想法。

两个席地而坐的身影沐浴在如沙的暖阳中，山花烂漫，天空有鸽子在飞翔。任骄阳不紧不慢地娓娓道来，许我凝神静气，目若秋水。

任骄阳像在说着和自己不相干的事，无悲无喜、无忧无怨。朝霞映在他的脸上，那略显憔悴的面容和平淡而又笃定的眼神，令许我心旌荡漾。

“为什么突然要跟我说这些？”许我轻声问道。

任骄阳沉默着，或许是没有想好该怎么回答。

许我扭头看着他，良久，才回过头去说道：“他叫卫林，给你打电话的那天，是2011年6月28日对吧？你一直有个执念，坚信他还活着。”

她想起他手机“备忘录”中那串记录于2011年6月28日的神秘字母，WL应该就是母亲说起的那个信托受益人中的卫林，也就是这个失踪的孩子；KKXL便是可可西里。

任骄阳愣住，然后缓缓地点了点头：“是我害了他，游戏和那笔巨款，以及我的自私。”

“所以，你放弃所有，留下来。为了报复如来，更为了自我救赎。”

他的嘴角抽搐了一下，想要再说些什么，终究还是没说出口。

“你知道我一直在调查你，所以就索性约我来，告诉我真相。你觉得，满足了我的好奇心之后，我就应该理所当然地离开这个是非之地，永远不再纠缠你。”

他站起来，缓缓说道：“这些还不够吗？你可以照搬我的故事，也可以按照你的想法随便演绎。”

“我要谢谢你。但这些早就不重要了！”许我说完，起身挡在他的面前，咬着嘴唇仰头看着他，“切队长，让我留下来陪你吧，还有你那些兄弟。”

他脸上闪过一丝慌张：“如来就是个赌徒，杀红了眼的赌徒。他什么事都能干得出来。”

“你又何尝不是呢？赌了这么多年，还准备赌上性命，赌它一辈子！”她微笑着，缓了缓继续说道，“切队长，让我陪你一起赌吧！”

这如朝阳般和煦的笑容，还有那满含期待的眼神，这一瞬间，他几近沦陷。山风乍起，他扭过头去，远处的青稞荡起层层麦浪，有人在山下唱着歌，听不清，看不见。

他似乎深吸了一口气，声音温柔而又决绝：“我选择当面跟你讲清楚，就是希望你不要再强人所难。”

她的目光轻轻滑过他沉笃的脸庞，拧起眉头，眼底一片冰凉。

送许我下山的时候，德吉像换了一个人，诚惶诚恐，连续说了三遍：“他就是这样一个人，你别往心里去。”

许我失魂落魄，满心的难舍与不甘。

临上车的时候，德吉说：“由爱故生忧，由爱故生怖；若离于爱者，无忧亦无怖。”

“无忧亦无怖。”许我默念着，摇摇头强作欢颜，“爱而不能、求而不得、舍而不惜，无忧无怖又有何意义？”

“我会照顾好他的。”德吉微笑着点点头，犹豫着又从怀里掏出一个牛皮纸信封递给许我，“这是他让我转交给您的。”

不用看，她都知道那里面装着什么。泪水，在德吉转身离去的瞬间，奔涌而出。她回头又看了眼半山那片胡杨林，哆嗦着系上了安全带。

手机铃声不合时宜地响起，梨子恒像开了天眼：“生日快乐！你是不是去找他了？”

“梨子恒，我不知道要去哪里。”她竭力地想要让自己平静下来，握着手机的手却在不停地颤动。

“你在哪里？我现在就去找你。”

“我找到他了，他在大格勒，在德吉这儿。”她抬手狠狠地抹了一把夺眶而出的泪水，“帮帮我，梨子恒。我不想走。”

“傻瓜！天塌下来还有我。发个定位，我马上过去接你。今天这个日子，你应该是公主！”

许我离开的时候，任骄阳正坐在窗前捧着那本《西藏生死书》，窗台上摆着一盘蔬菜沙拉，那几枝插在瓦罐里的百合已经微微张开了口。

她站在窗外轻声说：“切队长，我走了，你能抱抱我吗？”

他走出房间，腹部疼痛得厉害，抬起手，又垂了下去。他不确定她是否看到了他的回应，但他分明看见她转身离去时那哀怨的眼神。

等到德吉回来，他终于忍不住问道：“我是不是错了？”

“你应该躺在床上休息。”德吉低着头，没有看他。

昨天晚上，他一夜未眠。事实上，这几天他都没有好好地睡一觉，只要闭上眼睛，脑子里总是有一个翩若惊鸿的身影，挥之不去。

他打开了手提电脑，在“记事本”中敲下一段文字：“2018 年 7 月 16 日，无风无雨、无相无作。”

这一天，是许我的生日。

3

梨子恒找到德吉家的时候，许我已经失联了整整二十个小时。

梨子恒揪住任骄阳的衣领：“如果她有什么不测，我一定会杀了你！”

任骄阳轻轻地拨开他的手，然后掏出手机。

梨子恒挥手打落他的手机：“电话能打通，还有你什么事？”

任骄阳嘴唇嗫嚅着，看向蹲在院子一角兀自给疯长的西红柿剪枝的德吉。

“你到底跟她说了些什么？”

“失联多久了？”任骄阳答非所问。

“Fuck！我问你，跟她说了什么！”梨子恒的眼里快要喷出火来。

“把她想知道的一切都告诉她了。”任骄阳说完顿了顿，“报案了吗？其他人在哪儿？”

扫码收听精彩音频

“现在想起兄弟们了？”

梨子恒正说着，手机铃声响起。电话里传来沈炯的声音：“查到监控了，在加油站附近有个男人上了她的车。看不清楚长相。”

梨子恒挂了电话，转身就冲出了院子。

任骄阳捡起摔在地上的手机，坐到桌子前，在那本书里翻动了几下，拿出一张电话卡换到了手机上。

刚开机，屏幕上就跳出一条10开头的号码发来的短信：“人在我手里，200万赎金，你自己过来。”

信息是昨天下午发的，没有地址，也没有约定时间。

任骄阳快速地输入一串数字，那是沈炯的手机号。刚要拨过去，手机突然振动，来电显示号码未知。他毫不犹豫地接通了电话。

“往乌图美仁方向。记住了，一个人来。敢报警，就等着收尸。”说话的人声音很奇怪，像是机器人，应该是软件合成的，而且说完就迅速挂断。

德吉跟着任骄阳走进了他的房间，站在他身后说道：“把药换了再走。相信我，她不会有事的。”

山下，小郭从皮卡车上跳下来，忙不迭地打开车门。

任骄阳往小郭的手里塞了几张钞票：“钥匙给我吧，等我车修好了，就还给你。”

小郭犹豫着看向德吉。

“让他一个人去。”德吉说完，冲着任骄阳说道，“藏红花放在包里了，按照之前的药方再配一些药材，记得要熬够时间。”

德吉认定了他这一走，就不会再回来了。任骄阳表情复杂地点了点头，挥挥手，发动车子，疾驰而去。

“后备厢里有钢管！”小郭追出几步，喊道。

直到天黑，许我还在懊悔为什么脑袋一热，捎上了那个面目和善的大叔。光天化日之下，在离加油站的那条“重拳出击，打一场扫黑除恶的人民战争”的横幅不过几十米的地方，她竟然再一次被人绑架了。

来这儿四次，一次被人骗，两次被绑架，这世上哪里来的这么多无法无天之人？

她本来有机会逃走的，放慢车速，打开车门闭上眼睛跳下去就可以了。摘枸杞的乡亲漫山遍野，她不相信这大叔敢嚣张到下车扛起她。但她犹豫了，从那大叔掏出匕首，抢走她手机的那一刻，她就意识到，又是因为任骄阳。

一路上，她问了不下二十个问题，但这位绑匪大叔沉着脸一言不发，最后被她烦得忍无可忍，掏出一块黑布劈头盖脸地蒙在了她的脑袋上。

到达目的地时，她看见了大叔的“合伙人”，这个熟悉的脸庞在她被摘了黑布推进房间时，在她眼前一闪而过。

这些人到底要干什么？怎么就知道她来了这儿？虽然没有第一次被绑架时的惊慌，对方也只是把她关在屋子里，还管吃管喝，甚至给她冲了一杯速溶奶茶。但愈是这样，就愈让人恐慌。

昨天晚上到现在，这位绑匪大叔一直坐在门外，时不时地打开一条门缝往里瞄一眼。她则是一直胡思乱想，彻夜未眠。她甚至想着，有没有可能是任骄阳在考验自己？这个幼稚的念头在脑海里盘旋了许久，直到她自己都不好意思地哑然失笑，因为这个面熟的黑衣人就是她第一次见到任骄阳时，他追击的那辆车的驾驶员。

无论如何，至少可以肯定一点，他们在拿自己来要挟任骄阳。虽然她害怕任骄阳对自己不管不顾，但比起任骄阳在不在乎她，她更担心的是他的安危。已经过去这么久了，还没有一点消息，绑匪似乎一点也不着急。

尽管她拼命地想让自己情绪安定下来，但两条腿就像上了发条又调到了自动模式，不由自主地在屋里来回踱步。等到终于累了坐到沙发上，唇边热热黏黏的，她下意识胡乱地抹了一把，跟着尖叫起来。

绑匪听到声音打开门，愣了一下，看见许我一脸的血。

“别玩自残啊。等他来了，就放你走。”绑匪倒吓了一跳。

“他不会来的，他跟我没有一毛钱关系。你放我走，要多少钱我给你！”许我说这些话的时候，竭力保持着镇定。

“你这是急火攻心。”绑匪淡定地笑了笑，扔给许我一包纸巾，转身就要出门。

许我忙不迭地叫道:“你让我看到了你的模样。赶紧收手吧大叔，拿了钱你也跑不了。”

绑匪脸上的肌肉抽动了几下，笑容瞬间消失，他摸出那把匕首比画着，“你就不怕我杀人灭口吗？”

“你们想要的是他的命，不是我的。”

许我的冷静显然是有点出乎绑匪的意料，他想发作，犹豫片刻后还是选择了隐忍。

“大叔，你看上去这么和善，一定不是坏人，是不是有人逼着你这么干的？”

“闭嘴！”绑匪吼道，“坏人是不会写在脸上的，好人逼急了也会变成坏人！”

“听我说。”许我毫不畏惧地仰头挺胸，“你要好好想想你的家人，绑架不仅是重罪，还会让你的孩子一辈子抬不起头来！”

绑匪嘴唇哆嗦着，举起匕首指着许我，“不要逼我杀人。”

“你跟我说说，到底是怎么回事？”

“嘭！”绑匪转身走出去，用力地关上了房门。

4

加油站就在离傍月岭约十五公里的地方，而下一个探头在接近大格勒镇区的道路养护站。这两个地方，是去往札合木的必经之路，但在养护站正对着公路的监控视频里，没有发现许我的车。也就是说，她走了别的路。

两地相隔不过十公里，中间却有两条不同方向的岔路，再加上一条通往青稞种植示范区的机耕道，根本无法确认车子会驶向何处。刚才加油站的员工告诉大家，上了红色“牧马人”的那个大汉，从头一天下午开始，就在这附近徘徊。

一切迹象表明，这是一次有预谋的绑架。

许是跟许我短暂相处生出了感情，张口闭口“我姐”的旦增又红了眼，认定许我被如来绑架了，死活要去报警。沈炯痛斥他娘们儿唧唧没长脑子，如来哪来的神通能知道许我的行踪？如果真是冲着队长来的，在这儿找到许我，就必定知道队长的下落，为何不直接去找他的麻烦？在他看来，对方不过就是瞄准了单身女性，许我只是恰好路过。

根据车辙判断，那条机耕道很快被排除。余下的两条路，分别通往乌图美仁与郭勒木德。大家商量着兵分两路，但梨子恒毫不犹豫地选择了乌图美仁。一切全凭直觉，他和旦增一样，认为这事儿跟如来有关系，而乌图美仁，是他第一次与如来团伙交锋的地方。

大家没有再纠结，眼下，唯有集中兵力，才有把握在找到绑匪后救出许我。

往乌图美仁开了不过三公里，沈炯的手机收到了任骄阳的短信:“他们是冲着我来的，你们去乌图美仁找个地方等我的消息。”

任骄阳的车子一进入乌图美仁，绑匪的电话就来了，还是机器人的声音，“钱带来了吗？”

任骄阳回应:“带了银行卡。这么短时间没办法取到这么多现金。”

“上 303 国道，往北 25 公里后右转，到朝阳加油站。”绑匪说完就挂了电话。

任骄阳心里咯噔了一下，朝阳加油站就是一个月前他被许我发现并追击的那个废弃的加油站。这个可能仅仅是巧合，关键是对方没有纠缠赎金的事。即便拿了银行卡，这么大一笔钱上哪儿取都有极大的风险，如来的人不可能不知道。如果赎金只是幌子，他们只是想让他去交换许我，为什么不去德吉那里直接将自己绑了，何必要兜这么大圈子？

如来不可能这么幼稚。那他到底要干什么呢？斗了这么多年，他越来越看不懂这个对手。任骄阳纠结了一会儿，给沈炯发了位置，然后抄了一条近道，加速直奔朝阳加油站。这个加油站之前专门是为路过此地拉矿的卡车服务的，大约两年前，从矿区新修了一条直通 303 国道的路，这里跟着就废弃了。

任骄阳驾车围着加油站转了一大圈。这是他多年养成的习惯，他需要观察与思考，更在等着绑匪下一步的指示。他不相信事情这么简单，这地儿既不隐蔽，又不是个可以随时脱身的地方，对方不可能一点儿都不考虑后路。

绑匪一般都会不断变换地点，他做好了去往下一个地方的准备。但这一次，他失算了。绑匪的电话来了，而且这一次直呼其名:“任骄阳，你不老实。”

“你他妈到底是谁？”任骄阳失去了以往的冷静，冲着电话怒吼，“你敢动她一根汗毛，我一定会杀了你！”

回答他的，只有电话挂断的“嘟嘟”声。

对方明显知道他的兄弟们来了，他疯了似的直接将车子开进了加油站。

加油站里寂静无声，废弃的设施锈迹斑斑，野蒿和麻头花拱破了水泥地面恣意疯长。办公室的大门紧锁，钢化玻璃门呈网状碎裂，看不出有人来过的痕迹。

他从后备厢里拿出钢管，绕到了办公室的后面，这才发现上次来还完好无损的后围墙，不知何时被人扒掉了一大截，散落在地上的砖头明显有被车子碾轧过的痕迹。看着围墙外那片荒芜的盐碱地，一个月前的那场追逐，仿佛就发生在昨天。

办公室后门洞开，已经变了形的铝合金大门斜靠在墙上。大厅里一片狼藉，他的目光被左手边墙脚的几张报纸和散落的烟头吸引，那儿有个房间，应该是加油站工作人员的休息室。踹开上了锁的房门，映入眼帘的是一张破败不堪的人造革沙发和收拾整齐的面包、火腿肠外包装和喝剩下的矿泉水和奶茶，还有几张沾了血迹的纸巾。

他拿起那几张带血的纸巾仔细地看了看，目光在地面和墙壁上又扫视了一遍。除了沙发上的血指印，没有再看到血迹，也没有打斗的痕迹。他顺着地面杂乱无章、若隐若现的脚印来回走了几遍后，很快做出了判断 ——

许我之前被关在这个房间里，因为磕碰或者不适应这里干燥的天气鼻子流了血。那些食物和纸巾应该都是绑匪准备的，是这里的乡村小卖部常见的杂牌货，那杯剩了大半的“查飘飘”奶茶，连厂地与出厂日期都没有，仔细看才能发现叫“杳飘飘”。看守和进出这个房间的绑匪只有一个人，门口的烟头和面桶便是此人留下的。

他撕下了面包袋外面的标签，然后爬上了楼顶。眼前一片寂静，目光所及，无论是公路还是盐碱地里，一辆车都看不到。

他们离开的时间应该在最后一个电话之前，也就是说，刚刚那个电话非常有可能是对方确认已安全转移后才打来的。这中间到底发生了什么？对方为什么不直接冲着自己来？还有，对方竟然知道自己的真名实姓，这个判断让他不寒而栗。如果真是如来，他神通广大，真要查自己的底细并不难，但这么多年过去了，为什么偏偏在这个时候？如果不是如来，又会是谁？

无论如何，许我是无辜的，必须要想办法找到她。扎西说得没错，狗急了都会跳墙，虽然对方针对的是自己，但谁也不敢保证，他们不会对许我下手。想到这里，他拨通了沈炯的电话。

“现在想起兄弟们了？”沈炯的语气跟梨子恒一模一样。

任骄阳急道:“绑匪有没有给你们打电话？”

“为什么给我们打电话？”沈炯冷声道，“他要找的不应该是你吗？”

沈炯这事不关己的语气有点反常，但任骄阳未及细想，赶紧说道:“我在朝阳加油站。你们马上过来跟我会合。”

“来美河饭店会合吧，大伙儿都在这儿。”手机里传来梨子恒的声音，说完就挂了电话。

十分钟后，任骄阳远远地看见美河饭店门口，一辆红色的“牧马人”停在梨子恒的 G500 旁。他愣了一下，驾车绕着饭店转了一圈才将车子停在路口，下车走进了饭店。

还没到饭点，一楼大厅里空空荡荡，一个客人都没有。前台姑娘正捧着手机在刷短视频，配乐是一个烟嗓男中音，歌声落寞而又沧桑——

“往后余生，风雪是你，平淡是你，清贫也是你……”

楼上似乎有人在猜拳行令，任骄阳径直走上了二楼。楼梯口的第一间包厢，房门虚掩，他站在门外犹豫片刻，轻轻地推开门……

5

半个小时前，许我拉开房门时，脑子一片空白。她的手机和车钥匙就放在门口，绑匪早已不知去向。

她没想到出来后接到的第一个电话，竟是老板徐建富打来的。电话一接通，徐建富就在那头兀自兴奋地说着:“导演觉得大纲不错，但更偏向于你之前跟我提的类型化方向，他甚至觉得可以拍成电视剧……”

“小许，按照你自己的想法，放开了写。我给你提供一切便利，也绝不会再打扰你！”

“小许，你在听吗？”

“我知道了。”许我心不在焉地说完，便挂断电话。

她现在满脑子都是任骄阳的安危，她拨打任骄阳的电话，却提示电话关机。她不知道任骄阳已经换回了电话卡，也许，他根本就没有想过要来救自己。绑匪们之前跟自己撒了谎，因为他的不顾不管，他们才决定放弃，索性逃走。

没有比这个更合理的解释了。

她担心和期待的事都没有发生，不知道是该庆幸还是悲哀，一种复杂的、难以名状的情绪涌上心头。站在门口看着眼前一望无垠、了无生机的盐碱地，许我感觉这世界跟她开了个天大的玩笑。直到她终于想起梨子恒，接通了他的电话后才长舒一口气。

“梨子恒，绑匪不见了，我自由了。”许我竭力地想要让自己平静下来。

梨子恒显然还没反应过来:“你在哪儿？任骄阳救你出来啦？”

“他来救我了？”许我愣了下，环顾四周，她看见了自己的车子，“我不知道现在在哪里，但我好像来过这里，哦，对，加油站。我来过这里，之前就在这里见到过他。”

“到底怎么回事？你慢慢说，你什么时候看见他的？你没跟他在一起？”

“我没看见他！”许我彻底蒙了，满面凌乱，“绑匪已经不见了，我自己出来的！”

“也许是他们达成了协议。你赶紧离开那儿，我给你发位置，我们应该就在你附近。”

顺着梨子恒发来的定位，许我很快就找到了他们。她没有劫后余生的喜悦，见到队员们，劈头就问:“是不是你们故意安排的？”

哥儿几个都蒙在那里，手足无措。

“为了逼你们队长回归，还真是不择手段。”许我一脸认真的表情。事实上，连她自己都不相信被设计了，只是这事太蹊跷了，她百思不得其解。

许我说话的时候，梨子恒一直在打量着她，确定她“完好无损”后，上来摸摸她的脑袋，安慰道:“没受什么刺激吧？这种故事只有你这个编剧才能想得出来。说说，到底怎么回事？”

许我尴尬地笑了笑，刚要说话，沈炯的电话响起，他捂着电话示意大家，队长来电话了。

许我竖起食指放在唇边，轻声说道:“别告诉他，我已经出来了。”

任骄阳推开门的时候，旦增正在给许我斟酒。他从许我开始，扫了一眼屋里的队员们和桌子上的生日蛋糕，什么也没说，轻轻地带上门，转身就走。

大伙的目光都瞄到了队长，但他们无一例外地都像约好了似的，坐在那里纹丝不动。许我正对着房门，任骄阳的“鹰视狼顾”让她不寒而栗。

许我说了句“玩笑开大了，他肯定误会了”，然后一口干了杯中酒，追了出来。大家纷纷起身，涌向门外。

“切队长，你生气啦？”许我追出门外，有点心虚地叫道。

任骄阳站住，头也不回:“这样很好玩吗？”

“不是，你听我说。”许我皱起眉头，有点懊恼地说道，“你误会了，我还以为是你的兄弟们设计的。其实不是。”

许我正说着，梨子恒走到了任骄阳的面前，解释道:“她确实是被人绑架了。你没那么重要，也没人会幼稚到开这种玩笑！”

任骄阳掉过头来看着许我，目光渐渐柔和:“鼻子为什么会流血？”

许我一怔，不失时机地说道:“说来话长。你就不想听听到底发生了什么？起码也得给我道个歉吧。”

“队长，肯定是如来的人干的！你这么回去很危险！”旦增说着，上前拽住了任骄阳的胳膊。那神情和姿态，像个犯了错的孩子在挽留负气离家的父亲。

任骄阳心头一软，抬眼望去，众人皆是满脸期待。

回到包厢刚坐下，梨子恒的手机在口袋里呜呜地响个不停。他接通电话，骆好在那边问道:“他到了没有？把电话给他！”

梨子恒迟疑片刻，将手机递给任骄阳。任骄阳瞄了眼手机屏幕，视若无睹。梨子恒索性将手机放到任骄阳跟前，然后按下了免提键。

“喂。”任骄阳面无表情。

骆好明显迟疑了一下，才说道:“任骄阳，你打我的那一巴掌，我一定会还给你！”

大家面面相觑。

“她要是少一根毫毛，我一定会弄死你！”骆好的声音高了八度。

许我抢过电话，看了眼泰然自若的任骄阳，按下免提键调回听筒模式，“骆好，是他救了我。”

“别再犯傻了！”骆好的声音透着不满，“赶紧回来吧，那么多男人都保护不了一个女生，你还赖着干什么？”

手机的声音有点大，众人将骆好的话听得清清楚楚。

“这是个意外。”许我有点尴尬地看了看大家，然后盯着任骄阳说道，“他们对我都很好，也没人再赶我走了！”

梨子恒实在是有点看不过去了，伸头冲着手机说道:“姐姐，人我给你看着。要再有事，你就拿我是问！”

许我挂了电话，唐杰起身端起一杯酒递向任骄阳:“队长这算是回归了吧？今天是个好日子，许小姐的生日，更是‘knight’的重生之日！”

任骄阳坐在那里不为所动。

“如果你逃避不了，为何不学会接受？如来不是什么洪水猛兽，我们更不是魑魅魍魉。”梨子恒说道。

沈炯起身，晃动着杯中酒:“收起你的大义与悲悯。即便兄弟们的一腔热忱一文不值，跟着你出生入死，也没有一个人当过孬种！”

旦增热泪盈眶地跟着端起酒杯:“我今天只想跟队长和我姐好好喝酒。老大回来了，我看你们谁还敢再欺负我！”

“等他的伤口痊愈，我要跟他单挑！”

许我起身，拿过任骄阳面前的酒杯，一饮而尽。

离开饭店时，任骄阳将皮卡车的钥匙扔给了沈炯，独自坐到了后座。许我跟着上了车，坐到他身边。任骄阳显得有点局促，挪了挪屁股，刻意和她保持着距离。

许我扭头盯着他:“切队长接下来的标准动作，应该就是老僧入定，对这个世界充耳不闻了吧？”

车子顿了下，任骄阳伸手拍了下驾驶座:“能不能好好开车？”

许我低头莞尔。她以为任骄阳又要恢复到对自己不理不睬的模式，没想到他突然说道:“你可以跟着我们，那个绑架你的人，我一定会给你个说法。但我必须要跟你约法三章。”

“你说。”她下意识地正襟危坐。

“做一个合格的旁观者，服从安排，以及不要掺和任何不该你去管的事。”

“哦。”她轻舒一口气，“还有吗？”

“接下来，请闭嘴。”

10

Chapter

随　行

“初见你的那一次，我原本想着要来这儿看看的，因为怕高反才改了路线，然后就碰见了你，我不知道这算不算是缘分。”

“错过了不该错过的，遇见了不该遇见的。人生就是这样，没有那么多理所当然，更多的是猝不及防。”

她仰首：“看上去，什么都没有错过，一切都是最好的安排。”

1

像是约好了，大家刚到唐古拉山镇新驻地，扎西就来了。他开着任骄阳的那辆重新喷过车漆的大吉普，在楼下拼命地按着喇叭。

旦增拿着扫帚，灰头土脸地蹿出来拉开车门。几个人紧跟其后，呼啦一下，站到门口列队欢迎。

“滚滚滚。”扎西嘴里咬着烟，挥手驱赶旦增，“叫你们队长出来迎接！”

任骄阳在二楼窗口探头看了眼楼下，又面无表情地缩回脑袋。

扎西从车上跳下来，冲着可劲儿在鼓掌的另外三个说道：“赶紧的，东西搬下来。”

大吉普后排的座位被放平，塞满了啤酒、饮料和西瓜。旦增手忙脚乱，一只西瓜被他扒拉到地上摔得稀烂。沈炯飞起一脚，踹在他的屁股上，“抢啊，再抢！”

旦增抚着屁股，仰头冲着二楼喊道：“队长，沈炯又在欺负我！”

队员们闹闹哄哄，扎西径直上楼敲开了任骄阳的房间。

“伤口恢复得怎么样？”扎西打量了一下房间，看上去有点漫不经心。

任骄阳撩起衬衫的下摆，又放下：“没什么大碍，基本都愈合了。”

“怎么没看见那姑娘？”

“去给我配药了。”

扎西咧开嘴，一脸忍俊不禁的玩味表情。

“你笑什么？”

“我没笑啊。”

“你就是笑了。”

“我就是笑了，怎么地？”

“那你是笑什么？”

“一物降一物，大鱼吃小鱼，小鱼吃虾米，虾米吃河泥。”扎西一边念念有词，一边抖了下烟盒，张开嘴稳稳地接住抛向空中的香烟后，接着说道，“所以，你是为了她才回归的？果然是见色忘友，几个寻死觅活的兄弟抵不上一个漂亮的姑娘！”

任骄阳剑眉微锁，显然对这个玩笑有点无所适从。

“昨天的事，太蹊跷，但肯定是如来所为。”过了好一会儿，他才说道。

扎西点点头，连着抽了好几口烟，想想，还是将烟掐灭了：“赎金只是个幌子，他的目的可能只是为了敲山震虎。”

“这个不是重点。”任骄阳说道，“他是怎么知道许我的行踪的？又为什么拿一个跟我毫无关系的人来要挟我？”

“为了出掉那批羊绒，转移我们的注意力？”扎西像似是在自言自语，下意识地又掏出一根烟叼在嘴上。

两个人各说各话，显然不在一个频道上。

任骄阳兀自说道：“如来能找到她，必定是知道我的下落。连你这个神探和我这帮兄弟都找不到我，他是怎么知道的？”

扎西点燃打火机又将火熄灭：“你到底想说什么？”

任骄阳走到窗边，远处的唐古拉山，云雾缭绕。

他仰首轻叹：“我可能犯了个很大的错误，如果可以的话，请你帮帮我……”

扎西离开的时候，跟提着瓦罐的许我和拎了几大袋子食材回来的梨子恒打了个照面。许我忙不迭地上前招呼：“再忙也得吃饭，我来下厨，让您尝尝杭州的味道。”

“今天不行，我得赶去札合木开会。”扎西一边摆手，一边爬上了小郭的皮卡车。

许我刚转身，扎西从车窗里探出脑袋，说道：“照顾好他，没事别一个人乱跑。”

许我点头:“把他交给我，您就放心吧！”

“他要是再敢嫌弃你，我肯定饶不了他！”扎西又找补了一句。

许我掩口而笑。她对这个不怒自威的黑脸膛刑侦队长有着说不出的好感，她觉得他就像个邻家大哥和守护神。昨天情绪最低落的时候，她就想过，即便任骄阳和梨子恒不来救她，这个刑侦队长也一定会找到她。

野保队的新驻地是个上下各三间房的二层小楼，坐落在镇南一条僻静的小街上，抬头便能看见巍峨的唐古拉山。任骄阳出事前就已经将它租了下来。房子有些破败，房东原本打算扒了重建，任骄阳本来只想租一个房间，听说房东想拆，直接交了两年租金租下了整栋楼。

这也给了大家一个错觉——队长早就准备好了迎接他们回归。

许我被安排在二楼，和任骄阳的房间隔着一个被房东堆满了杂物的客厅。许我住的房间原本是房东女儿的，她大学毕业后就留在了西宁工作，已经好久没有回来住过。墙上挂满了彭于晏的海报，床头摆了一张姑娘梳着小脏辫骑着马的照片。

房东大妈帮助许我收拾房间的时候，一脸的骄傲，说她女儿从小就文武双全、能歌善舞，十多岁就跟着她父亲登上了唐古拉山顶，去年还去参加了“达人秀”。转瞬又愁眉不展，说女儿都二十五了还没有男朋友，也不知道她到底喜欢什么样的男生。

许我对这个叫卓玛的姑娘着了迷，盯着她骑马的照片看了好久。

大家忙着收拾屋子，旦增不知道从哪儿弄来了一桶粉色的乳胶漆，吵着要给队长和许我的房间刷一遍。

任骄阳哭笑不得。

沈炯说:“旦增，你这是在搞事情，要不就是脑袋被车门夹过。”

旦增下意识地躲到了任骄阳的身后，挺着胸脯振振有词:“粉色代表着爱情和浪漫。咱们老大什么都好，就是缺少点浪漫！”

许我在厨房里听得真真切切，一愣神，手里的菜刀差点切到手指。

快傍晚的时候，许我终于钻出了厨房。西湖醋鱼、东坡肉、笋干炖鸭、八宝豆腐……浓油赤酱、鲜咸清甜，摆了一大桌子。蓝白相间的格子棉纺桌布，仿青花瓷的全新餐具，一切都是那么精致和美好，这些都是许我忙活了半天的成果。

大家赞不绝口。旦增夹了块鱼，咽下后咂了咂嘴，说这是他这辈子吃过的最好吃的鱼，比大格勒阿婆烧的黄河大鲤鱼还要好吃。沈炯揪住他的耳朵，说他个头不长脸皮见厚，拍马屁的功夫日新月异。

梨子恒边吃边眉飞色舞地跟大家介绍每一道菜，完了还不忘夸下许我："你这手艺都跟谁学的？整得跟国宴似的。"那志得意满的劲儿，就像一帮哥们儿到家里来做客，新媳妇在他们面前给自己长了脸。

任骄阳给旦增撕了条鸭腿后，就一直在闷头吃菜。许我看着他，鼻子发酸，眼里不自觉地泛起一片薄雾。

舅舅出事前的那年暑假，母亲也像今天一样，做了一桌杭帮菜，舅舅给她撕了一条鸭腿，夹了两块东坡肉。妈妈说小孩子肉吃多了会长胖，又将那两块肉夹到了一个小战士的碗里。舅舅吃着吃着，就流下了眼泪。那个暑假她才知道，舅舅当了十二年兵，只回家探了一次亲，那一次还是外公去世。

"原来这就是东坡肉，太好吃了！"旦增说着，抹了把溢出唇角的油水，瓮声瓮气道，"有次老大亲自下厨，说要请我们吃东坡肉，结果端出来一盆乌漆墨黑的肉块，还非得逼着我们吃完！"

"可不！"唐杰哈哈大笑，"害得我整整一年都没吃过猪肉。"

任骄阳忍俊不禁，抬头怒撑："你们这群白眼狼，好吃的怎么不说？"

"嗯嗯嗯。"唐杰接着笑道，"老大蒸的馍简直是一绝，三分熟、七分熟、十二分熟，全凭意念。"

沈炯跟着补刀："我吃过一次最难忘的，硬得要上刀叉，馍馍吃出了牛排的感觉。"

众人笑作一团。

谁也没想到，这一派和谐融洽的景象只持续了不过一刻钟，刚刚还在嬉笑的沈炯便跟任骄阳吵了起来。

沈炯在纠结着如来为什么绑架许我。大家的情绪被挑动，商量着要怎么才能找到那个绑匪。任骄阳一直沉默着，直到旦增越说越来劲的时候，他才冷声说道："我们的任务不是去找绑匪，那是警察的职责。"

“他们顶个屁用！”沈炯情绪激动，“他们要是管用，哥儿几个早就回家抱孩子去了。谁他妈愿意在这里整天提心吊胆？”

任骄阳一字一顿地说道：“那你回家吧。”

“你要是没生这个胆，我就一个人去！”沈炯一拍桌子，放下筷子抬脚便走。

梨子恒跟着追了出去，两个人在门口争论了几句，沈炯声音渐弱，终被梨子恒连拖带拽推进了宿舍。

冲突没有再升级，但看上去罅隙已生。有人木然，有人忧心忡忡。许我则是感慨万分，她将自己放在了旁观者的位置，全程一言不发。她感慨的并非这个即便在刻意制造矛盾的狗血剧里也并不多见的一言不合引发的冲突，她感慨的是自己何其有幸，如果不是那一场说走就走的旅行，她永远也不会遇见这样一群血肉饱满的男人。

她叫住了唐杰，他看上去是这场冲突中除任骄阳之外最为淡定和从容的男人。

她问唐杰：“你们以前经常会这样吗？”

“让许小姐看笑话了。”唐杰有点不好意思地笑道，“和他争执是常有的，谁都有脾气，可是他我行我素，谁也拿他没办法。”

“看得出来呢。”许我哑然失笑，“既然如此，大家为什么还对他不离不弃？”

唐杰笑道：“我也不知道他哪来的这么大魅力。”

许我直言不讳：“我感觉，好像你对他有些不满。”

“有吗？”唐杰愣了下，“也许你的感觉是对的，但你也看到了，不止我一个对他有意见。”

许我笑问：“可是我听说，队伍解散时就你一个人走了，其他人都坚守着。”

唐杰尴尬地笑了笑，答非所问：“解散是迟早的事，天下没有不散的宴席。”

2

又是一个难眠夜，许我躺在床上陆续数了快一千只羊，头脑仍然无比清醒。从第一次来这儿开始，无论在这里还是杭州，她总是无法安然入睡。上次在骆好那里，她拿了瓶劳拉西泮[1]，但骆好说这玩意儿很容易产生依赖，她一直没敢吃。

天刚黑的时候，她给任骄阳熬了药，满满欲溢的一大碗。他一口气喝完，说他在德吉那儿每次只能喝下半碗，苦不堪言。她说，我放了两块冰糖。他咧开嘴，整洁的皓齿如星星般闪耀。因为这个笑容，这几天的委屈顷刻烟消云散。

两个小时前，她关了电脑到楼下的盥洗间洗澡，没想到撞见了一身赤裸的任骄阳站在莲蓬头下冲凉。大三那年在佛罗伦萨美术学院，面对那尊举世闻名的塑像，她第一次感受到了一个男人的雄阔。她偷偷拍了照，五年来，那张照片一直被她当作电脑的桌面屏保，直到换上了任骄阳的照片。

今天，那个曾经无数次在她梦中出现的冰冷雕塑变成了一个活生生的蒸腾着白雾的躯体。她窥见了他棱角分明的肌肉线条，还有背上那隐约可见、纵横交织的伤疤，她就那样痴痴地盯着，不由自主，忘乎所以和不知羞耻，盼着他转身，盼着他转身后向自己招手。

他终是没有回头，一滴水溅到她的脸上，她缓过神来，像一头挣脱蒸笼的小兽般，拖着热得发烫的身躯逃回了自己的房间。她清晰地记得那一刻内心的感受和来自身体的反应。她羞愧难当，但越是拼命地想忘掉，那个热腾腾的躯体越是在脑海里纤毫毕现。

可能真的无法睡着了，她打开了手机，已经是凌晨时分。窗外月色朦胧，她仿佛嗅到了烟草的味道，打开窗户，外面传来了压抑着的咳嗽声。

任骄阳手里攥着扎西留下的半盒烟，披着风衣站在阳台上，嘴里的烟火一闪一闪，看上去心事重重。

许我轻咳一声走近他身边，靠在栏杆上:“怎么还抽上烟了呢？”

“睡不着，提提神。”他说道。

“好冷啊！”她抱着手来回地搓着裸露的双臂，问他:“想家了吧？”

“我没有家。”他说完，脱下风衣递给她，神色如常。

她看着他的眼睛，站在那儿纹丝不动。

他嘴角闪过一丝不易察觉的笑意，轻轻地展开风衣披在了她的身上。她反手

---

[1] 西药名，为镇静催眠类药。

按住他的手。她明显感觉到他的手颤动了一下，然后又毫不犹豫地从她手心慢慢抽离。

她低头笑了笑，转过身看着远处的唐古拉山:“从大格勒到傍月岭再到这儿，你可真会选地方。”

“因为这儿离天空最近，离人间很远。”

远处，巍峨的唐古拉山顶，薄雾渺渺。靛蓝色的夜空，繁星如钻石般闪耀。

“八岁之前，几乎每年这个季节我都会来这里住上几天。”沉默许久后，她眼眶热热的，眼前云山雾罩。

他不由自主地扭过头来，看着她，没有说话。

“这儿曾是我舅舅工作和战斗过的地方。但所有关于这里的记忆，在八岁那年戛然而止。我无数次梦想着再回到这里，却总是没有勇气。”她张开手，用掌心轻轻地拭了下眼角，脸上挂着笑。

小时候每到这个季节，母亲都会带着她来青海住段日子，舅舅喜欢带着她骑着马在荒野中奔驰；她曾一个人追着骆驼跑出五里地，只为听那悦耳的驼铃声；还曾在假期结束的前夜，躲进靶场的壕沟里，张开手指丈量着星星和月亮的距离……

他轻轻叹了口气:“时间会风化这荒漠上最坚硬的石头，但有些记忆历久弥新。”

“他跟我讲过文成公主远嫁吐蕃时，在这儿受阻的故事。他说等我嫁人了，一定要背着我越过唐古拉山，亲自将我送到夫君的家里。”

他默默地听着，眼里闪着晶莹的光。

“初见你的那一次，我原本想着要来这儿看看的，因为怕高反才改了路线。然后就碰见了你，我不知道这算不算是缘分。”

“错过了不该错过的，遇见了不该遇见的。人生就是这样，没有那么多理所当然，更多的是猝不及防。”

她仰首:“看上去，什么都没有错过，一切都是最好的安排。”

他重新燃上了一根烟，两个人趴在栏杆上，看着浩渺的星空。夜凉如水，静寂得仿佛能听见唐古拉山的呼吸声。

“许我。”

“嗯？”

“等这次巡完山，你就回去吧，咱俩都被盯上了，不会总有那么好的运气。这里更没有那么多的精彩，有的只是日复一日的寡淡凄清。”

“你到底在担心什么？我不会比你更危险。文成公主花了三年走过唐蕃古道，她一定知道，对岸便是急湍甚箭、猛浪若奔的雅鲁藏布江。”

“我担心保护不了你，担心你无法接受的残酷现实；担心这条路漫长得没有尽头，更担心有一天我们都看不到希望。”

“我想与你的勇敢同行。”她靠向他，眼神满是渴盼。

他不由自主地收缩着身体：“所谓勇敢，不过是带着恐惧前行。你可以活得肆无忌惮，不必承受这些，不必如我这般小心翼翼。”

“我记得你的‘记事本’有一段尼采的名言，‘一个人明白自己为什么而活，就可以忍受任何一种生活’。”

他摇摇头：“我并不明白，而你，更不明白。”

沉默了好久，她才讷讷道：“你知道吗？虽然我找不到与你和谐共处的方式，但我在你身边感觉不到危险和恐惧。总是有一股神秘的、难以表达的力量，这种力量于我，甚于梦想，甚于希望，甚于这世间所有的富贵与荣华。”

他的肩头微微耸动着，咬在嘴里的烟蒂渐渐地熄了火。

她轻蹙眉头：“我想看看这里的冬天。也许，不必等到春暖花开。”

一大早，任骄阳就给大家布置了任务。第一批产完仔的母羚羊，这几天会穿越 109 国道返回越冬地与公羊合群。这个季节正是旅游的旺季，往来的车辆和游客很容易惊扰到羊群，每年都有游客驾车追赶甚至碾轧羊群的事情发生。

队员们的任务是配合官方的工作人员引导和疏散围观游客。

任骄阳没有跟大家一起行动，说是去医院做个检查，吃过早餐就一个人出门了。旦增本想陪着他去，但镇医院就隔着两条街，被任骄阳拒绝后也就没再坚持。

许我提了相机跟着大家，她还没有近距离地看过藏羚羊，兴奋得有点忘乎所以。

大家刚出门，任骄阳就钻进了跟镇医院隔了几里地的一个糕点店。那天进无人区前，他来这儿采购过干粮。一进店，他就拿出那张在朝阳加油站撕下的标签纸递给老板娘。老板娘立马确认了这张只印着生产日期的标签就是他们店的，紧接着她回想起一周前有个跟任骄阳描述的长相很像的老熟客，到店里买过这个批次的面包。

任骄阳进一步了解到，此人是一个大货车司机，差不多每个月要经过这里两到三次，每次都会到她店里来买一大袋面包和牛奶。老板娘还记得这司机的车牌号，因为他曾经告诉她，说他家三个孩子，老婆十几年前就跟一个南方的旅客跑了，他的车牌号是老婆跟人私奔那天的日期。

出了糕点房，任骄阳直接给扎西打电话，让他帮忙调查车牌的主人。虽然任骄阳竭力澄清查这个号是受人之托，但多年的刑侦经验和基于对这个老朋友的了解，扎西意识到他要查的人，很可能跟许我被绑架有关。他很快便查到了车主的姓名，甚至查清了这辆车挂靠在良多县的一家私营货运公司。

扎西提醒任骄阳不要乱来的时候，任骄阳挂断了电话，跟着接通了扎西提供给他的“黎明货运公司”电话。对方告诉他，这个叫陈强的货车司机已经有一个月没出车了，说是得了病，把货车抵押给了公司借了十万块钱治病。

得到陈强的家庭地址后，任骄阳毫不犹豫地直接驱车赶往百里之外的良多县。

3

藏羚羊穿越公路的地方离驻地不过几十公里，大家赶到时，路边和草原上已经聚集了上百名游客，两个交通协管员正在拦停过往的车辆，几个志愿者在帮忙布置路障。

唐杰说人多了，藏羚羊很容易受到惊吓。往年他们都是开车远远地跟着，好几次都跟因为好奇而追赶羊群的旅客起了冲突，这次必须在羊群到达前将这些看热闹的人疏散。

大家下了车，散开去劝导游客。许我将相机调成了 DV 模式，刚跑到山坡上准备拉长镜拍全景，几个队员就被一群游客团团包围。

这群游客是做保健用品的微商，在公司的组织下，统一着装，打着“穿越无人区，挑战真自我”的旗号准备去可可西里搞团建。一水儿的中青年，目测至少有五六十人。

梨子恒试图劝说这群“钻石精英”们撤离，几个男的出言不逊，上来推推搡搡。旦增情急之下，上前“护驾”，不慎撞到了一个少妇。这个少妇尖叫着大骂旦增耍流氓，结果男人们像打了鸡血，在女精英们的欢呼中，里三层外三层，将几个队员围得严严实实。

哥儿几个赔尽笑脸，这群人仍不依不饶，叫嚣着让旦增给那少妇赔礼道歉。旦增嘴硬，偏偏就不吃这一套，还梗着脖子痛斥他们挑事。

眼看着这群人蠢蠢欲动，梨子恒急中生智打起了感情牌，抱拳四顾，“各位精哥英姐，我一家人都是你们ACC的忠实用户。我姥爷的大舅哥偏瘫了十多年，自从用了你们的产品后，现在每天都要出门跑上五公里！”

梨子恒话音刚落，人群沸腾，欢声雷动。

人群中，一个扎着脏辫、穿着黑色骑行服、手提头盔的姑娘，正拿着手机快速地滑动着机屏。

唐杰趁这机会，拖起旦增就要开溜，结果人群中蹿出一个中年妇女挡在二人面前。这个被精英们称作“花儿姐”的女人，正是这群人的头儿。这女人不怒自威，颇有几分大姐大的派头，两手抬起拼命下压，人群瞬间鸦雀无声。

花儿姐抱起双臂，直逼梨子恒:“你那姥爷的舅哥什么时候开始用我们的产品的？”

“很久了，至少得有四五年了吧。”梨子恒不假思索，张嘴就来。

花儿姐干笑两声:“ACC三年前还在研发，去年才进入中国。他跟谁买的？”

梨子恒正在想着怎么解释，便听到那个被撞的少妇叫道:“姐平生最恨的就是骗子，今天那小流氓不给姐道歉，这事儿就没完！”

花儿姐横了她一眼，转而满面笑容地说道:“那小哥可能也不是故意的。我们都是生意人，和气生财，你们也别为难我们，咱们看完了藏羚羊就走。”

“这可不行！”梨子恒说道，“这事没得商量，我跟你们道歉，但你们得马上离开！”

人群瞬间就像炸开了锅，几个男的冲上来就要收拾哥儿几个。就在双方剑拔弩张之际，那个穿着骑行服的姑娘突然从人群里跳出来，直指那几个男生："我看你们谁敢撒野？也不看看这是什么地儿！”

那几个油头粉面的男生被这姑娘的气势吓得不轻，不由自主地倒退几步。

许我正好赶到，一看这姑娘，不由得喜上眉梢，端起相机对准了她。

“你们ACC工商备案过没有？正常交税没有？到底是食品还是药品？有没有忽悠过大爷大妈？你们心里就没点数吗？”这姑娘像端了挺“马克沁”[1]，乘胜追击，对着精英们一顿狂扫。

精英们被打蒙了，倒是这花儿姐临危不惧，强自镇定地说道："小姑娘，这是法制社会，话可不能乱说。”

姑娘眉毛一挑："我乱说什么了？我刚上网查了，还没说你们是骗子呢。就你们这素质，别污染了咱这片净土！”

那个少妇跟着叫道："你说谁是骗子？信不信我撕了你这张嘴！”

“动动我试试！”姑娘说完，拇指搭着食指伸到嘴里轻轻一吹，人群外突然响起一阵引擎的轰鸣声。

众人循声望去，只见十多个大汉骑着大排量的摩托车，威风凛凛地堵在他们身后。

花儿姐吓得一激灵，赶紧挥手，人群呼啦一下作鸟兽散。

那姑娘走向自己的摩托车，梨子恒赶忙追上去说道："谢谢姑娘拔刀相助！敢问姑娘芳名？”

那姑娘扭头看看远处的队员们，又看看他，白了一眼："一群㞞货！”

“喂！”

没等梨子恒还嘴，那姑娘已经甩头戴上盔帽，用力一蹬，扭动车把，绝尘而去。

“这小野马，啧啧，酷毙了！”许我放下手中的相机，站在兀自愣神的梨子恒

[1] 一种重型机枪。

身后，感叹道。

梨子恒转过身:“我还指望着许大胆来给我解围，没想到半路杀出个女程咬金。”

“哟哟哟，脸红了还！”许我歪着脑袋，打趣道，“看来这小娘儿们挺对梨公子的口味，要不要姐帮你勾搭勾搭？”

“许大胆！”梨子恒佯怒，“你现在变得越来越粗俗了。什么叫勾搭？我梨公子什么时候沦落到需要去勾搭别人了？”

“行了。”许我一挥手，“别跟我嘴硬。我跟你说，搞不好今天晚上你就能再碰上她。有本事人家再骂你的时候，你别不吭声！”

队员们驾着车，将这群率先回迁的藏羚羊送出足有五十里地，许我也跟着拍了一路，直到耗尽相机的电池电量。

这次来青海之前，她在网上看了很多网友上传的藏羚羊的照片与视频，还看了徐建富当年殚精竭虑拍摄的纪录片，被这群历尽艰辛的“高原精灵”飞扬欢脱的迁徙场面感染。当她目睹这令人震撼的时刻时，还是忍不住热泪盈眶。

每年入夏，它们像是听到了某种召唤，从青藏高原的四面八方向着可可西里湖、卓乃湖和太阳湖一带集结，之后又带着幼子从那里原路返回。这是一次迎接新生命的迁徙之旅，更是一场不惧风雨、无畏生死的漫长跋涉。一年一次，年复一年，即便曾遭受过灭顶之灾，仍然义无反顾，坚定而又从容。

也许这就是命中注定的选择，也是它们自己的选择。正如任骄阳和他的兄弟们，明知前路凶险，仍要踏歌浴血、倍道而行。

许我想起了任骄阳“记事本”中 2015 年 6 月的一段文字——“生命是一场历劫，因困苦而饱满，因不屈而伟大。”他应该也是目睹了这样的场景有感而发，也许，这就是他不惜用生命去坚守的初心与使命。

她默默地体味着这一刻的感动，迫不及待地想要马上动笔写下那个故事的开篇。

4

藏羚羊穿越109国道的时候，任骄阳在良多县找到了卡车司机陈强居住的小区。

这是个老矿企的宿舍楼，远远地看去，破败不堪。路口小卖部的老板告诉来买烟的任骄阳，这儿的人大多已经搬走了，还住在这里的多是老弱病残和困难户。老板说，陈强老婆跑了之后，三个孩子便辍学了，现在都已经长大成人，但没有一个成器的。除了伸手向老爸要钱，从来都不回家，只有他和老娘相依为命。

任骄阳将车子开到马路对面的拐角处，坐在车里抽了一根烟后，低头撩起衬衣的下摆查看了一下伤口，然后拿起手套箱里的匕首揣进口袋，打开车门径直走进了小区。

陈强家住在二栋的二楼，是这栋楼唯一的住户。

开门的是一个愁眉不展的老妇人，佝偻着身子，看上去已是古稀之年。陈强不在家，老妇人是他的母亲，说儿子去了医院，应该快回来了。任骄阳说自己是陈强的朋友，等他回来说点儿事，便进屋坐到了门口的餐桌边。

客厅陈设简陋，油布窗帘几乎遮挡了所有阳光，沾满灰尘的15瓦钨丝灯泡将屋里照得一片昏黄。任骄阳的目光被餐桌上的几个药瓶吸引，他拿过来看了一眼，都是治疗肿瘤常见的靶向药。

陈强的母亲看到客人拿起药瓶端详着，站在那儿抹起了眼泪。任骄阳没有说话，他不知道该怎么安慰这个一脸慈祥的老母亲，更不知道跟她说些什么，坐了一会儿便起身下了楼。

刚在楼下抽完一根烟，任骄阳便看见陈强背着一袋面粉从前面的宿舍楼转过来。看到一个大汉坐在自家楼下，陈强像是意识到了什么，后退几步，扔下面袋转身就跑。

两个人相隔不过20米，任骄阳早有防备，猛地起身，追了不过百米，便堵在了陈强的跟前。他没料到，这大叔身手敏捷，还没等他反应过来，陈强抬脚就踹中了他的腹部，跟着一边拔出小刀扎向弯腰捂腹的任骄阳后背，一边叫道："那点钱，你非得把人逼死吗？"

任骄阳闪躲的瞬间，下意识地伸腿一扫，陈强来不及收脚，直接被绊了个嘴啃泥，手中的刀子跌出老远。

"我不是来跟你讨债的，咱俩好好谈谈。"任骄阳一手捂腹，脚踩那把刀子，靠在墙上，对已经翻身站起的陈强说道。

陈强怔住："你到底是什么人？"

"切诺基。"

陈强满头雾水："我根本就不认识你，你是不是找错人了？"

"你应该知道绑架是重罪，我既然能找到你，警察也能找到你！"

"你是说那个女娃？"陈强说完，跟着凄然一笑，"反正我也活不了几天了。"

"为你的老母亲，还有三个孩子想想！"

陈强低着头，身体明显颤抖了一下，很快又倔强地抬起头："人我已经放了，我没有伤害她。甚至都没让她饿肚子。"

"你回答我几个问题，我就当什么都没发生，你回去尽孝，安心地过好余下的日子！"

陈强沉默着，不置可否。

"为什么绑架她？"

"我需要钱。大娃马上要结婚，我还要暂时保命，借了高利贷。"

"那为什么又放了她？"

"因为拿到钱了。"

任骄阳的额头渗出豆大的汗水，刚那一脚踢中了他的伤口，他有点支撑不住地顺着墙坐到了地上。他忍着剧烈的疼痛继续问道："谁是你的雇主？"

"我不知道他是谁。"陈强摇头说道，"他找到我，给了三万块钱，说是有个女娃儿会经过那里，让我把她带到朝阳加油站关起来。然后说最多三天，就会放了那个女娃，再给我五万。"

任骄阳盯着他看了很久，才狠狠地说道："你凭什么相信他们？就不怕那姑娘被他们祸害了吗？"

“我跟他们说好了的，除非他们杀了我，否则我一定要看着那个姑娘离开。”陈强言辞凿凿。

任骄阳的语气缓和下来：“那天，你的雇主在不在现场？”

“在！看到我把女娃带来，就离开了。”陈强想了想说道，“我总共只见了他两次，中间都是电话联系，他让我干什么我就干什么。”

“你现在还能找到他吗？”

“找不到！”陈强似乎有点迟疑地摇摇头，然后掏出手机翻出通话记录递给任骄阳，“你看，每次都是他主动打电话给我，而且隐藏了电话号码。”

任骄阳看了眼陈强的手机，手扶膝盖晃晃悠悠地站起来，然后缓缓地闭上眼，费力地挥了挥手：“你走吧。”

陈强愣了下，走出几步，又回过头来说道：“你真的不会报警抓我吗？”

任骄阳摇摇头：“如果我没去你家里，肯定会杀了你！”

出了良多县城，任骄阳的脑子还乱哄哄的，理不出头绪，更不知道下一步该从哪里入手。事实绝非陈强说得那么简单。表面上看，这个卡车司机话说得滴水不漏，但任骄阳能明显感觉到他心存顾虑，一定是权衡利害，刻意隐瞒了关键信息。除非报警抓人，否则很难再撬开陈强的嘴。他现在有点后悔过早亮出了自己的底牌，更不该动了恻隐之心。

如来不可能在花了这么大代价后就草草收兵，即便发现了他的兄弟们，完全可以指使陈强转移人质。还有，他一直想不通如来为什么要去绑架跟他任骄阳无亲无故的许我，而不直接去找自己这个形单影只的病人？如来早就应该知道，他任骄阳追凶八年，除非杀了他，否则，没有任何人和事能逼迫他就范。

难道真是为了赎金？即便如来真的知道自己的背景，笃定他能拿出这么多钱，又凭什么断定他一定会拿钱去救一个与他无干的人？如果不是如来，又会是谁呢？谁会知道他的背景，而且笃定他一定会去救这个人质呢？

这个思维缜密的前天才游戏开发师陷入了前所未有的思维困境中。

5

任骄阳一路疾驰，赶在队员们之前回到了驻地。他选择独自暗查，除了担心许我知道后纠缠不休，更多的是顾虑。这件事情太过蹊跷，让他不得不慎之又慎。

梨子恒一进院子，便瞅见了院角停着一辆钛灰色的600CC的拉力摩托车，车把上还挂着黑色的头盔。

旦增急不可耐地叫道："哦嚯！这不是那个'动动我试试'的车吗？她怎么会在这儿？"

梨子恒瞪大眼，扭头看看许我。

许我一副志得意满的表情："怎么样？快叫我许小仙儿！"

梨子恒将车子停在摩托的旁边，看看楼上，又下车端详了一会摩托车，扭头冲着许我说道："许大胆，不，应该叫你许大仙！她是不是房东的女儿？"

许我笑而不语。

"你是不是早就知道了？你怎么认识她的？"

"嗯。"许我煞有介事地说道，"跟天文学家学的，夜观天象。"

梨子恒一拍脑袋："你住她屋里，肯定看到了她的照片！"

许我笑道："这么简单的逻辑，竟然难住了IQ160的大科学家，这种现象只能解释为意乱情迷。"

梨子恒撇撇嘴："Talk nonsense（净扯淡）！"

许我笑得合不拢嘴："别怕啊，大仙儿罩着你！"

二人正逗着，忽听一个姑娘的声音响起："喂，姐们儿，你是不是住在我房间？"

许我抬头一看，卓玛正睡眼惺忪地趴在二楼的栏杆上，晃动着脑袋。

梨子恒瞥见她，身形一闪，溜进了屋里。

"见鬼了啊？"卓玛伸直脑袋，问许我，"你俩不会住一起吧？咱那小床可经不起折腾！"

许我的脸红到了脖子根，正要说话，便听卓玛说道："我睡饱了就让给你们啊，回头让我阿妈免了今天的租金。”

卓玛说完，打了个哈欠，转身进了屋。

许我哭笑不得。那边，几个人站在屋檐下，脸早已笑得稀烂。

闹腾了一会儿，没见到任骄阳，许我径直上楼敲开了他的房间。任骄阳刚换完衣服，看到是许我，下意识地侧身要让她进屋。

她扭头看了眼卓玛的房间，犹豫了下，直接站在门口问道：“检查的结果怎么样？”

“挺好的，医生说恢复得不错。”他说完便问道，“今天有没有被感动到？”

“嗯！生命的倔强，太令人震撼了。你要不让我跟着你们，我可能永远也没机会看到这样的场景。”

“旦增打电话跟我说出了点小状况，给你们解围的就是刚在外面吵吵的房东女儿吧？”

“是她！特别有个性的一个姑娘。”她说着，突然看到他身后脸盆里刚换下的衣服，便伸出手，“衣服拿过来，我给你洗了。”

“不用，不用。”他忙不迭地说，“臭烘烘的，还是我自己来。大家都一样，别惯着我。”

“我乐意。”许我的眼睛直勾勾地盯着他，“他们能跟你一样吗？惯坏了，以后天天帮你洗呀。”

“真不用，我习惯了生活自理。”他有点手足无措，伸脚悄悄地往后踢了踢脸盆。

许我捂起嘴，乐不可支：“行了，瞧我们切大队长紧张的！”

房东大妈住在街头卖土特产的铺子里，天擦黑的时候送了一大盆青稞面馍馍来。见到许我，她有点不好意思地说道：“我也不知道卓玛发什么神经就回来了。她爸一直惯着她，她说什么，你们都别往心里去。”

许我点点头：“哪能呢？今天可辛苦了她，还帮我们解了围。”

大妈愣了下，像是早就习惯了，也不问女儿干了什么，一脸忧心忡忡的表情：“她一回来就弄得鸡飞狗跳，街坊四邻都怕得很。”

许我脑子里想着卓玛叉腰训斥那帮“精英”时的表情，乐呵呵地将大妈送到门外。

“她跟家待不了几天就得走！”大妈抬眼看了看女儿的房间，又神神秘秘地凑近许我的耳朵边，小声地说道，“她爸说她谈了个男朋友，闹翻了，还带人去揍了人家。你说这孩子，哪点像个女娃？”

许我也不知道怎么安慰她，只说这性格好得很，没人敢欺负她。

“总得要找个人嫁了。唉，反正我是管不了了。”大妈嘴里念叨着，落寞地转身离去。

晚饭的时候，许我让梨子恒去叫卓玛，梨子恒耸耸肩没搭理她。旦增屁颠儿的正打算上去，只见这卓玛趿着拖鞋下楼，毫不客气地一屁股坐在了梨子恒的身边，旁若无人地挑了个最大的馍馍，一边掰开送进嘴里，一边问道：“我阿妈收了你们多少租金？”

大家面面相觑，没人吭声。他们都领教过这姑娘的厉害，也不知道她到底想干啥。

卓玛转头盯着梨子恒。梨子恒忙不迭地说道：“我不知道，这事不归我管。”

“你不是他们头儿？”卓玛说完，又自顾自地摇摇头，“看着也不像。开那么豪的车，到这儿来找刺激的公子哥儿吧？”

“妹妹，咱们是野保队。人家可是科学家！”旦增壮着胆子抢先说道。

卓玛头也不抬：“问你了吗？你多大啊，管我叫妹妹。”

一直在埋头吃饭的任骄阳这时才抬起头来，开口说话：“我们刚住进来，姑娘要是觉得有什么不妥，我们马上搬走。”

卓玛看了他一眼，愣了一下，语气明显柔和了很多：“大叔，我要把这儿改成民宿，最多只能住两个月，你们就得搬出去。这些天的房租回头让阿妈都退给你们。”

“不用了。我们找到新地方就搬走。”

任骄阳说着，刚要起身，许我从厨房里端出一碗中药放在他面前，柔声道：“切队长，把这个喝了。还有一碗，睡觉前喝下。”

卓玛盯着他俩看了半天，一脸迷惑地嘟囔着：“到底谁跟谁呀？真够混乱的！”

吃完饭，卓玛跟着许我进了厨房，说晚上她俩可以一起睡，结果两个人聊了半宿，很有点一见如故、惺惺相惜的感觉。

听完野保队的故事，卓玛才说自己见过任骄阳。大二那年的暑假，她和几个同学在沱沱河边野营，有个男生下河洗澡溺水，呼救声引来了正在巡山的任骄阳，他跳到水里将男生救起后就默默离开了。

她一开始并不确定，直到任骄阳开口说话，她才确定救人的人就是他，因为她忘不了他的语气和嗓音，还有他看人时的眼神。卓玛还断言，许我一定是因为这个大叔，才不辞劳苦跑到这里。因为她从许我叮嘱任骄阳喝药时的眼神里，就能判断出那是一种深入骨髓的关切。

第二天一早，卓玛离开了野保队的驻地，她说要跟那帮骑摩托车的汉子环游青藏高原，还要登上珠峰之巅。临走的时候，她托许我带话给任骄阳，这地方他想住多久就住多久。

11
Chapter

暗 流

“他们四个，咱们也四个。”旦增从座椅下掏出一根钢管说道，然后下意识地看了眼许我，赶紧纠正，“咱们三个……怕个鸟，干！”

许我紧张得声音发颤：“算我一个。”

“你去给我们拍照吗？老实待在车子上！”梨子恒说完，拔下车钥匙扔给许我，“跟你说过的，必须得听话。关好门窗。万一他们过来了，不用管我们，马上开车离开！”

1

早上吃过饭，任骄阳召集大家开会，安排一年一度的夏季“大巡山”。

每年的这个时候，总是不很太平。虽然官方和民间志愿者们不遗余力地一路守护着，但迁徙的母羚羊成群结队，跋山涉水，总会有些人力难以企及的盲区。尤其是在人迹罕至的可可西里和羌塘无人区内，盗猎者们就像游荡在暗夜里的恶魔般蠢蠢欲动。

从受伤到现在已经大半个月了，看上去风平浪静，但越是这样，越不能掉以轻心。

扎西前两天过来，曾提出希望他好好养身体，今年就不要折腾着去大巡山了，因为官方乘着扫黑除恶的东风，加大了打击盗猎的力度。州局已经立下“军令状”，就在这个冬季来临之前，要用雷霆手段彻底清除以如来为首的盗猎团伙。而且，之前“收缴”的武器已经入库，他申请给野保队重新配发，但上头非常谨慎，拒绝了他的请求。

任骄阳问他是不是程治安的意思，扎西苦笑。这二位的矛盾由来已久，多年前被任骄阳逼着去自首的野保队长程治理正是这位程副局长的弟弟。当年扎西向程治理力荐刚出狱的任骄阳时，刚调任刑侦大队大队长的程治安就竭力反对，为此事还跟他堂弟拍了桌子。

任骄阳刚入队的时候，野保队配合刑侦大队执行抓捕任务，结果那个嫌疑人一眼认出了任骄阳，成功逃脱。程治安回头一查，发现这个嫌疑人跟任骄阳原来是狱友，便怀疑他通风报信，亲自将任骄阳铐走关进他原来任职的森林派出所，直到嫌疑人落网才还了任骄阳清白。任骄阳出来后愤愤难平，直接跑去找局长和政委投诉程治安滥用私刑。后来，程治安当众向他道歉，此事才翻篇。

程治理投案后，程治安受到牵连被调查，扎西和刑侦大队的同志们都亲耳听见他在调查组面前大骂任骄阳就是一只白眼狼。大家都担心他的命运，没想到程大队长屁事没有，没过几年又升任副局长。

程治安一直就是个充满争议的人物，可以说是毁誉参半。业务能力超强，但脾气来了逮谁骂谁，而且，只要是他看不上的人，一辈子都甭想从他嘴里翻身。扎西也算是个天王老子都不怕的人，但在这个顶头上司面前一点脾气都没有。

这些年，扎西一直试图修复这两个男人之间的关系，但两个人都嗤之以鼻。尤其是任骄阳，只要程治安出现的场合，他能躲就躲，两个人这三年几乎就没打过照面。

往常一提到程治安，任骄阳总是免不了牢骚几句，但这次出奇地平静，扎西默认之后，他似乎一点都不在意。他觉得有没有武器根本不重要，态度决定一切，他和野保队的存在，对如来本身就是一种威慑。如果打破了惯例，就等于告诉如来，“knight”开始打退堂鼓了。

扎西没有再坚持。他抓过无数穷凶极恶的歹徒，经历了太多生死劫难，却总是说服不了眼前这个如唐古拉山上的岩石般又冷又硬、冥顽不化的家伙。而且，他一直隐隐觉得，只有任骄阳才能抓住如来。

那天临走的时候，扎西告诉任骄阳，之前被他们放走的那个中间人又回来了，肯定跟那个未成交的大单有关系，之前他们就怀疑线人关于如来赔款了事的情报可能是如来放了颗烟幕弹。他手里的货还在，肯定得想尽办法出手。

任骄阳刚给大家布置完巡山前的准备任务，就接到了扎西的电话。他拿着手机走到门外，过了大约五六分钟，才面无表情地回来，然后支走了许我和旦增，留下唐杰、沈炯和编外队员梨子恒。

任骄阳朝沈炯要了根烟，点上吸了几口，才开口缓缓地说道:“之前在蓝河子出现的那个中间人又回来了。警方已经盯上了他。”

“那我们要怎么做？”唐杰和沈炯下意识地几乎异口同声。

任骄阳微微锁眉，仰头看着天花板，这是他思考问题时的标配动作。

梨子恒一脸疑惑地看着任骄阳，又看看另外两个：“这是好事情啊，为何犯愁？”

唐杰说：“大切想亲手抓住如来。”

任骄阳点点头：“这个中间人认识如来。”

沈炯跟着说道：“也就是说，他是目前为止，我们知道的、唯一见过如来真面目的人。但警方已经布控，我们不好插手吧？”

梨子恒没再说话，他一直盯着任骄阳，似乎想在他脸上读懂他的真实意图。

任骄阳似在有意躲避梨子恒的目光，他将手里的烟头砸在地上，用脚踝了踝：“警方这次势在必得，我们必须要赶在他们行动之前，设法接近那个中间人，搞清楚如来到底是何方神圣！”

“人在哪里？”唐杰问道。

“牙山！”任骄阳的目光从三个人的脸上扫过，接着说道，“动静不能太大，最多只能去两个人。而且，知道的人越少越好。”

沈炯挺身说道：“我跟科学家一起去。咱们哼哈二将，无往不利！”

梨子恒还没来得及表态，唐杰就面露不屑：“这一次不是打打杀杀，是要动脑子的。”

“动脑子，你比得过科学家？我参加过美术艺考，只要告诉我长相特征，我就能用铅笔给你画出来！”

沈炯的理由几乎无懈可击。

没想到，任骄阳不假思索地说道：“我带唐杰去。你们继续巡山，保持联络。”

任骄阳的语气不容置疑，沈炯还想说点什么，被梨子恒的眼神制止。

任骄阳回头又将大家全聚到一起，宣称要跟唐杰一起去自治州开会。这几天，野保队由沈炯负责，准备好给养后按照既定的路线巡山。

安排好了这一切，任骄阳即刻就要出发。梨子恒突然提出要跟他谈谈，两个人出了门，站在了院子的一角。

“我知道你想干什么，但这样风险太大。”梨子恒开门见山地说道。

任骄阳瞪大眼睛看着他：“事情我都已经讲清楚了，会有什么风险？”

“不，你的行为逻辑不可理喻，骗不了我。”梨子恒摇头说道，“我只想说，也许会有更好的验证办法。没必要这样去冒险。”

任骄阳脸上的表情极其复杂，既有遇到知己后的欣慰，又似乎夹杂着秘密被拆穿后的几丝恼怒，但更多的是“你怎么可能会知道”的疑惑与好奇。他知道眼前这个救了他性命的年轻人绝顶聪明，却没想到，不过短短一个月的时间里，他就看透了一切。

“放心好了。”任骄阳微笑着说道，“想杀我，有的是机会，何必等到现在？再说了，这世上能有几个人有你这般智商？”

梨子恒无心玩笑：“我不仅是担心你的安全，我担心的是万一判断有误，会惊扰到如来。既然你早就怀疑了，为何要等到现在才去验证？”

任骄阳愣了一下，说道：“对于这件事，我一直在怀疑自己的判断，不想伤害到无辜的人。”

“就这么简单？”

“就这么简单！”

“那如果证实了，你要怎么办？”

“我还没想过这个问题，也许，根本不需要我去想。”

梨子恒愣住：“倘若你有个闪失，我要怎么向许我交代？”

“谢谢你们这么关心我。”任骄阳拍了拍梨子恒的肩膀，“明年春天，我带你去我老家的茶园，泡一杯最正宗的明前龙井。”

收拾好行李，梨子恒突然问许我：“你确定要跟着我们？”

“不然呢？”许我脑袋一偏，“你什么意思，想把我给甩了？”

“别跟我嬉皮笑脸。如果不是他同意了，我绝对不会带上你！”梨子恒看上去一点都不像在开玩笑。

许我撇撇嘴：“真不够义气！咱俩的兄弟感情呢？”

“是你太不让人省心了，必须得跟你约法三章。”梨子恒一本正经。

“真烦人！你们男人都有控制欲吗？连语气都一模一样！”许我一脸不岔，“说吧，想要我怎样？”

梨子恒一愣，说道：“很简单，你得听话，要你干啥你就干啥。”

“听谁的话？”

“谁的话都得听，尤其是我的。”

“凭什么呀？”许我白眼翻上了天。

“别跟我翻白眼。爷就是这么横，不服也得服！”梨子恒说完，清了清嗓子，转而轻声问道，“喂，他都跟你说什么了？”

“想知道啊？就不告诉你！”许我一扭头，装作气呼呼的样子。

梨子恒耸耸肩，怅然若失，偏要装得满不在乎的样子。

“他真的是跟唐杰去开会了？感觉你们神神秘秘的，是不是有什么事瞒着我？”

“你想多了。”梨子恒面不改色，“再说了，就是不想让你知道也很正常。”

“很多事因我而起，我不可能作壁上观，当什么都没发生过。”许我正色道。

“如来的事很复杂，迷雾重重，任骄阳自己都手忙脚乱，咱们更搞不清楚状况，瞎掺和只会帮倒忙！”

许我点点头，又突然说道：“我有个不好的预感，特别强烈。有人有问题。”

梨子恒瞪大眼，紧张地看着她：“你的意思是，mole[1]？你怀疑谁？是发现什么了吗？”

许我点头又摇摇头：“女人的直觉很可怕。你是科学家，讲究的是证据。”

梨子恒微微松了口气。现在队里就那几个人，许我不说，他也知道她在怀疑谁。

许我犹豫片刻，又说道：“任骄阳很可能会瞒着我，甚至所有人，自己去追查那个绑架我的人。房东大妈昨天看见他很晚才回来，比我们早了不过十来分钟。镇医院不远，做个检查也不用这么久。”

“又是直觉？”梨子恒有点不以为然，“谁没有点事呢？再说，这儿肯定到处都是他的熟人。”

“你有没有发现他昨天回来后换过衣服？我看到他换下的衣服上面有皱褶和灰迹，像是跟人打过架。他的车也特别脏，扎西前天送车来，车子明显刚洗过。这

[1]　长期潜伏的间谍。

街道上都是铺装路面，怎么跑都不会那么脏。”

“那也不能代表什么。这里到处都是戈壁和盐碱地，他憋久了去撒个野也很正常。”梨子恒不以为然。

许我摇头:“以他的性格，绑架这件事他不可能就这么过去了。尤其是后来他跟沈炯吵了起来，太不正常了。”

梨子恒不无醋意地说道:“看来，你比他的兄弟们还了解他。”

“梨子恒,”许我犹豫着说道,“那天，我在朝阳加油站看到一张熟悉的脸。第一次来青海的时候，这个人就坐在任骄阳追击的一辆车上。对了，他跟在蓝河子绑架我的一个人长得特别像，很可能是孪生兄弟。”

“你为什么不早说？”梨子恒几乎蹦了起来。

“我怕自己看错了，我无法预测这句话会带来怎样的后果。我真的担心他去查，然后再遇到什么危险。”

“许我，你要明白一点，不抓到如来，他永远不会罢休。”

“我知道！”许我狠命地点头，“现在怎么办？要不要告诉他？”

梨子恒思忖片刻:“你有那个刑侦队长的电话吧？”

2

快到牙山县城的时候，天已经擦黑，憋了好久的唐杰扭头看了眼躺在后排座位上睡了一路的任骄阳，问道:“你为什么要选择自己露面？我跟沈炯来就可以了。”

任骄阳说道:“我应该见过中间人，只有我能找到他。”

唐杰又问:“找到人后，要如何才能让他开口？关键是一旦打草惊蛇，他还会跟如来接触吗？”

任骄阳讳莫如深:“到时你就知道了。”

唐杰手扶方向盘，偏着脑袋盯着后视镜里的任骄阳:“这事对我还保密，看来老大早就成竹在胸了。”

任骄阳笑了笑，指着不远处的一家路边饭店，说道:“在那停一会儿，我得上个大号。”

在县城的路边摊吃了晚餐，任骄阳将车子开到马路尽头的政府招待所门口，然后拿了身份证和几百块钱交给唐杰，要他去开个房间先休息，他去中间人落脚的附近转转，看看警察是怎么布控的。

唐杰犹豫了一会儿才下车，然后又转身拉开车门，一脸不放心地说道:“我还是跟你一起去吧？万一有什么事情，也好有个照应。”

任骄阳说:“没事，我先去踩点。你把房卡放在前台，等我回来咱们再商量着怎么办。”

任骄阳将车子拐进一条巷子，然后右转径直开进了一个门口挂着“巡特警大队”牌子的后院。

一身便装的老孟站在院子最里间屋子的门口，冲着刚下车的任骄阳招了招手。

进到房间，扎西坐在藤椅上背对着门口正在抽烟，从背影就能感觉到他心事重重。对面穿了警服的胡杨正拿着扑克一张一张地朝着办公桌上发着牌。看到任骄阳进来，他微微地点了点头，算是打了个招呼。

任骄阳一声不吭地坐到了桌子边，老孟拿起堆满了烟头的半个可乐瓶子，倒进桌子下面的垃圾篓里，然后张罗着给任骄阳泡茶。墙上的挂钟“嗒嗒嗒”地响着，没有人说话，气氛无比压抑。

任骄阳知道这沉默意味着什么，他拿起扎西扔在桌子上的烟盒，抽出一支咬在嘴里，也不点火，抱起双臂，靠在椅子上仰头看着天花板。

过了好久，扎西才率先打破了沉默:“你从什么时候开始怀疑他的？”

“许我被绑架的时候。”任骄阳的身体明显晃动了一下，他端起瓷杯，轻轻地吹了吹浮在水面的茶叶末儿，竭力掩饰着内心的震动，“除了我，队里只有他见过德吉，并且知道德吉的住处。”

“就凭这一点？”扎西掐了手中的烟蒂，烟雾还没散去，又在烟盒里抽出一根塞进嘴里，半眯着眼，盯着任骄阳。

“队伍解散后，他并没有回老家。我受伤的头一天，有人在札合木的网吧见过他。”

胡杨翻开桌子上排列的最后一张牌，然后将手里的一把扑克重重地砸在桌子上，弓起半个身子，隐忍着怒气，冲着任骄阳说道：“也就是说，在此之前，你就已经怀疑他了？”

任骄阳点点头，然后又摇摇头，有点恼怒地说道：“我所有的人都怀疑过，但所有人都跟我出生入死过。他们是我坚持了这么多年的动力与勇气！”

胡杨不依不饶：“你一直以为自己可以掌控一切，哪怕是仓拉牺牲了，也无动于衷。直到许小姐被绑架，心高气傲、不可一世的切大队长才冲冠一怒为红颜，拼了命地拉着我们陪你一起演戏！”

“胡杨！”扎西一拍桌子，“现在不是兴师问罪的时候。接下来，咱们还得配合着他继续演！”

任骄阳喝了几口茶：“既然已经核实了，那就收网啊，还要演什么戏？”

“你想得太简单了！你的猜测只验证了一半。”扎西说完，看向胡杨，“你来告诉切大队长，到底是个什么情况。”

梨子恒的车被拦下来的时候，许我刚挂了骆好的电话。

电话是焦总让骆好打的，焦总担心她的安危，坚持要派个保镖来保护她。许我骨子里特反感这个粗鄙无文又财大气粗的焦总，对他也不熟悉，只知道他是一家手游公司的合伙人。焦总的善意并没有赢得许我的好感，反而让她越发讨厌这些翻脸比翻书还快的生意人。

拦车的正是那群号称要徒步穿越可可西里的微商精英。他们在无人区的边缘转了一圈，在朋友圈发了无数“艰难困苦”的照片与视频后，正准备荣归故里。

看到这群人堵住车，旦增的第一反应就是这帮家伙来找他们麻烦了，催促梨子恒赶紧开车躲过他们。

梨子恒正犹豫着，花儿姐突然从人群里挤出来，走到副驾一边拍打着车窗。

许我刚打开车窗，便听花儿姐说道：“我们刚在无人区看到盗猎的了！”

“是啊，是啊，他们还带着枪。”花儿姐话音未落，她身后的几个年轻女孩就七嘴八舌地嚷嚷开了。

沈炯闻言，打开车门下车说道：“拿枪的不一定是坏人，也可能是巡山的。看到他们开枪了没有？”

“没有。”一个姑娘应道，“一看就不是好人，还当着我们的面撒尿！”

沈炯接着问道:“报警了没？”

花儿姐摇摇头:“他说他们是警察。总共三个人，看着年纪都不大，其中一个小伙子还拿枪指着我。对了，他们开的是福特 F-150。”

“什么样的枪？看清车牌了吗？”沈炯接着问道。

“这么长，有两根管子，有个人上面还缠着脏兮兮的纱布。”花儿姐手里比画着，“我们的一个小伙伴说是猎枪，车牌好像是外地的。”

梨子恒冲人群大声问道:“有没有人拍照片？”

这群人一下子安静下来。

花儿姐悻悻道:“大家当时都没反应过来，再说了，他们还用枪指着我们。”

“都吓尿了吧？”旦增从车里探出脑袋说道，“就只敢跟我横，这么一大帮人，怕他个鸟啊？一人一巴掌，能给他们扇月球上去！”

沈炯问清了具体位置后，跟花儿姐互加了微信，目送他们结队离开后才上了车。

“不会是如来吧？”许我一下紧张起来，“除了他们，谁敢这么嚣张拿着枪四处招摇？”

沈炯一脸凝重地问梨子恒和旦增:“你俩相信他们说的吗？”

梨子恒点点头:“不像是在撒谎，为那点事不至于回头来骗我们。开这么好的车，会不会是在拍戏？”

“剧组不会只有这几个人！”许我摇头，“我听说有些外地人喜欢来这边偷猎，他们不是什么犯罪团伙，纯粹是为了找刺激。”

“反正也不远，咱们过去看看。”沈炯说着，回头从后备厢里拿了把匕首插进裤腿里。

按照计划，这次巡山并没有安排穿越无人区，而是选择了一条常规的路线。花儿姐说的地方完全偏离了他们设定的路线，旦增还在怀疑这些人在撒谎，执意要打电话向队长请示，被沈炯骂了几句，加上许我的劝说，才打消了念头。

往前开了不到半小时，忽然传来枪声。梨子恒迅速将车停下，关了车灯。听声音，那伙人就在方圆几里内。车里的气氛一下子变得紧张起来。

“他们四个，咱们也四个。”旦增从座椅下掏出一根钢管说道，然后下意识地看了眼许我，赶紧纠正，“咱们三个……怕个鸟，干！”

许我紧张得声音发颤:“算我一个。”

“你去给我们拍照吗？老实待在车子上！”梨子恒说完，拔下车钥匙扔给许我，“跟你说过的，必须得听话。关好门窗。万一他们过来了，不用管我们，马上开车离开！”

3

巡特警大队的那个小屋子里，胡杨已经坐到了办公桌上，任骄阳窝在藤椅里看着天花板。虽然这场“游戏”是任骄阳和扎西之前就商量好了的，但听完胡杨的情况介绍后，任骄阳仍然震惊得半天没回过神来。

按照胡杨的说法，被怀疑的那个人的确往外打过电话，通话时长只有不到十秒钟。最可怕的是，那个电话打给的居然是大家的一个熟人。而且，他们还发现了这两个人在蓝河子那次行动前通过两次电话，一来一往，两次的时长都没超过三十秒。

虽然无法确定今天的这个电话是否在告密，但结果已经不言而喻。这两个人平素毫无交集，而且各自在两个队长身边隐藏了这么多年，想想就让人脊背发凉。

现在摆在他们面前的都是非常棘手的问题。这两个人中有没有一个是如来？如果都是马仔，那么他们到底有没有见过如来？接下来该如何处理这两个人？抓人得先有足够的证据，当作什么都没发生，这“榻边之虎”不知道何时还会伤人。

“至少打破了僵局，往前迈进了一大步！”老孟乐呵呵地说道。

扎西翻眼看着他，面无表情。

“老大，既然锁定了嫌疑人，咱们就申请上技侦手段吧。”胡杨说道。

扎西慢慢地转动着眼珠，目光从胡杨脸上滑过，最后停在任骄阳的脸上:“现在的摊子怎么收拾？那傻逼已经把消息放出去了。”

“为什么一定要等他们交易？要抓一个杀人犯，非得等他再杀人的时候才动手吗？”任骄阳用力敲向桌子，放在他面前的瓷杯盖子被震得掉在地上，摔成了两半。

“抓谁？就凭这几个电话？”扎西显然是在刻意强抑着内心的激动，说话的声音显得有点渺茫，“如果他不是如来呢？万一真身受到惊吓，从此销声匿迹呢？”

认识眼前这个雷厉风行的“全国优秀人民警察”已经八年了，任骄阳从来没见过他如今天这般心虚气凉。

房间顷刻安静。

老孟忽然说道:“前不久有次我们一起出任务，他跟我说，如来就是个普通人，如果让他去查，早就把人揪出来了。”

胡杨跟着说道:“他神神道道的，跟我也说过同样的话。现在看来，他真知道啊？”

任骄阳没搭理他们，低着头问道:“中间人现在到底在哪里？”

胡杨看了眼扎西，回道:“呼楞措，就在我们眼皮底下。而且看上去很悠闲，天天待在宾馆里，压根儿就不出门。”

“我觉得这个消息放出去未必就能吓住如来。首先，中间人不在牙山，我想如来肯定清楚；再则，我觉得此人大摇大摆地回来，说不定只是个假把式。这些年，如来没少干暗度陈仓的事。”

任骄阳说完，见三个人都没反应，接着解释:“我的意思是，如来故意安排这个中间人来吸引警方视线，完成交易的可能另有其人。”

“这个，我们早就考虑到了。”扎西幽幽地说道，“为了配合你演戏，咱们之前没有好好地推演结果。我现在后悔没有实话实说，应该直接告诉那位告密的，中间人在呼楞措。耍了这么个小聪明，现在的结果就更难预料了。”

胡杨跟着说道:“我也一直搞不明白，你们是怎么想的，万一这个中间人真的是来交易的，那就已经打草惊蛇了！”

“这个中间人的出现，就预示着他要急于出手那批货。”任骄阳起身拿起桌子上的一张扑克，“牌技再高超的人，也会有输牌的那一天。何况，他现在是在跟我们玩梭哈[1]。”

“对！”老孟若有所思，“也许这不按常理打出的一张烂牌，说不定能收到奇效。”

扎西在屋里来回走了几步后，突然停住，说道：“抓人！”

梨子恒一直觉着旦增就是个喜欢虚张声势的孩子，虽然他早就成年了。若不是沈炯坚持，他是绝对不想让他去冒险的。他没想到，这个平素“狐假虎威”的藏族小伙子，是条不折不扣的好汉！

当三人找到那几个盗猎者的时候，他们正在一个低洼处架着柴火，有个人从车厢里提出一只像小狗一样的动物，手里拿着匕首像是要剥皮。

梨子恒仔细地调整着望远镜的焦距，然后轻声对沈炯说道：“你们看看那个人手里提着的是不是土拨鼠？怎么会这么大？”

沈炯接过望远镜，看了一下，“那玩意儿学名叫作‘喜马拉雅旱獭’，他们应该是想剥了皮烤肉。”

一旁的旦增补充道：“我们管它叫哈啦，也有人叫它雪猪，皮毛很值钱。这玩意儿以前是个祸害，一窝能产七八个崽。我小时候经常跟大人们一起逮它，剥了皮拿去换钱。”

“对，很多人抓它。现在好像列入了三级保护，但基本上没人去管。现在还有人工养殖的。”沈炯补充道。

“不对呀！”梨子恒突然说道，“不是说福特猛禽吗？你看那车，好像是国产的皮卡。”

“是国产车，他们肯定是瞎扯的！”沈炯不以为然地对着望远镜又仔细地看了看，“那车厢里说不定还有其他动物。他们手头有枪，又年轻气盛，咱们不能硬来。”

“我去！”旦增忽地站起来，说道，“我先去跟他们套套近乎。你们盯牢了，

---

[1] 又称沙蟹，学名五张种马，是一种扑克牌游戏，游戏的目的是用五张牌做成最大的牌型来赢得游戏。

看清情况再说。”

梨子恒一把拖住他:“那怎么行？一个人赤手空拳的，太危险了！你守在这儿，我跟沈炯一起去。”

“人多了才危险。放心吧，我是本地人，知道怎么跟这些人打交道。”旦增自信满满。

“让他去吧，旦增机灵着呢。”沈炯将藏在裤腿里的匕首递给旦增，“看清楚什么情况就回来，别跟他们待太久。”

旦增接过匕首插到后边的裤腰带上，整了整上衣的下摆，挺起胸膛，雄赳赳气昂昂。旦增的淡定，让梨子恒紧张的神经一下松弛下来，他轻轻拍了拍旦增的后背:“别逞能，我们就在你身后。”

谁也没想到，这几人中竟然有人认出了旦增。一切来得太快，快得旦增还没来得及跟他们招呼，一个拿着手电筒照着他脸的少年，跟见到鬼似的惊呼:“野保队的人！兄弟们，抄家伙！”

“嗖！”领头的举着枪远远地指着嘴里叼着烟的旦增，然后在扣动扳机的瞬间，突然抬起枪口，指向天空。裹着火药的弹珠在空中炸裂，像一束烟花在夜空绽放。

旦增愣在那里，足有十秒钟，等反应过来才慢慢吐掉嘴里的半截烟，缓缓地勾下头举起了双手。几百米外的沈炯，用力地按住了梨子恒的肩头，冲着他狠命地摇头。

当四杆猎枪将他团团围住的时候，旦增才抬头笑道:“要是野保队的来了，你们早他妈被包围了！”

认出他的那个孩子，下意识地缩回脑袋，拿着手电筒胡乱地四处晃了晃，刚要说话，领头的放下枪，一巴掌扇在他头上:“囊帮！哪来的野保队？”

“我认识他！他是野保队的，我被他们逮到过好几次！”那孩子捂着脑袋，哭丧着脸，声音比刚才的惊呼声还大。

“你是大锣？”旦增惊了一下，这才看清面前的这个看上去和他一般大，事实上比他小了好几岁的少年的脸。

“没错啊，我是在野保队待过。”旦增扭扭脖子说道。

“山鸡，我听说他们解散了，才没多久的事。”说话的是一个比旦增足足高出半个脑袋的大个子。

“你在这做甚？来了几个人？”山鸡用枪管捅了下旦增的裤裆，“不说清楚，轰了你这两颗蛋！”

旦增放下双手，一边从口袋里掏出沈炯给他的那半盒烟，一边说道：“一个人呢。重操旧业嘛，都解散了，没地方混了。”

旦增说话的时候，大锣接过烟，冷不丁从旦增的后腰摸出沈炯的那把匕首，拿在手里晃了晃：“就用这个？拿我们当孩子呢。”

旦增彻底松弛下来，嬉皮笑脸地说道：“枪都缴了嘛，兄弟们带我搭个伙呗。”

看到旦增被几个人簇拥着走向篝火堆，梨子恒终于松了口气。事实上，沈炯比他更紧张，从旦增离开的那一刻起，他就一直绞着手指，呼哧呼哧地大喘气。刚才那一声枪响，他差点就从地上弹起来了。

“现在怎么办？”梨子恒问沈炯。

“等着。他只要没危险，咱们就别找麻烦。”沈炯探起脑袋四下张望着，“这帮孙子可真会选地方，这儿看上去应该是管理局监控的盲区。”

梨子恒侧目看着他：“万一车里还有别的呢？你是不是害怕了？”

“我什么时候怕过？”沈炯用胳膊肘捣了一下梨子恒，“你都看到了，这枪在他们手上，肆无忌惮。而且非法持枪，也不归我们管。”

另一边，没收了旦增匕首的大锣兀自爬到了车顶上警戒。旦增走过皮卡车时瞅了一眼车厢，里面空空如也，他长长地舒了一口气。

“你们胆子可不小，到处都是巡山的，这枪声能传出十里地。”旦增刚坐下，便直言不讳地对几个人说道。

“反正大老板都摆平了，怕个鸟！”高个子梗着脖子应道。

旦增闻言一愣：“你们还有老板在后面罩着？”

4

任骄阳回到旅馆的时候，唐杰正躺在床上看电视。之前他给任骄阳打了几次电话，任骄阳都没接听。

看到任骄阳开门进来，唐杰翻身从床上起来，急呼呼地问道:“怎么样，找到人没？你不接电话，吓死我了。”

“扎西骗了我，人在呼楞措。”任骄阳脱下外套扔到床上，愤愤不平的样子。

“啊？”唐杰瞪大眼，“他这是什么意思？”

“我也想不通。”任骄阳摇着头，一屁股坐到床上，顺手抓起遥控器，对着电视胡乱地切换着频道。

“那你是怎么知道人在呼楞措的？”唐杰起身打开窗户，竭力地掩饰着脸上慌张的表情。

电视里，卫视台正在播放“打黑除恶”专题报道。

“刚刚，他打电话告诉我的。”任骄阳放下遥控器，起身在橱柜上拿了两罐旅馆寄卖的啤酒，扔了一罐给唐杰。

“他不会是提防着我们吧？”唐杰说完想了想，又急道，“不对啊，真要提防我们的话，那就不应该把中间人出现的消息告诉你啊。”

任骄阳沉默了片刻，才说道:“他早就怀疑我们中间有人向如来通风报信。这次，应该是借机考验我们。”

唐杰一脚踢在床沿上:“这样就没得玩了。‘无兄弟，不战斗’，他这是把我们当作异己了。”

“他们压力大，我倒是能理解。”

“不说了，不说了！”唐杰烦躁地挥了挥手。

任骄阳喝了口酒，说道:“我听说最近股市不错，都在说大牛市要来了。”

“你还关注这个？”唐杰愣了下，笑道，“珍爱生命，远离中国股市。”

“你就真的甘心？”

“欠了一屁股债，就算给我机会翻本，那也得有子弹才行。”

"抓住如来，我可能就会收手了。到时候，你有什么打算？"

唐杰一口气干了剩下的半罐啤酒，一脸茫然地摇摇头："也许真的会重操旧业，就不知道老天还给不给我这样的机会。"

任骄阳叹了口气，将手里的啤酒罐扔进垃圾篓："早点睡吧，明天一早赶回去跟兄弟们会合。"

"不去呼楞措了？"

"没意义。我感觉那个中间人根本就没来。"任骄阳说着，抬起腿开始脱鞋。

唐杰如释重负地点点头："要抓住如来，还得靠我们自己。"

"嗯。"任骄阳躺下，侧身看着窗外。

夜晚的可可西里，并没有想象中的黑暗。月亮被灰色的浮云遮挡，它似乎在竭力摆脱束缚，迫不及待地想要温暖这冷清的暗夜。

扫码收听精彩音频

枪响的时候，许我正靠在车里仰望灰蒙蒙的天空。刚刚任骄阳给她发了个信息，问她在哪里。她没敢说遇到了盗猎者，她说这会儿正躺在车顶上欣赏月光，耳边萦绕着在阿尔顿曲克草原那个夜晚听到的叶笛声。

几乎就在枪响的同时，正准备下车的许我发现自己左前方不远处突然蹿出一辆福特 F-150，她毫不犹豫地启动车子追了上去。福特原本朝枪响的地方驶去，发现后面有车后猛然转向，朝着另一个方向逃窜。

梨子恒突然接到许我的电话，吓了一跳，他以为是许我听到枪声担心他们的安全，电话一接通便赶紧说道："没事的，你安心待着。"

许我急道："我看到了那辆福特车，像是要逃跑，我已经跟上去了！"

"赶紧回来！"

梨子恒的话还没落音，沈炯突然起身拽起他就往前冲。前方篝火处，旦增正被山鸡勒住脖子，原来福特车里的人给他们发出了警报。

高个子眼尖，看到有人奔向这边，大叫着："山鸡，那边，那边有人！"

沈炯听到叫声，索性打开了手电筒，一边跑一边叫道："我们是 knight 野保队，你们已经被包围了！”

旦增趁机一把甩开山鸡，伸手便去抢夺大锣手里的枪，两个人迅速扭打在一起。

“大锣你闪开，我轰了他！”山鸡摆动着手里的猎枪，歇斯底里地叫着，“杀了他们，兄弟们一起浪迹天涯！”

高个子拉动枪栓，抬起枪口，哆哆嗦嗦地指向快要奔到跟前的沈炯。

“别开枪啊，杀人要偿命！”大锣用力地挥起枪托砸中旦增的脑袋，然后不顾一切地撞向高个子。

“砰！”枪响过后，大锣一头栽倒在地。

远处，十多束车灯在半空中交织成一片。在灯光的照映下，梨子恒和沈炯像两头发狂的野狼。

几公里外的公路转角处，G500 横在了福特的前方，许我正拿着手机在打电话。一个戴着金链子、比许我矮了半个头的年轻人，从福特车里依次拿出猎枪、弓弩、长矛和匕首摆在引擎盖上，然后抱头蹲到一旁。一个穿着摩托车服的大汉靠在福特车上悠闲地抽着烟，他的身后是一排明晃晃的摩托车。

旦增醒来的时候，发现自己正躺在沈炯的怀里。他支起脑袋，一脸蒙的样子像极了受惊的土拨鼠。

山鸡丢下了被他误伤的大锣，带着他的余党仓皇逃去。这个视“古惑仔”为偶像、刚当了三天老大的年轻人，直到两天后被无人区的森警巡山队抓住，还没想明白之前根本没放在眼里的野保队，何时变成了又炫又酷的“重装摩托车团”。

卓玛带着她的摩托车团，兵分两路，就像神兵天降。她怎么会出现在这里，又是如何知道他们遇险的？带着这样的问题，帮着她给大锣包扎伤口的梨子恒，起码问了十遍。但卓玛就是憋着不回应，直到确认大锣性命无虞后，才擦了擦手数落哥儿几个:“一群㞞货！土拨鼠都比你们聪明！”

身后，她那群伙伴的笑声直冲云霄。沈炯打了一圈烟，结果没有一个人搭理他，窘得独自靠回车上，望着夜空黯然神伤。

梨子恒没了初会卓玛时的囧态，梗着脖子问她:“你是不是一直偷偷地跟着我们来着？”

“本事不大，口气不小！”卓玛说完上前两步，伸手勾起梨子恒的下巴，“听你这意思，是觉得姐想泡你呗？”

梨子恒脸上火辣辣的，甩开脑袋反诘：“你要是能温柔点，这事说不定还真能商量。”

“走了！”卓玛扬手打了个响指，对许我说道，“姐，跟着他们没前途！等我回来带你玩儿。”

许我点点头，那笑容连自己都觉得尴尬。

卓玛坐在摩托车上，又蹿回到梨子恒跟前，眯着眼上下打量了一番，然后摇摇头又咂咂嘴：“真是白瞎了这副好皮囊！”

十几个人呼啸着，绝尘而去。

这是可可西里盛夏的一个夜晚，远处隐约传来几声狼嚎，许我给任骄阳发了条短信：“这是一片神奇的土地，我总是能遇到特别有趣的人。不要再赶我走，我不想离开。”

5

大锣被梨子恒开车送进了最近的医院。得到消息的任骄阳和唐杰连夜赶来与大家会合。

许我告诉警察，大锣在山鸡的枪口下救下了她和旦增，几个人都证明了许我的说法。大锣拖着伤腿，在病房里单腿跪地立下毒誓，往后要好好做人。

正如许我猜测的那样，警察说福特车主去年就被他们抓到过，是个刚成人的富家子弟，偷猎纯粹是为了找刺激。他原本想进无人区去打狼的，山鸡是他找来的向导，大锣和那几个是山鸡找来的帮手。几个小子压根儿就不敢进无人区，忽悠自己的主子在唐古拉山转悠了三天，连狼影都没见着，唯一的成果就是那只还没来得及烧烤的土拨鼠。

从医院出来天已蒙蒙亮，大家在路边摊吃早餐。一辆老旧的国产越野车突然从马路对面的巷子里蹿出来，差点碾过蹲在路边抽烟的沈炯，吓得他一个后滚翻，撞倒了身后的垃圾箱。

那辆车直接冲向了医院大门。车子还没停稳，两个大汉便跳下来，从车里掏出一个人，然后抬着踹开大门，闯了进去。

“这是保护区巡山队的车！”任骄阳说着，朝他们奔去。

受伤的是巡山队的一个刚从警校毕业的新队员，他为救一个半月前跟着旅行团进藏后，溜进无人区的非洲游客，不慎被狼咬伤。巡山队撞见这个游客的时候，这哥们儿正被一群狼围在小山丘上，他坐在快要燃尽的火堆边，正拿着 DV 在录着临终遗言。几个队员救下他后，没想到原本已经被他们吓退的狼群还会卷土重来。

那名队员伤得很厉害，狼几乎扯断了他的胳膊，伤口虽然经过了简单的包扎，但到了医院已经危在旦夕。这说是医院，其实就是个乡镇卫生院。这个时间点，除了一个值班的男护士外根本就没有坐诊的医生，之前被警察叫来给大锣接诊的院长，早就回家睡觉了。

那个护士一看伤情，输血迫在眉睫。可医院里没有现成储备的血浆，再加上队员们的催促，小护士急得眼泪都快出来了，只得不停地拨打院长的电话。任骄阳认识这个巡山队的几个老队员，问清了受伤队员的血型，只有他一个人匹配，于是挽起袖子就要护士赶紧抽血。

护士正犹豫着，许我突然推开任骄阳，说任骄阳刚受了重伤，坚持要护士抽她的血。折腾到天亮，那队员终于脱离了危险。听说接他转院的救护车已经在路上了，任骄阳才跟那几个如释重负的巡山队员告别。

离开医院时，任骄阳直接拉开吉普的后门坐了进去。大家都心照不宣地上了梨子恒的车，许我见状坐进了吉普车的驾驶室。

任骄阳蜷起身子靠在座位和车身的夹角处，许我调整了一下车内后视镜的角度，不时地拿余光瞟他一眼，两个人都沉默着。在医院的时候，她就已经觉察到他情绪不对，从见到受伤的大锣开始，到警察提到那个福特车主，他就一直沉着脸，眼里不时地闪现出忧郁与痛楚。

她知道，他一定是想起了那个叫卫林的孩子，那是他心底永远的痛。

这个表面冷酷的男人敏感而又顽固，她不知道该怎么劝他，更不想揭开那道早已深入他骨髓的伤痕。

车里安静得能听见彼此的呼吸声。许我想打破这尴尬的气氛，伸手打开扶手箱去找碟片，结果摸出了一沓地图，她好奇地看了看，“手机里装个导航软件，不是更方便吗？”

他面无表情：“习惯了这个。”

“旦增跟我说，你是天生的 GPS，只要是你曾经走过的路，不管过去多少年，都会记得清清楚楚。”她努力地寻找着话题。

“用心去记，谁都可以。”他闭着眼睛说道，似乎不想多说一个字。

她撇了撇嘴，打开车载电台，转了一圈，刺刺啦啦的都是杂音，找不到一个能听清楚的频道。

“收音机坏了，手套箱里有 CD。”他说。

她费力地从手套箱里掏出一张碟片塞进 CD 机。喇叭里传出小野丽莎的歌声，那是她刚出道时的第一张唱片。她激动地抬头看了眼后视镜，任骄阳闭着眼睛，睫毛仿佛在颤动。

“对不起，我没有遵守我们的约定。”她盯着他说道。

他睁开眼看着窗外：“我早就应该想到，这个世界没人能束缚得了你。”

她笑出了声：“听上去，切队长很无奈。而在此之前，他应该是觉得这个世界没有什么事是他掌控不了的。”

她故意开了个不合时宜的玩笑，只为了刺激他说话，她以为他会撑她。

他转过头，盯着后视镜里的她：“是呀，你颠覆了我对自己的所有认知。”

“那么，”她掩饰不住脸上的兴奋，“不如尝试着再多一些颠覆，纵使被生活百般刁难，仍然热爱这人间烟火。譬如，时刻保持警惕，别让自己沉溺于那些不堪回首的过往；譬如，多看几眼美女，多一些笑脸，多跟她说说话；再譬如……”

“再譬如，菜鸟司机就应该时刻保持警惕，专心开车；再譬如，年纪不大，别总是想着去给人当人生导师！”任骄阳难得地调侃起来。

许我哈哈大笑：“我不是菜鸟司机，我是人挡杀人、佛挡杀佛的女司机；我不是人生导师，我是善解人意、温柔美丽的知心姐姐。”

他忍俊不禁，脸上竟露出了两个浅浅的酒窝，看得许我愣了神。

老贾死了，死于溺水。就在扎西决定抓人的那天清晨，老贾独自跑到尕海盐湖游泳，尸体直到傍晚才被人发现。得到消息的时候，天已擦黑，任骄阳将车停在了路边，前方岔路口的道路指示牌上，梨江往左，良多往右。左边是他规划的大巡山路线必经之地，右边住着那个绑架许我的卡车司机。

扎西认定老贾是畏罪自杀。他说，老贾随身携带的皮包里有一张存折，存取的款项，除了每月固定的工资外，每年都会有几笔大额的异常收入。任骄阳嘱咐他看好身边的那个人，在未掌握确凿的证据之前，不要再轻举妄动。

大家虽然跟老贾并没有什么交集，也从来没有将他当回事，但队长的凝重，让他们感觉到他的死有些耐人寻味。只有旦增咋咋呼呼，说老贾就是水毛子，他曾亲眼见过老贾在怀头他拉水库一个猛子扎到对岸，不可能会淹死。

那天晚上在下沙镇住进旅馆后，任骄阳喝下许我熬好的中药便早早回到房间休息。旦增坐在房间里看书，梨子恒拖着沈炯和唐杰出去喝酒。

许我打开了电脑，在“人物关系图”中画线，将以老贾为原型的人物连到了“如来”的名字上，然后打了个问号。她知道老贾的死一定跟如来有关系，经历了这么多，无论发生什么，她都不再觉得不可思议。和现实中一样，她也不知道或者说没想好自己故事里的“如来”到底是谁。

半夜的时候，梨子恒摇摇晃晃地敲开了任骄阳的房门。

“你怀疑的，验证了吗？”梨子恒一张口，满屋子都是酒味。

任骄阳皱皱眉，将梨子恒让进房间，轻轻地关上门，坐到了床边。他没有说话，既没承认，也没有否认。

梨子恒似乎从他的表情里读出了答案，接着问道:“老贾是不是如来的线人？”

任骄阳看着他，仍旧沉默着。

“他喝多了，还哭了。”梨子恒将椅子拖到任骄阳跟前，“你打算怎么办？总得有个说法吧？”

任骄阳仰头看着天花板，讷讷地问道:“他跟你说过什么吗？”

“他说老贾很可怜，他们关系还不错，昨天他还跟老贾通过电话。”

“所以，你的看法呢？”

“我不知道。”梨子恒摇头，“这些话应该是想说给你听的，也许是为了自救，也许是你多疑了。”

“我从来没见过他喝醉过，论酒量，你们几个加起来都不是他的对手。”任骄阳说完，又突然诘问，“你自作主张地拉他们出去喝酒，然后又迫不及待地来向我汇报，你觉得你这是在帮我吗？”

“你想多了！”梨子恒针锋相对，“现在不是你一个人在战斗，我要保护自己，保护那个为了你不顾一切的傻姑娘！”

沉默片刻，任骄阳的语气缓和下来：“一切都只是推测，我和你一样，没有证据。他看上去没有要伤害我们的意思，这些年也一直尽职尽责。”

“你这是掩耳盗铃！是因为他救过你，所以你才会自欺欺人。”或许是酒精的刺激，梨子恒的情绪变得有点激动，“你想过没有，他当初救你，说不定是事先设计好的！”

任骄阳的身体轻微地晃动了一下：“至少现在，他是帮我们找到如来的唯一突破口。”

梨子恒冷笑一声：“他只是老贾的线人，根本就没见过如来。老贾很可能是被逼自杀，因为如来已经觉察到你们在怀疑他！”

任骄阳嘴角扯动着，表情痛苦地低下了头。事实上，梨子恒的分析和他的想法一样，他懊恼的是自己设下了那个低级的“圈套”，结果偷鸡不成蚀把米。如来心思缜密，善谋多变，一定是在老贾向他呈报唐杰的“情报”时，就已经嗅到了危机。只要老贾死了，线索全断。如来是不会在乎唐杰的，即便坐实了唐杰向老贾告密，也死无对证，因为唐杰根本就不认识他！

而且，从昨天晚上到老贾出事时，唐杰就没离开过他的视线，情绪稳定，更没有什么异常的举动，他应该也是从旦增的嘴里得知老贾的死讯的。也就是说，包括老贾在内，没有任何人提醒过唐杰，他可能已经暴露。

思及至此，任骄阳抬起头，说道：“我犯了个低级错误。给我一点时间，我一定能处理好这件事。”

“无论如何，我都要提醒你，大家都已经绑上了你的战车，不希望看到一个优柔寡断的舵主！”梨子恒说完，起身走到门口，任骄阳突然问道:“我一直没想明白，这么短的时间，你为何能将这些事情看得如此通透？”

“所有人都看清了，只有你灯下黑！”梨子恒说完，毫不客气地拉开房门扬长而去。

12

Chapter

交　融

接完电话回来，大家似乎都感觉到任骄阳的情绪有些异常。队长不说话，谁也不敢打听到底出了什么事。这几天发生了这么多事，大家都很敏感，虽然强作欢颜，但都知道老贾自杀和唐杰的离开不会是终章，一场暴风骤雨随时可能降临。

1

任骄阳一夜未眠，天亮后，他交代了沈炯几句，便独自驾车离开了旅馆。

他要去找陈强。这几天他一直在苦苦思考着如何破局，除了唐杰，还有另一个突破口，那就是找到指使陈强绑架许我的那个人。他相信如来不会亲自出面，这么大的事，与陈强接触的那个人也绝不可能只是如来的小马仔。那天他问陈强有没有办法找到那个人时，就觉察到了陈强眼里的迟疑与惶恐，他肯定是因为害怕才有口难言。

许我起床后听说任骄阳独自外出了，一下子就紧张起来，赶紧回到房间给任骄阳打电话。任骄阳秒接电话，许我劈头说道：“任骄阳，你是不是又要去当孤胆英雄？你把这帮兄弟当摆设吗？”

任骄阳说：“你在想什么呢？我去医院看看老朋友，傍晚之前就能回来。”

“切队长，”许我松弛下来，柔声道，“答应我，别逞能。”

“嗯。”

门外，梨子恒放下了准备去敲门的手，将一杯冲好的速溶奶茶放在花架上，默默地转身而去。

吃早饭的时候，旅馆的服务员推荐许我去附近的老街买土特产。唐杰说那儿在青藏驿道上，是历代汉藏使臣和商贩们经青海往来的必经之地，当地人用土特产和南来北往的贩夫走卒交换物资，慢慢地就形成了一个以物易物的集市。再后来就变了味，成了制假和偷猎者们非法交易的黑市，官方虽然一直在打击，但积重难返，加上地处偏远地区，现在仍然是三教九流鱼龙混杂，卖什么的都有，而且专宰外地的游客。

许我来了兴致，撺掇大家一起去看看。唐杰摇头表示没兴趣，沈炯犹豫不决，被旦增推了下，只好跟着上了车。

虽然是周末，但老街上的游客并不多，三三两两的，看上去多半是外地人。商贩的地摊摆得横七竖八，除了土特产外，基本上都是些在国内旅游景点常见的工艺品和真伪莫辨的古玩。一切看上去并没有什么特别。

旦增吵着要沈炯买几只烧鸡，许我跟梨子恒转了一会儿便兴致索然，站在路边等旦增和沈炯一起打道回府。一个卖昆仑玉的摊贩打量了他们一眼，突然叫住了他们，然后神神秘秘地从麻袋里拖出一只红色木盒。许我好奇地打开一看，发现是一对藏羚羊角。没等她反应过来，摊主便关上木盒，张开五指晃了晃，说道："南方来的吧？带回去就能翻两番。"

梨子恒蹲下来问道："这玩意能管什么用？"

"挂在墙上提神静气、镇宅驱邪；吃进肚子滋阴壮阳、平肝息风。"摊主说完，翻眼看了看许我，又补充道，"女人吃了，男人受不了；男人吃了，床板受不了。"

许我红着脸怒道："你这东西哪儿来的？犯法了知道吗？"

许我话刚落音，刚刚还在看热闹的周边摊贩不约而同全围了上来，紧跟着不知道从什么地方又蹿出几个人高马大的大汉，一群人将二人围得水泄不通。梨子恒见他们来势汹汹，赶紧拽住许我的手准备离开。

没想到许我一把甩开梨子恒，怒目诘问："我看你们谁敢动，哪来这么大的胆子？"

众人被许我的气势唬住，人群骚动了一下，不由自主地闪开了一条路。不料，那摊主冷不丁地抄起马扎砸向许我，跟着骂道："小臭娘们，找死！"

梨子恒眼疾手快，一把将许我拖进怀里躲过了马扎，但他的脸挨了那摊主跟上来的一拳。许我一怒之下，挣脱梨子恒，抬脚便踹，结果被身后的一个大汉一把勒住了脖子。

关键时刻，忽听一声怒吼："别找事，赶紧放开他们！"

那大汉闻声撒手，其他人也像见了鬼一样，呼啦一下作鸟兽散。说话的是一个戴着棒球帽和墨镜的中年男子，他走上来对二人沉声说道："别惹他们，赶紧走！"没等许我开口，男子说完便转身扬长而去。

旦增迎面跑过来咋呼着问怎么回事，然后突然站住扭头看向刚刚和他擦肩而过的那个中年男子。沈炯手里提着烧鸡，紧跟在他身后抬腿踢了一脚。旦增晃了晃脑袋，刚要说话，便听许我叫道:“别跑啊，把东西交出来！”

等到大家反应过来，只见那个刚刚还叫嚣着要打死许我的摊主身影一晃，便消失在街角。梨子恒捂着鼻子叫停了准备去追的沈炯和旦增，刚那一拳挨得不轻，鼻血已经从他的指缝间流到了胸口。

“到底怎么回事？”沈炯到现在还发蒙。

“没事了。”许我撇撇嘴，一脸的懊恼。

梨子恒的鼻血很快便止住了，回去的路上，一直魂不守舍的旦增突然说道:“我好像看见了熟人。”

几个人异口同声地看向他。

“谁？”沈炯问道。

旦增愣了半天才摇头说道:“应该不是他，不可能这么快就出来了。”

就在许我闯完祸回到旅馆的时候，任骄阳提了几袋水果从良多县城的一个农贸市场里走出来。他刚要上车，便听见对面酒店门口传来烟花爆竹的声响。几个孩子小兽般的在操场上东蹿西跳，争抢着还未燃尽的鞭炮。

酒店门楣上的 LED 字幕屏滚动着新婚祝贺词，新郎的名字叫陈小强。

任骄阳下意识地走进酒店，一楼大厅里张灯结彩，陈强穿着一身崭新的西装，正带着一对新人满面笑容地挨桌敬酒。他站在窗外看了很久，然后走到隔壁银行的 ATM 机里取了两千块钱，又在商店里买了个红包，径直走向了宾馆的前台。

几分钟后，陈强扶着一个老妇人走出宾馆四处张望。任骄阳看着陈母颤颤巍巍、四顾茫然的模样，掐了手中的半截香烟，默默地关上了车窗。他给许我和沈炯发了短信后，准备在良多住一夜，第二天再去找陈强。没想到，刚住进宾馆，旦增突然打电话说，唐杰不见了。

任骄阳赶回来的时候，旦增正揪着头发，愁眉苦脸地蹲在旅馆的门口，沈炯站在一旁抽着烟，一地的烟头。

任骄阳默默地走进房间开始翻箱倒柜，差点连床板都拆了，一无所获之后他又拿起了手机。回来的这一路，他一直在拨打唐杰的电话，但每次都是一个女人机械的声音：您拨打的电话已关机。

旦增哭丧着脸，紧跟在他身边，念叨着昨天晚上唐杰回来时，还带了几瓶啤酒和半只烧鸡，讲了两个段子逗大家;念叨着吃早饭的时候，唐杰还在跟他开玩笑。任骄阳始终没有搭理他，他问站在窗边的梨子恒:“这就是你想要的结果？”

梨子恒摇摇头，看不出是庆幸还是懊恼。

他又看向一直靠在门口抽烟的沈炯:“我走的时候，不是交代你了吗？”

沈炯从烟盒里抽出一根烟，扔给他。任骄阳接住，一把捏得粉碎。

“天要下雨，娘要嫁人！”沈炯吐了嘴里的烟头，拿脚狠命地踬了踬。

许我幽幽地说道:“切队长，都是我的错。”

“我不相信，他不是你们想的那样！”看着大家的反应，旦增终于醒悟过来。

梨子恒上来轻轻地拍了拍他的肩膀，跟着走出了房间。

许我默默地收拾着旦增晾在屋里的衣服，她一点都不觉得意外，因为唐杰这个原型，在她的故事里早早就被她按照套路设置成了“mole”。

她记得旦增跟她说过，这些年野保队陆陆续续十几个战友，除了队长外，他最佩服的就是唐杰。在他眼里，唐杰见多识广、沉稳练达，懂得很多大道理。她跟唐杰接触并不多，只在任骄阳住院时和在野保队驻地聊过几句，但她本能觉得这个人跟这支队伍有点格格不入，也说不出他哪里不对劲，也许仅仅只是凭借女人的直觉，或者，还有一点编剧的职业嗅觉。

她一直期盼着唐杰能在她的故事里翻盘，给她一记重重的耳光，但果如所料，她不知道该怎么去安慰伤心欲绝的旦增和那个被背叛的男人，她决心删掉故事里的这个人物。

一个人变质的过程一定是有迹可循的，也许是迫不得已，也许是早就处心积虑。这背后隐藏的秘密值得每一个创作者去探究，但她没有兴趣，她希望大家都能早点忘记那些不值得的人和事。

2

“切队长，我是不是又犯错了？”她问开车的任骄阳。

任骄阳摇头。

她看见了他乌黑的眼眶和眼角隐现的皱纹。

远处，一群身着藏胞的男女，扬臂跪地，三步一叩首。他驾车跟着他们缓缓前行，看着他们此起彼伏的背影，她喃喃道:“你能理解他们吗？”

小时候，也是这个季节，她坐在马背上，倚在舅舅的怀里，远远地跟在往拉萨朝圣的人们身后。舅舅说他们相信每磕一次头，就能见一次佛；每见一次佛，就会磕一次头。她从马背上跳下来学着他们的模样，垂首合掌，五体投地。舅舅抱起年幼的她，似是在喃喃自语，又像是在对她低诉：清净业障、六度万行。那时候她听不懂，现在，她仍然不懂。

任骄阳并没有看她，只是望着朝圣的人群说:“这人间最美不过一个‘痴’字，活着就该执着。”

她点点头:“嗯，这大概就是虔诚与信仰吧？”

他说:“还有简单和纯粹。”

她问:“你会宽恕那些曾经背叛过你的人吗？”

他说:“这个世界没有背叛，只有失望。”

她又问:“怎样的人会对你失望，你又会对怎样的人失望呢？”

他沉默着，喉结微微地上下颤动，眼里似有泪光闪烁。窗外，烈日灼心，阳光下的戈壁，白茫茫的一片。

“当你看到荒凉无垠的土地，你就知道即使在盛夏中也会有地方是冰冷的。”她看着窗外，喃喃自语。

“切队长，如果让你重新选择，你最想干什么？”

“从来就没有想过。”

“从第一次来青藏高原，我就憧憬着有朝一日，能在这儿找个地方开一家咖啡馆。没有蝇营狗苟、尔虞我诈，不疾不徐，不为世俗和功名所累。”

“这世间物欲横流，天下攘攘，皆为利往，哪里能找到这样的地方？”

“现实并不可怕，真正的悲哀是当我们经历过了，便不再相信这人间有净土。”

“也许你并不知道自己真正想要什么，只是将这里当作了乌托邦。”

许我轻捻着发梢：“这里的生活就像一面照妖镜，让我看到自己的无知与狼狈，更刺透了我所有的敷衍与伪装。”

他笑了笑：“人们总是习惯拿理想来说服自己，但现实稍不如意，便会陷入迷失。”

她转头看向他：“虽然我看到也经历了，现实并非如我想象中美好，但我仍然向往着这里的纯粹。”

“纯粹，就得放下功利心。刻意塑造别人心目中完美的自己，憧憬着找个地方涤荡心灵，甚至吹毛求疵地害怕被打扰，这些都是精致的功利主义，只会让你变得越来越小心翼翼。倘若不如意，便会反过头来伤到自己。”

“你的话越来越长了，现在的你就是你最讨厌的人生导师的模样。”许我笑了笑，又问道，“人真的可以放下所有的杂念与羁绊，随遇而安吗？”

“太难了，至少我做不到！”他摇头轻叹，“你应该问问自己，到底因为什么迷恋这里。”

“纯净的天地，热血的男儿，清澈的眼神，自由不羁的空气，还有执着于梦想的芸芸众生。你知道吗？只有在这里，我才能看到最真实的自己。”

“欲洁何曾洁，云空未必空。”

“可怜金玉质，终陷淖泥中。”她附和着，心清目明，“我可不是什么书香小姐、金枝美玉。我要跟着你，即便深陷泥沼，也要斗破苍穹！”

在冬拉秀吃过午饭，旦增突然提出想回家看看。任骄阳没有说话，沈炯知道队长有点不乐意，因为他在路上听旦增说起，上一次回家的时候，发生了很不愉快的事。许我不明就里，对任骄阳的冷漠有点意外。

旦增在等着队长批准，但任骄阳看上去无动于衷。气氛有点尴尬，许我正想说点什么，沈炯用胳膊肘轻轻地碰了下她，然后说道：“队长，听说有人在附近的巴颜喀拉山看到过金丝野牦牛，我也想去找找看。”

“好啊，我也想去。”许我附和着，看向梨子恒。

梨子恒笑道:“我听说见过金丝野牦牛的人，好运会伴随一生。”

“我送旦增回家，大家在泞吉湖边会合。”任骄阳说完，径直上了车。

许我犹豫片刻，跟着也爬上了任骄阳的车。

到了旦增家门口，许我要跟着旦增下车，被任骄阳一把拉住。他说，旦增唯一的亲人就是在那次大地震中幸存的大伯，旦增加入野保队后，他就放出话来要跟这个侄儿断绝关系。前年路过这儿的时候，他陪旦增回去过一次，旦增在门口跪了一夜，大伯愣是没让他进门。

许我瞪大眼看着他，但任骄阳对她的“不可思议”视若无睹，默默地开着车往另一个方向驶去。

过了许久，任骄阳才说要去大锣家。他说，从三年前开始，他每年都会逮到大锣，去年还将他的舅舅送进了监狱。大锣跟旦增一样，年少辍学，其父在他很小的时候，因为偷猎冻死在无人区。他母亲患有严重的风湿病，家里还有个智力有障碍的姐姐，一家人生活困顿。

大锣这次虽然立了功，但因为有前科加上今年刚好成年，在这个扫黑除恶的风口浪尖，很有可能会被判刑。要真是这样，这个家就是雪上加霜。

“就没有别的活路吗？”许我急切地问道。

“他母亲脾气特别倔，对政府和野保队都充满了敌意，她坚定地认为藏羚羊是老天赐给他们的礼物，不让猎杀就是砸了他们的饭碗。这些年，她一直在拒绝政府的安排，一家人都指着大锣养活。”

听到这些，许我窒息得说不出话来。

任骄阳说:“我不知道这样对你会不会很突兀，只是觉得应该带你去看看，顺便解答一下你的疑惑。这里的人，并不都是欢迎我们的。”

许我抬起头看着他:“你不必担心我的感受。雨果说过‘想要真正地成熟，需从认识苦难开始’。”

任骄阳笑了笑:“我觉得他这句话还可以这样解读，不认识苦难，就算不得好汉。”

大锣的家离旦增家足足有二十多公里。那是个用各种颜色的石头垒起的屋子，孤零零的倚山而建，房前是成片的快要成熟的青稞，屋后不远便是著名的巴颜喀拉山脉。石屋墙壁的缝隙间生长着不知名的野草，屋顶上用来遮风挡雨的是用石块压着的几块新旧不一的毛毡，重重叠叠拼凑在一起，几乎垂到了窗檐。

坐落在这里唯一的好处是视野开阔，但放眼望去，找不到第二户人家。

如果在旅行途中看见这样的景色和这样的房子，她一定会欢呼雀跃，迫不及待地去亲近它。此时此刻，她站在屋外，想象着北风呼啸的寒夜和紧紧依偎在一起的母女，几乎没有勇气再迈进一步。

任骄阳陪她站了一会儿，然后轻轻推开了虚掩着的木门。

3

尽管已经有了心理准备，但许我还是被大锣家的境况震惊了。说家徒四壁有点言过其实，但这个家实在是找不到一件像样的物什，阴暗的屋里潮气逼人，唯一的窗户被一张黑乎乎的塑料布遮挡着。

大锣的姐姐盘坐在地上惊恐地看着突然闯入的两个人，她面前放着一只装了水的饮料瓶和一盘面饼。她似乎认出了任骄阳，龇牙笑了笑，然后伸手抓起面前的半瓶水递向他。

“甜甜，阿妈呢？”任骄阳蹲在她面前接过瓶子，问道。

甜甜指着门外，嘴里嘟哝着，听不清她在说什么。

任骄阳对站在一旁的许我说道:“出门了应该，她留好了食物。也许是去看大锣了。甜甜生活基本能自理，也从不乱跑。”

许我从包里掏出吃剩下的半袋苏打饼干递给甜甜，柔声问她:“你今年多大了？”

甜甜伸出两根手指，跟着又伸出一根手指，然后抓起饼干塞进了嘴里。

任骄阳起身拿起放在床铺下的两只羚羊角，甜甜跟着站起来扑上去，拽着他的胳膊，嘴里含糊着:“阿妈腿痛，别拿走。”

这一次，许我听清楚了。她吃惊地看着任骄阳推开甜甜，头也不回地走向门口。

“这是她妈妈治病的。”许我搂着甜甜的肩膀冲着任骄阳怒吼，“你带我来，就是想让我看你要威风的吗？”

任骄阳转过身，将两只羊角藏在身后，逆着光，看不清脸上的表情：“这个东西根本治不了她的病，只会耽误她！”

“告诉妈妈，姐姐买走了羊角。”许我一边安慰着甜甜，一边从包里翻出了自己所有的现金，塞进她的手里。

出了门，许我不满地对任骄阳说道：“你太冷血了，有必要这么较真吗？”

“她家里经常藏这些，都是用来买卖的。只要我看到了，就不能坐视不管！”

她据理力争：“我们不应该区别对待吗？也许，她们母女俩就指望着这个生活。”

“贫穷不应该是犯法的理由，没有原则的善良就是纵容和教唆！”

她没有再说话，纵使任骄阳的冷漠有千万个理由，她仍然无法释怀。那种心痛和无力的感觉，压抑得她喘不过气来。

离开大锣家不久，任骄阳将车拐向路边的一个村庄。那是一条新修的水泥路，道路的两旁种满了向日葵与格桑花。车子在村口一间挂着“牛宕村支部委员会”牌子的平房前还没停稳，谢了顶的村主任便从屋里冲出来，一把抱住任骄阳，两个人久别重逢般搂在一起摇晃了半天。许我看得目瞪口呆，被任骄阳瞪了一眼，老老实实跟着下了车，随他们一起走进了办公室。

主任一边张罗着泡茶，一边对任骄阳嘴里的“大城市的贵客”许我絮叨着。他说整个村子，最不让人省心的就是大锣一家人，根本就没办法帮扶。过去的三年，任骄阳每年都会来大锣的家里，以前会带一些东西甚至给点钱，但大锣的阿妈转身就都送回了村部。

主任端上茶，又从办公桌的抽屉里拿出一沓账本递给任骄阳：“修路的账目都在这里，镇里也拨了一部分。有钱好办事，三个月就通了车。”

任骄阳把账本推了回去：“看不懂这些，我信得过你们。”

“总是让您破费。”主任收拾着账本，讷讷地说着。

任骄阳抬手打断他的话，问起村里有没有按他的意思帮大锣找个律师。

“政府应该会安排公益律师。村里人都说应该让大锣吃点苦头。”主任说完，苦笑着摇摇头，“这孩子心不坏，就是书读得太少了，分不出个好歹。这一次吃点苦头，往后大概也就老实了。”

“那他家里人怎么办？他阿妈那病总拖着可不行。”任骄阳追问道。

“村里上个月刚给他家申请了低保。早上支书跟他阿妈一起走的，看完大锣就带她去医院检查一下。”

任骄阳点点头，看上去如释重负。

主任跟着又补充道：“反正有政府，还有那么多乡亲，绝对不会让她们饿着冻着。”

任骄阳喝了口茶，起身说道：“我们还得赶路。告诉他阿妈，别记恨我们。”

“哪能呢，她心里亮堂得很。”主任忙不迭地说着，然后突然像是意识到了什么，扭头从柜子里抱出一坛泡着枸杞的青稞酒，递给任骄阳，“自家酿的，知道你要来，早就准备好了。”

任骄阳接过酒，用下巴蹭了下，又举起来晃了晃：“那我收下了，谢啦！”

“唉。”主任叹了口气，“每次都匆匆忙忙，来这么多回，从来都不留下吃口饭。”

刚坐上车，主任突然又折回来扒着车窗，不无伤感地问任骄阳：“那个人是不是抓到了？你以后是不是不会再来了？”

任骄阳伸出一只胳膊搂住主任的脑袋：“快了。你不是一直想要帮我介绍女朋友吗？咱队里都是光棍，下次我都带上他们，你得把村里的姑娘们都找来让我们挑。”

“那可不成！”主任一脸认真地说道，“咱这儿的姑娘们都说过了，她们只认切队长。”

任骄阳仰头大笑。落日熔金，夕阳的余晖洒落在他的脸上，那笑容璀璨得像这个季节迎风怒放的向日葵。

开车的人轻轻地拧动车载CD机的旋钮，小野丽莎慵懒的声音像风一样徐徐飘荡。许我坐在后排，泪眼模糊地看着窗外。

“切队长。”

“嗯？”

“我可以收回发脾气时说过的话吗？”

他抬头看向车里的后视镜，微笑着点点头。

她嗫嚅良久，问道:“切队长，你坚守这么多年，不仅仅是为了报仇，对吗？”

“她的歌总是有一种治愈人心的力量。”他答非所问。

“即便抓到了他，你也舍不得离开这里，对吗？”她一心想要得到答案。

他的肩头微微地晃动着，不知道该如何回答她，索性调高了音量:“你什么时候开始喜欢她的？”

“不记得哪一年了。上大学之前，我做过的最疯狂的事情就是在高考的前几天，和骆好一起逃课去看她的演唱会。”她说完，看向后视镜中的他，“她明年在杭州有一场跨年演唱会，我想和你一起去，好吗？”

他没有回应。

她有点失望，脸上偏又挂着笑:“你最喜欢她的哪一首歌？”

“《玫瑰人生》。”他说道。

她拢了拢头发，摘下眼镜:“切队长，我想唱给你听。”

“嗯。”

她看向窗外，轻启朱唇:

Des yeux qui font baiser les miens

Un rire qui se perd sur sa bouche

Voila le portrait sans retouche

De l’homme auquel j’appartiens

Quand il me prend dans ses bras

……

4

快到傍晚的时候，旦增那个在地震中断了一条腿的大伯开着残疾人专用的三轮摩托车，将他送到了泞吉湖边，然后便掉头而去。

旦增看上去心情还不错，他说终归是血亲，虽然生分了很多，大伯也还是不能理解他现在的工作，但已经不再指责他。

沈炯说："你应该在家住一夜，多陪陪他。"

旦增挠挠头，不好意思地说道："他说要我娶了拉珍当媳妇，晚上还要带我去她家吃饭。我说队里很忙，天黑前必须得回去。"

沈炯蹦起来叫道："旦增，你是不是傻啊，白捡个媳妇为什么不要？是她长得不好看，还是怕她看不上你？"

"拉珍可漂亮了！"旦增红着脸，急得语无伦次，"我从小就喜欢她，不，她从小就喜欢我呢。队长看过她的照片，都说她长得好看呢。"

任骄阳微笑着点点头："拉珍长得像明星一样。"

"那你小子肯定是喜欢别人了！"沈炯不依不饶。

旦增低着头，偷偷瞄了眼许我，跟着抬头挺胸："拉珍是我姨妈家的女儿，队长说近亲不能结婚呢。"

任骄阳拍了拍旦增的肩膀："这么帅气的小伙，肯定能找到比拉珍还漂亮的姑娘。"

旦增又瞄了眼许我，点点头："大伯一辈子没成家，他肯定是怕我跟他一样。我跟他说了，以后无论我在哪里，有没有出息，都要给他养老送终。"

许我被他感动了，用力地拍了下他的肩膀："旦增是个好小伙，以后肯定能有大出息！"

黄昏的泞吉湖美不胜收，荡漾的湖水仿佛披上了一层缥缈的金纱，在夕阳下闪动着昏暗而又明亮的光芒。游客三三两两，有人忙着在湖滩上安营扎寨，有人在野炊，空气中弥漫着烤肉的味道。对面湖岸，一群路过的藏羚羊正放慢脚步悠然自得地闲庭信步。

许我转动着相机的光圈，不时地将镜头对准天与地、人和自然，贪婪地按着快门，捕捉着这世间难得的恬静与美好。看到那群藏羚羊，许我突然想起任骄阳抱着乳羊的那张照片。

她问正跪在地上整理帐篷的任骄阳:“沈炯说你会为藏羚羊接生？”

任骄阳起身拍了拍手，有点不好意思地摇头说道:“没有的事，他大概是听旦增瞎说的。”

“可是,”许我犹豫片刻，说道，“我看到了那张照片，你托着一只刚出生的小羚羊。”

任骄阳一脸诧异地看着她。

许我揪着衣角:“对不起，我恢复了你 U 盘文档里删除的资料。”

“我看见它时，它已经在母羊快要冰冷的身体里探出了半个身子。”任骄阳说着，扭头看向那群渐行渐远的羚羊，轻锁眉头，“我用匕首剖开了母羊的肚子，将它抱了出来。它终是没能活下来，旦增将它和它母亲埋在了一起……”

许我眼里一片模糊，泪水从脸庞无声地滑落到胸前。

“万物有灵，它们多渴望人类放下屠刀，停止杀戮。”她抹了把脸，吸着鼻子。

“会的，会有那么一天！”任骄阳望着羚羊远去的方向，用力地点点头。

沈炯支起了炊具，然后从后备厢里扒拉出许我从唐古拉山镇采购的食材。旦增却吵着要吃清蒸湟鱼，他说湟鱼一年只长一两肉，都快被捕绝了，但泞吉湖里有的是。沈炯却在算计着要去老乡家买几只鸡来烤了吃。两个人争得不可开交，然后相约往湖里投石块，谁投得远就听谁的。

许我被他们逗乐了，捡了个石块准备加入他们，突然发现在一旁接电话的任骄阳瞬间变换的脸色，目送他拿着手机神情凝重地走向湖边。这个男人喜怒不形于色，这几天发生了这么多事，但他看上去和平常并没有什么不一样，这次，他肯定遇上了更大的事。

许我预料的没错，打电话的是扎西。扎西说那个被警方监控的中间人，昨天傍晚从西藏出境返回了尼泊尔。现在似乎所有的线索都中断了，一切又回到了原点。老贾的死和唐杰的不辞而别让他非常被动，局里已经决定暂调他到省厅“专案组”工作，那是公安部挂牌督办限期侦破的一个要案，接手刑侦队的很可能是跟任骄阳水火不容的程治安。

他担心自己不在，任骄阳便成了脱缰的野马，于是反复警告切队长，现在野保队的处境很尴尬，遇事一定要提前汇报，绝对不能再擅自行动。

接完电话回来，大家似乎都感觉到任骄阳的情绪有些异常。队长不说话，谁也不敢打听到底出了什么事。这几天发生了这么多事，大家都很敏感，虽然强作欢颜，但都知道老贾自杀和唐杰的离开不会是终章，一场暴风骤雨随时可能降临。

尤其是许我，她总感觉任骄阳心里藏着大事。她偷偷地对梨子恒说：“子恒，我心里很不踏实，还是觉得他有事瞒着我们。”

梨子恒看着任骄阳，轻叹：“因为你，他投鼠忌器。”

许我闻言一怔，喃喃道：“他说过，我不知进退，也许，我真的从一开始就不该打扰他。”

“我不知道。也许，你会是他的福星。”梨子恒的声音透着几许惆怅。

许我的目光从任骄阳那里转回到梨子恒这里，“子恒，我害怕。答应我，盯紧他。”

梨子恒点头。

许我说：“卓玛昨晚问我们在哪里，她说西藏那边这段时间天气不好，准备带朋友们去青海湖转一圈，就回来找我们。”

梨子恒瞪着许我，一脸戒备：“为什么跟我说这个？”

许我笑道：“我觉着，她是对你放心不下。”

“别扯犊子！”梨子恒有些难堪。

“这姑娘挺好的，长得漂亮，还那么有个性。”

梨子恒抬手一挥：“少给我没事找事，小爷不领你这个情！”

大约感觉到了气氛的压抑，任骄阳从车里翻出一只方便袋，扬了扬，冲着大家说道：“别惦记着鸡啊鱼啊的，我今天请大家吃野味。”

旦增开心地蹦起来：“必须让我姐下厨，她比阿桑烧的还好吃。”

许我问道：“阿桑是谁？”

"'高原人家'的老板娘，长得可带劲了……"

旦增还没说完，任骄阳横了他一眼，赶紧闭了嘴。

"旦增，你给我老实交代，她是不是你们队长的女朋友？"许我笑着追问。

"不是，不是。"旦增急得直摇头，"我都跟你说过啦，队长没有女朋友。"

任骄阳的"野味"是一袋子他和沈炯采摘的野菜，有叶子，有根茎，还有花苞和果实，看上去至少有七八个品种。连生于斯长于斯的旦增都认不全，许我勉强认出了野葱和野蒜，皱着眉头不知如何下手。

沈炯扒拉着他和任骄阳的战果，笑嘻嘻地说道："老大说了，以后大家都改吃素。这野菜多好，纯天然，无公害！"

旦增的嘴巴噘到了鼻子边，嘟囔着："我看队长迟早得跟着我姐学穿高跟鞋。"

"生吃、榨汁、清蒸、红烧、凉拌、一锅烩！这是大自然的恩赐，想怎么吃就怎么吃。"任骄阳笑吟吟地说完，抓起一颗野蒜在裤子上擦了擦，就塞进了嘴里。

除了"野菜沙拉"和水煮后再凉拌的蕨菜加野蒜，余下的野菜都被许我加了一袋火腿肠一锅炖了。任骄阳从吉普车里抱出村主任送的那坛"枸杞青稞酒"，说巡山途中不喝酒是野保队的铁律，但梨子恒和沈炯已经破例了，今天就再破例一次。

那是许我这辈子喝过的最烈的酒，她放倒了旦增，又要去找任骄阳单挑。

梨子恒提醒道："许大胆，大切的伤还没好。"

许我上来搂住他的脑袋，问："梨公子，你是我的好兄弟吗？"

"当然是，"梨子恒不动声色地笑着拿开许我的手，"大家都是你的好兄弟。"

许我指着任骄阳说："那你就帮我放倒他！"

旦增躺在沈炯的怀里，嘴里含混不清地说："队长的酒量就像雅鲁藏布江一样，深不见底。"

许我打趣道："旦增，你这个尿蛋，快给我起来！"

旦增摇摇晃晃地站起来，一边手舞足蹈跳着果谐[1]，一边叫着：“我想听我姐唱歌，长得这么漂亮，歌声肯定更美妙。”

许我转动着裙摆，说：“旦增，我的歌只唱给一个人听。以后姐帮你找个比姐还漂亮的姑娘唱歌给你听。”

任骄阳没有说话，顺手扯下一片篙叶含在唇间，轻轻地吹响。乐音轻灵，融化在许我转动的身影和明亮的眸子里，融进浓密的夜色深处，越飘越远……

5

这一夜，虽然没有再失眠，但许我睡得并不踏实。她喝得并不多，从大锣家出来的时候，她就感觉到腹部隐隐作痛。好事将至，这是她的老毛病，一年总有那么几次。例假已经连续三个月推迟，上一次还是一个半月前，而且一次比一次疼痛。

窗外，停在帐篷边的大吉普的身影，影影绰绰，像一只蛰伏在暗夜里守护着天使的神兽。那个男人一直在抽着烟，一根接一根。她想去跟他说说话，但浑身无力，怎么也爬不起来。直到大雨倾盆，她看见他爬进了车子的后座，才慢慢地合上眼。

任骄阳躺在吉普摊平的后座上，在黑暗中瞪大眼看着顶篷。连续几天没有好好睡觉了，他以为自己站着就能睡着，可是躺进车里睡意全无，莫名的慌乱和不安。他计划好了一切，包括喝下的那几杯酒；他不知道自己为什么会变成这样，那个姑娘像是看透了一切。互道晚安的时候，她说：“切队长，我会一直盯着你。”

意乱情迷吗？他不知道。他只想就这样跟她在一起，跟兄弟们在一起，无忧无虑，欢歌笑语。但他做不到，他有自己的责任与使命。山雨欲来，八年了，是时候结束了。他不能被眼前的温情吞噬，不能再有丝毫懈怠。

---

[1] 果谐是藏语音译，“果”意为圆圈，“谐”意为舞。果谐流行在藏族广大农村的村广场、打麦场上，是农民群众喜爱的一种自娱性的古老的民间歌舞，不用乐器伴奏（有的地区用串铃伴奏），男女分班一唱一和，此起彼落，载歌载舞。

许是被那连串的噩梦惊扰，或是被腰腹间的疼痛刺激，徘徊在半睡半醒间的许我悠悠醒来。逼仄的空间压抑得她快要喘不过气来，雨打帐篷，她眼冒金花，脑袋嗡嗡作响。她撩开门帘，捂着腹部踉跄着冲进雨中，扑向吉普轻叩车窗。任骄阳翻身坐起，打开车门，一把将水淋淋的她拽进了车里。

“切队长，抱紧我。”她的声音嘶哑，乳猫般拼命地拱进他的怀里。

他搂着她，下颌紧紧抵住她的脑袋。温暖的气息包裹着许我，她暂时忘了腹部的疼痛，身体蜷缩在他的怀里，颤动的娇躯瑟瑟发抖。他气喘如牛，竭力地想要控制住自己，双手却不由自主地搂紧她，想要将她揉进身体里。她娇喘吁吁地抬起头来，呵气如兰，滚烫的脸贴近他的唇边，脸上湿漉漉的，分不清是雨水还是泪水。

“切队长，吻吻我。”她闭着眼，声音在喉间呢喃。

他鼓起勇气，她的脑袋却突然耷拉下来。他吻到了她的额头，烫得像只刚出蒸笼的包子。他一惊，抓住她那只试图钻进他衣服里的冰凉的小手，紧张得像一个闯了大祸的孩子。

“许我，你是不是病了？”

“我好冷。”她闭着眼睛，脑袋垂在他的胸口。

去往医院的路上，许我裹着棉被靠在任骄阳的怀里，梨子恒专心地开着车。

几分钟前，任骄阳叫醒了梨子恒，不用看，梨子恒就意识到发生了什么。他甚至没有去看许我一眼，一言不发地坐进了驾驶室。

雨刮器“吱嘎吱嘎”拼命地摇摆着，许我的梦呓断断续续，梨子恒的眼里模糊一片。

十年前，冲刺高考的季节。也是这样一个风雨交加的夜晚，他抱起在图书馆里突然昏倒的她，一口气跑了五里地。他记得她从医院走出来，那是一个阳光灿烂的清晨，她巧笑嫣然地挽起他的胳膊，摇晃着:“梨公子，如果有人喜欢我，你会跟他决斗吗？”

他反诘:“别做梦了。除了我，谁能看上你？”

那一年他十七岁，她十六岁。他坐在她的后排，总是习惯在思想政治课上给她编辫子，时常还要拿一支 2B 铅笔别在她辫子上当发簪。他说只有这样，才符合她的气质。

大学毕业的那一年，他用 2B 铅笔正式向她表白。她将他的情书折成了纸飞机，准确无误地飞进了他的宿舍。“嫦娥五号”的标识下，写着：“你是个外星物种，我们之间不止隔了一个银河系。”

决定回国的那一天，他举着“嫦娥五号”在实验室里播放了几年前骆好在机场送别他时，隔着安检拍下的视频。执意要挽留他的导师和他那些各种肤色的同学，冲着他山呼“Vive L'Amour！（爱情万岁！）”

医生将梨子恒当成了许我的男友，对他怒目横眉，说病人严重贫血，长期精神焦虑引发月经失调，加之经期免疫力下降和淋雨导致感冒病毒侵袭。

“她十年前就被诊断为原发性痛经。”梨子恒若无其事地说道。

转到病房后，许我的气色慢慢好转。梨子恒踌躇着要赶回去，任骄阳掏出手机给旦增打电话，让他和沈炯等到雨停了来医院会合。

站在窗外看着熟睡的许我，梨子恒对任骄阳说：“好好照顾她，她值得你珍惜。”

任骄阳想说点什么，但梨子恒已经消失在门口。

走出医院，梨子恒在路旁一个叫“容四方”的烧烤摊买了瓶半斤装的“二锅头”。收拾着准备打烊的排档老板是个油腻腻的大叔，他叫住拿了酒就要消失在大雨中的梨子恒：“弟弟，哥这儿还有点儿串没卖，要不，陪你喝一个？”

梨子恒头也不回地举起酒瓶挥了挥。

“嘿，哥们儿！”大叔立马改了口，一脸阅人无数加过来人的表情，“失恋了吧？好姑娘多的是，别跟自己较劲儿，不值当！”

梨子恒乐了，拧开酒瓶往嘴里灌了一口，转头将酒瓶撂到塑料周转箱里：“帮我寄存着。好好做生意，别自作聪明！”

老板咧嘴一笑：“爷在这座城里四处漂泊，要找到我，得要有点儿耐心。”

梨公子回到车子上，靠在座椅上看着医院三楼的那间病房。那天晚上，他失眠了。他记得上一次失眠还是去伯克利报到的前一天晚上，他给许我打电话，问她会不会来送他。许我说，你得告诉我，你以后还打不打算回来。

病房里，许我悠悠醒来，痴痴地看着一旁在看书的任骄阳。

“醒啦？”他放下书，柔声问道。

她挣扎着想要坐起来。

他轻轻地按下她的双肩，掖了掖她的被子，柔声问道：“还会痛吗？”

她摇摇头，媚眼如丝：“切队长，如果能这样天天和你待在一起，我宁愿在病床上躺一辈子。”

他轻咳一声，嘴角却是上扬的，不好意思地侧过头去。

许我掩嘴，故意逗他：“切队长脸红了，扑克脸竟然脸红了。”

他转过头来迎着她的目光，第一次将她看得那么真切：“经珠不动两眉颦。须信铅华销尽、见天真。”他几乎要脱口而出。

“昨天晚上我听到了切队长的心跳，像战鼓擂动的声响。”说完她咬着嘴唇，盯着他。

他咧嘴笑了笑。

她伸出手，怯怯地搭在他的脸上，又轻轻地放下：“切队长，我是不是成了你的累赘？”

他眼眶一热，摇着头，喉结急促地滚动着。

“我想让你再抱抱我。”她抬起头，伸出了双手。

他抓住她的手腕，俯身轻轻地将她揽进怀里。

“切队长，你的声音真好听，像笙箫在夜晚回荡。”她紧紧地搂着他的脖子，滚烫的唇从他的脖子蹭到耳畔，喃喃地说道，“答应我，一直陪着我好吗？”

他沉默着，抚着她后背的手掌微微地颤动着。

泪水在她的眼眶里打着转：“我好害怕。我想要一个快乐的切队长，时时刻刻都能看到笑容的切队长。”

他闭上眼，用力地搂着她。耳畔响起那熟悉的旋律和一个略显生疏的歌声：“当他拥我入怀，低声对我说话，我看见玫瑰色的人生……”

傍月岭上，星满天、月如水。任骄阳双手搭在院墙上，极目远眺影影绰绰的布喀达坂峰。

“她睡了，说了很多感激的话。”德吉站在他身后，轻声说道。

他颔首无言。

德吉嗫嚅着：“明天……你真的要让她离开吗？”

“不然呢？”他的肩头晃了晃，敛目反问。

德吉目露精光：“佛说，无穷般若心自在，语默动静以自然，莫因求不得而放不下。而我坚信你终将改变，何不趁着这动摇的时刻，尝试着去除执念，迎接新生？”

他的双手青筋若隐若现。

“就连在这里，我都没办法求得片刻的安宁？”他转身瞠目。

“我看到了她脸上的光和眼里的星星，就在这黑暗中。我还看到……”德吉轻叹一声，看着远山，“你闪躲的目光中全是她的影子。她是你逃不开的宿命。”

13

Chapter

追 凶

见任骄阳掉头，皮卡车反应神速，极速倒驶了几百米后突然转向，向牲畜交易市场方向驶去。他下意识地一轰油门，跟着追了上去。突然的变故，容不得他仔细思量，但他明白，如果北京吉普里坐的是那个人，即便挂车不挡路，他也很难追到。

现在来看，这辆之前被他怀疑过又忽略掉的倒行的皮卡车，无论是不是枪手的同伙，他都不应该放过。

1

许我早上醒来时，病房里冷冷清清的。她感觉自己不过打了个盹的工夫，醒来时天就已经亮了。那个男人不在身边，她下意识地摸出手机，才发现了他的留言：“好好休息，我有事要处理，不用担心我。”

再打过去时，显示对方已关机。许我狠命地抽了自己一耳光，从床上爬起来，换下了病号服。她冲出门的时候，迎面撞上了另外三个男人。沈炯和旦增凌晨就到了医院，他们进病房的时候，许我已经睡着了。任骄阳找沈炯要走了自己车的钥匙，然后要他们找个地方休息，当时沈炯并没有多想。

旦增疯了似的，在这个私营医院的三层小楼里，上上下下跑遍了每一个科室与病房，然后哭丧着脸叫道：“他肯定去找如来了，他昨天就是想让我们喝醉了，好甩下我们，一个人去！”

梨子恒对许我说：“他不应该陪着你吗？难道走的时候什么都没跟你说？”

许我摇头，反诘道：“你答应过我看好他的，现在人没了。”

“你跟他在一起，就连空气都是多余的，你要我怎么盯着他？”梨子恒怒道，“他就是个自私冷漠、满嘴谎言的混蛋！”

“他不是这样的人，你不应该这样说他。他只是想一个人扛着，不想连累我们。”

“他扛得了吗？他有那个能耐去扛吗？”梨子恒越说越激动，“许我，你别犯傻了，你没那么重要。一个男人如果真的爱你，绝不会将你一个人留在病床上！”

许我看着他，这是梨子恒平生第一次冲她发火。

“无论如何，都不能让他一个人去冒险。”她红着眼睛说道。

梨子恒瞪着布满血丝的双眼，吼道：“那你告诉我，他去哪里了？他要干什么？”

“他去良多了，他在找绑架我的人，他一定是找到了线索。”许我的声音带着哭腔，“你们如果㞞了，就别拦着我，我一个人去！”

“我他妈后悔了，我死乞白赖地追随他，不是来看他一个人表演的！”梨子恒仍旧愤愤难平。

“应该是去良多了。”一直站在梨子恒身后的沈炯上来轻轻拍了拍他的肩膀，“别激动，咱不是早就习惯了他这个鸟样吗？那天他突然改变巡山路线，我就感觉这中间有事。”

许我也平静下来：“那天他说去良多医院看朋友，后来唐杰离开，被我们一个电话叫回来了。他回来后提了两袋水果，我注意到水果袋上印着良多农贸市场。”

旦增跟着说道：“我跟了他这么多年，除了我们和扎西还有德吉，从来就没听说过他有什么朋友。”

梨子恒没有再说话。他有点后悔刚才的失态。他早就应该知道任骄阳迟早还会来这么一出，却又忍不住莫名其妙地大为光火。

昨天半夜的时候，他睡不着，鬼使神差地跑来许我的病房。他清晰地记得，当他推开门，看到病床上两个纠缠在一起的身体时，就像一把铁锤砸中了他的脑袋，还有一把匕首扎进了他的心窝。

陈强家人去楼空，房门洞开，门口堆满了搬家留下的垃圾。小区门口那个热情的小卖部老板告诉任骄阳，这一家人在他上次来的第二天就搬家了。他只知道房子在城东，因为搬家公司的车子走的是那个方向，其他的则一概不知。

任骄阳正要上车离开，老板突然叫住他，说他想起陈强的母亲前几天买东西的时候，说过儿子这几天要去医院化疗。

任骄阳直接奔到了良多医院。他在窗口打听完，正要转身离开，突然发现门口有个熟悉的身影。那人戴着帽子和墨镜，在任骄阳看向他的时候，突然扭头就走。那个背影和记忆中的那个人重叠，他下意识地跟着追了出去，不过几秒钟的工夫，那人就消失得无影无踪。任骄阳绕着医院大楼转了一圈后，掏出手机给扎西打电话，但对方一直占线中。他思索片刻，关了手机直奔住院部。

陈强应该是刚做完治疗，正靠在床头。旁边坐着一个穿着西装打着领带的年轻人，一直在低头摆弄着手机；靠近走道的窗边柜上摆着两只造型漂亮的果篮，里面摆满了新鲜的进口水果，显然是刚刚有人来探望过。

任骄阳进屋的时候，电视里正在播放着抗日神剧，猛烈的枪炮声中，扎着头巾的主人公狞髯张目，左手短枪右手大刀，在层层包围的鬼子中间左冲右突，如入无人之境。

像是已经料到任骄阳会来找他，陈强看上去很淡定，与上次判若两人。倒是陪护在他身边还穿着新郎装的儿子，对这个不速之客的到来显得有点慌张。

“你结婚那个最大的红包就是他给的。”陈强一边淡定地对儿子说着，一边示意儿子从床头柜子的抽屉里拿出一袋喜糖递给任骄阳。

陈小强迟疑地看着任骄阳，过了一会才有点心不甘情不愿地开口：“我该叫您叔叔还是大哥呢？”

“叫叔叔吧，我比你大好多呢。”任骄阳说着，剥开一颗奶糖扔进了嘴里。

陈强对儿子说道：“回去陪媳妇吧。我想吃瘦肉粥，晚上熬点，明天早上带来。”

陈小强犹犹豫豫地走到门口，转身对任骄阳没头没脑地说了句：“我阿大是个老实人。”

“他什么都不知道。”看着儿子的身影从门口消失，陈强忙不迭地说道。

任骄阳拿起遥控器关了电视，然后从口袋里掏出一张银行卡放在床头柜上：“这里面有十万块，告诉我怎样才能找到你背后的那个人。”

“我找不到他。”陈强盯着银行卡，强自镇定地摇摇头。

任骄阳沉下脸：“多少钱你才愿意开口？我能看得出来，那天你跟我撒谎了。”

“你说过不会再来找我麻烦的。我最多还能活一年，这个钱我也没命花。”

“你一定听说过如来，他是你绑架那个姑娘背后的主使，他悬赏百万要我的人头。找你的那个人一定是如来团伙的骨干，找到他就能找到如来！”任骄阳循循善诱。

陈强默不作声，但任骄阳明显感觉到他的身体在被子里微微地哆嗦着。

任骄阳将那袋奶糖紧紧地攥在手里，怫然作色：“他给你的每一分钱都沾满了鲜血，从绑了那个姑娘开始，你就没有资格再去谈论道义！”

陈强看了眼任骄阳：“如果拿钱办事的是别人，你说不定已经死了，还有那个姑娘。”

任骄阳瞪大眼看着他。

“他们给了我一把淬过剧毒的匕首，只要我杀了你，就给我一百万。”陈强说完，摇头苦笑，“我还是不够狠，是那姑娘救了你，她跟我说了很多，她很勇敢，也很善良。”

“所以，你是被她感动了，然后主动放了她？”

陈强摇头：“我答应他们杀了你然后就自杀，但我害怕了，我既不敢杀人，也没勇气自杀。我还担心杀了人什么都得不到，最后还害了自己的孩子。”

“绑架之前，你难道就没考虑过这样的后果？”

陈强凄然一笑：“我现在又后悔了，应该搏一把。现在不仅没拿到钱，还得想办法找钱续命。”

任骄阳一时语塞，话说到这个份儿上，让他不得不信。两人一时间陷入了沉默，似乎都陷在了各自的心事里。过了好久，任骄阳突然指着窗边柜上的两个果篮问道：“那个人是不是刚才来看过你？”

陈强闻言，浑身一哆嗦，赶紧说道：“那……那是我朋友，跟这个人没关系！”

“你撒谎！”任骄阳厉声问道，“你的朋友叫什么名字？”

“我不怕你，该说的我都说了，你报警抓我吧！”

任骄阳勃然大怒，一把掐住陈强的脖子，直接将他拖到了地上。

“叔叔，放过我阿大。”一个怯怯的声音从背后响起，“我知道怎么找到那个人。”

2

持续了一夜的暴风雨已经过去，风和日丽，天空蓝得耀眼。去往良多的路上，梨子恒驾着车，他刚刚跟许我道歉了，许我冲着他笑了笑，两个人第一次遭遇相对无言的尴尬。

看着距离很远却仿佛就在眼前的巴颜喀拉山脉，许我的脑子里都是刚刚过去的这个夜晚，以及和那个男人厮守在一起的光景。这个风雨交加的夜晚，注定是她一辈子都无法忘怀的。

她觉得自己心里住着一个魔鬼，欲望的火焰将她彻底吞噬，疯狂地想在这个不合时宜的地方和不合时宜的时刻，将自己完整地交给一个男人。就像经历一场战争，天人交战。

她不知道，那个男人到底是坐怀不乱的谦谦君子，还是忌惮那该死的关于生理期的约定俗成。他拼命地克制着自己，一边抚摸着她火炉般热烫的身体，一边将她褪下的衣服一件一件穿回到她身上。

当这个世界终于安静下来后，那个男人就像一头战败的公牛，低下了高傲的头颅。他们开始了彻夜长谈，她惊奇地发现，他读过的书甚至比她这个外国语言文学系的博士还要多，他们从最晦涩难懂的乔伊斯、普鲁斯特到孟德斯鸠、弗洛伊德，一路聊到了汪曾祺与沈石溪。

他说他上学的时候最喜欢的是王朔，因为那本《一半是火焰，一半是海水》，他看完了王朔的所有小说。她笑着告诉他，上中学之前，她就看完了《福尔摩斯探案全集》，上大学的时候突然迷上了琼瑶，一边研究莎士比亚，一边陷入《情深深雨濛濛》中无法自拔。

他笑得差点背过气，刮着她的鼻子说她就是个奇葩。

后来，他说起了自己的家世和不堪回首的童年。他的老家在安徽一个江南小城，父亲原本就是孤儿，当了十年兵后就地转业到国营丝绸厂；母亲是厂里的质检员，但家境殷实，外公经营着一片茶园。七岁之前，他一直过着无忧无虑的生活。直到那年暑假，一场突如其来的大火将他和母亲困在了车间，母亲奋力将已经灼伤的他推出窗外。父亲带着工人们冲进火海救出了几个女工，又转身去救母亲，最后，两个人再也没能走出来。

外公悲伤过度去世，沉迷于赌博的舅舅将外公的老宅子和那片茶园卖给了一个大学教授，他彻底变成了一个无家可归的孩子。父亲救出的一个女工收养了他，但他顽劣不堪，时常被性格暴躁的养父揍得鼻青脸肿。12 岁那年，他偷走了养父用来治病的钱去玩游戏，险些被送进少管所。

她记得骆妤曾说过，当一个饱经风霜的男人将自己内心最软弱和最不堪的部分坦露给你，他一定动了真感情，将你视作最重要的人。是的，她坚信事实绝非梨子恒说的那样，那个亲吻她时闭着眼睛浑身战栗的男人，一定是深爱着自己的。

陈小强一脸的老于世故，并不像他父亲那般表面憨厚。他将任骄阳带到了医院楼顶的天台上，说话之前，先松开脖子上猩红的领带，然后从口袋里掏出一盒烟，抽出一支递给任骄阳。任骄阳没有去接，陈小强有点尴尬地将烟塞回了烟盒。

陈小强说他曾听阿大说过，那个人叫老鼠。老鼠第一次在唐古拉山镇见陈强的时候，陈小强就坐在阿大的卡车上。他们在那家吃手抓羊肉的小饭馆里密谋了两个多小时。老鼠出来的时候，陈小强看见他穿着拖鞋，还跟坐在门口抽烟的饭馆老板聊了几句，然后到马路对面拦下了一辆载客的三轮车。

陈小强还记得那天陈强上车后特别激动，几次都没打着火。陈小强笃定那个人就是老鼠，如果不是什么不可告人的秘密，他阿大不可能让他回避。

任骄阳问他："老鼠长什么样子？大概多大年纪？"

陈小强想了半天，摇摇头："太远了，看不太清楚，大概二三十岁吧。"

任骄阳威胁道："你要是骗了我，只要我报警，你跟你阿大都得坐牢！"

"不会的！不会的！"陈小强紧张得直摆手，"我前天才结婚，我阿大活不了几天了，我还想活着呢。"

任骄阳又问他："刚刚是不是有人来医院看过你阿大？他是不是老鼠？"

陈小强头摇得像拨浪鼓："我去取化验单了，没见到那个来看他的人。但阿大跟我说，那个人是以前和他一起跑运输的，和他关系不错。"

陈小强不像在撒谎，因为他又发牢骚说他阿大反正都活不长了，应该拿着那张银行卡说出真相。任骄阳相信了陈小强的话，虽然这个年轻人的自私和冷漠令人寒心。他更为那个不惜以身犯险、一心为了孩子的可怜的父亲感到悲哀。

临走的时候，任骄阳留下了电话号码和那张银行卡，对陈小强说道:“这是给你阿大救命的钱。如果他再想起什么，你就打电话给我。”

虽然已不可能再撬开陈强的口，但陈小强提供的信息已经非常宝贵。按照他的说法，老鼠应该就住在唐古拉山镇，如果真是这样，唐古拉山镇很可能就是如来的老巢。

三年前，他就分析过如来极有可能就住在唐古拉山镇，因为这里特殊的地理位置。但警方这些年几乎每年都要在这里摸排几次，从来就没在这里抓到过如来的人。而经常向他提供情报的那个神通广大的“天路”汽修店老板，一直都认定如来住在境外。

还有，刚才在医院门口出现的那个熟悉的身影。任骄阳坚信自己不会看错，他怎么会这么巧刚好出现在这里，他会不会就是老鼠？陈小强说老鼠年纪不大，会不会看错了？理论上，能跟陈强这个年纪成为好友的，不可能是二三十岁的年轻人。

再有，他应该刑期未满，怎么会这么快就出来了？难道他早就跟如来暗通了？如果是他，那么，之前和后来发生的所有事全部都能解释得通，因为不管他在不在服刑，他还有个比他神通百倍的哥哥……

想到这里，任骄阳头痛欲裂、浑身发冷。他坐在天台上连抽了两根烟后，才慢慢冷静下来，然后下楼直奔医院的安控室。他要确定那个人到底是不是他熟悉的人，以及有没有去探望过陈强。

让他始料未及的是，这个县城最大的医院，监控竟然变成了摆设。保安默许了他塞过来的两百块钱后，才说硬盘坏了好多天了，只能看实时影像。他又去了几个窗口打听有没有叫那个名字的人看病、抓药。结果让他有点失望又如释重负，也许，自己真的看错了。

3

离开医院的时候，任骄阳就感觉有人在跟踪他。他刻意停下车子，步行去了那天去过的农贸市场，然后闪进了一家卖零食的商铺。猫了好久也没发现可疑的人，他觉得自己可能真的有点神经过敏。

抽了一根烟后，他决定回唐古拉山镇，他要找到那个老鼠，刻不容缓。他坚信老鼠是如来的爪牙，一定知道他的主子在什么地方。出发后他打开手机给沈炯发了条短信，要他们休整好，继续巡山。沈炯秒回电话，说正赶来良多与他会合。

任骄阳正要说话，电话里传来梨子恒的声音："收起你的慈悲，这里没有人需要你保护，你他妈谁也保护不了！"

电话转到了旦增的手里："队长，大家都没有心思巡山了，我们要和你在一起。"

"切队长，你答应过我不逞能的。"听筒里传来许我的声音。

任骄阳沉默片刻，说道："我在回家的路上，咱们在家里会合。"

吉普车刚驶离城区，高度戒备的任骄阳就发现有辆北京 212 吉普跟在后面。这辆车在他去医院时，就停在门口的水果摊边。离开医院的时候，这辆车远远地隔着一辆货车跟了他一段，但他将车停在路边时，这辆车刚好在路口转向去往和他相反的方向。

任骄阳不相信有这么巧合的事，这辆车肯定跟在医院看到的那个人有关系。

前方不远处就是牲畜交易市场，再往前上了县道就要驶过长达五十多公里的戈壁，中间人烟稀少，只有一座加油站和一个 20 世纪就已经废弃了的炼钢厂。他曾经走过这条路，那是个大白天都会有狼出没的地方。对方心怀叵测，如果铆足劲在这条路上动手，即便做好了心理准备，也难说能全身而退。如果掉头回城，又可能会惊动对方。

他思忖再三，左转将车子拐进了牲畜交易市场。

这个露天的交易市场足有两个足球场那么大，据说是整个梨江地区最大的活畜交易市场。任骄阳上次来这里还是五年前，那是他加入野保队后第一次跟着队长程治理一起行动，追查一个贩卖活野生动物的团伙头目。

那也是他第一次见识到程治理的能量与凶狠。这个一口气可以灌下整瓶烈酒的中年男人，几乎认识这里所有的贩子，跟他们搂肩搭背，称兄道弟。就在他现在停车的地方，他在谈笑间一把从人群中揪出嫌疑人，挥起拳头直接打断了对方的鼻梁。

他记得程治理笑问站在一旁目瞪口呆的他:“哥们儿，怕了吗？”

他木然地点点头，又摇摇头。

“对付这样的畜生，就要比他们更狠！”程治理说完，又一脚踹向躺在地上的嫌疑人胸口，然后在他的身上搜出一把尖刀，扎向自己的手臂，最后举着血淋淋的刀子对着围观的人群晃了晃:“都看到啦，他要拿这把刀要我的命！”

事隔多年，物是人非。看着这熟悉而又陌生的地方，任骄阳觉得，老天跟自己开了个天大的玩笑。

那辆车并没有跟上来，停好车的空当，一辆拉牛的卡车正好挡住了任骄阳的视线。他没有熄火便从车上跳下来，穿过一群正围着牛贩子们讨价还价的牧民，绕过磅房转到了刚拐进来的路口。那辆北京吉普果然就停在路边，但车里似乎并没有人。他又凑近看了看，发现车的前挡上贴着“环境督察”的标志。马路对面的面店门口，两个穿着制服的男人正坐在那儿吃着面条。

“靠！”他一脚踢向身前的石块，有东西溅到了他的脸上，他低头一看，刚才踢的是一坨新鲜的牛粪。他抹了把脸，苦笑着摇摇头。

他坐在车里点上烟，医院门口那个熟悉的身影一直在他脑海里盘旋，他将这几天发生的事从头到尾又捋了一遍。抽完一支烟后，他终于下定决心先回家。从这儿回唐古拉山镇至少得七八个小时，快一点的话，也许天黑就能到。

任骄阳离开牲畜市场的时候，从面店里走出一个戴着棒球帽的男人，他目送任骄阳的吉普车消失在前方路口，然后抹抹嘴，掏出烟给坐在那儿吃面的两个穿制服的小哥一人上了一支，径直走向了马路对面的北京吉普。

许墨兰打电话的时候，许我正在加油站的商店里，她挥手示意旦增拿走冲好的几杯速溶奶茶，然后走到离加油站很远的地方接电话。梨子恒坐在车里一直看着她，直到她神情落寞地回来。

梨子恒下车迎了上去，将手里的奶茶递给她："出什么事了？他是不是又有什么变故？"

许我摇摇头："我妈的电话。她说要来札合木出差，顺便看看我和你。"

"Aunt 不是刚走没几天吗？说什么时候来了吗？"

"她说明天。"许我一脸迷茫，"她现在是超跑公司的 CFO，连杭州都没有他们公司的代理机构，怎么可能会跑到这里来出差？况且，我根本就没跟她说过我在青海。"

"你是不是太敏感了？她都说了来开会啊。"梨子恒见许我情绪不对，赶忙安慰道。

"那是她找的借口！"许我手里的杯子颤动着，奶茶溅到了身上。

"即便是找了个借口，来看你总是没错的，你害怕什么？"

"她特别敏感，一定是骆好跟她说了什么。她当年跟任骄阳打过交道，我专门问过他们以前的事，她对他的印象非常不好。"

梨子恒强装笑颜，安慰她："有我呢，别担心。"

许我一脸惆怅："怕是连你也要遭殃。"

"没什么的。从小到大，为了给你打掩护，我可没少挨她老人家的训。"梨子恒说完，想了想又试探道，"那你还打算见她吗？"

许我犹豫着反问："可以不去吗？你能帮我想个理由吗？"

"当然不行！"梨子恒连连摇头，"把他俩送回驻地，我就送你去札合木。"

许我摇头："这里离札合木更近，别来回折腾了，我在这儿搭个顺风车就去了。你们先回去吧，他肯定有事要跟你们商量。"

梨子恒欲言又止，踯躅片刻像是终于下定了决心，说道："那你注意安全，有什么事一定要给我打电话。"

许我用力地点点头。

看着梨子恒转身上车时那落寞的背影，许我眼眶泛红，冲着他喊道："子恒，谢谢你！"

梨子恒转过身来，龇牙一笑，然后举起拳头用力地挥了挥："妹妹，你大胆地往前走！”

许我不知道，她接到母亲电话的时候，母亲就已经回到了杭州。上次回家的时候，许墨兰就觉着女儿不对劲，但公司要开股东大会，她这个 CFO 又不得不赶回去。

任骄阳当年失踪后，她一直感觉这个狂傲的年轻人不可能甘于寂寞，终有一天还会出现在大众的视野。时隔多年后，女儿突然提起他，虽然她说为了写剧本，但她从女儿的眼里分明看到了一个只有恋爱中的女人才有的光芒。

她太熟悉这种感觉了，在她的眼里，任骄阳和年轻时自己深爱过的那个男人一样，就是个彻头彻尾的渣男。她太清楚这种男人对年轻女人的杀伤力了，一旦踏进去，注定粉身碎骨，万劫不复！

她不想让女儿重蹈覆辙，这个刚进入更年期的女人，甚至担心睚眦必报的任骄阳早就知道了她们的母女关系，为了报复她，处心积虑地欺骗女儿的感情。她不敢给女儿打电话，因为她知道不可能得到想要的答案。她找过骆好，但骆好在电话里闪烁其词，这更加深了她的怀疑。在做了一夜噩梦后，她毫不犹豫地订了回国的机票。

许墨兰从机场打车直接去了许我的公司，径直冲进徐建富的办公室。徐建富正在跟那个大导演聊许我的故事大纲，被这个突然闯进来自称许我母亲的中年妇人弄得手足无措。

大导演见来者是许母，指着茶几上那一沓稿子，盛赞许我特别努力，写的故事新奇、感人。许墨兰拿起稿子看了一会儿，面色越来越难看。徐建富见状朝导演使了个眼色，将他送出办公室后，轻轻地掩上了门。他还不知道，多年前许墨兰就见过他，那时候他还是个梦想着举起奥斯卡金像奖的小导演。

他矢口否认了许墨兰关于他派女儿冒险去体验生活，甚至怀疑他有意让许我去勾引任骄阳的指责，直到许墨兰说出他当年和任骄阳的那一段恩怨，徐建富仍然抵死不认。他说他早就忘了当年的事，更不知道许我会在旅游时碰上他。直到骆好闻讯赶到，证实了是她拖着许我去西藏旅行时意外撞见了任骄阳，情绪激动的许墨兰才慢慢平复下来。

那天晚上，这对未婚夫妇在钱塘江边最高档的中餐厅里宴请这位不速之客。许墨兰一直在默默地流泪，她说女儿心地善良，单纯得像个未成年的孩子，最怕她遇人不淑。骆好说人都会变，许母根本就不懂许我，她的个性绝不是草率之人。任骄阳更是早已浪子回头，否则也不会放弃一切去做公益。

许墨兰的态度很决绝。她说，他不是人是魔鬼，无论他怎么隐藏，那魔鬼的基因就像潜伏在身体里的病毒一样，终有一天还会爆发。

4

接到许我的短信时，归心似箭的任骄阳正在那条蜿蜒绵亘在戈壁中的公路上，以每小时 120 迈的车速飞奔。

“切队长，我想你了。”短短两行字，结尾加了一个害羞的表情符号。

任骄阳的心脏猛烈地抽搐了一下，他放慢车速，手忙脚乱地在手机上划拉出一片文字，很快又逐一删除，跟着又快速地打下了四个字，正准备发送时，陈小强的电话打了进来。

“叔叔，我阿大手机里有那个人的照片。”

“赶紧发给我。”任骄阳将车停在了路边。

“我阿大化疗还得花很多钱，您能不能再帮帮他？如果可以的话，约个地方当面成交。”

“你想要多少钱？”

电话那边犹豫了一下：“我想送阿大去西宁的大医院治疗，也许他还有救。”

“我问你要多少钱？！”

“再给十万行吗？”

任骄阳咬牙：“在哪儿见面，发个定位给我！”

“叔叔，您千万别报警啊……”

没等那边说完，任骄阳用力按断了电话，然后猛打方向盘掉头返回良多县城。

见面的地方在良多牲畜交易市场东面不远的一个农家饭店，背靠着横亘南北几乎将良多县城一分为二的旦拉马措山，饭馆往北便是一个比牲畜交易市场面积还要大的货场，来这儿吃饭的应该都是南来北往的货车司机与牛羊贩子们。

陈小强不在医院或者医院附近跟他见面，而是把位置安排在这么一个鱼龙混杂的地方，任骄阳不由得起了疑心。他开车绕着那家在丁字路口孤零零的两层楼的饭店转了一圈，只看到一辆改装过的无牌照皮卡车停在门口，除此之外，并没发现有什么可疑之处。

他看过表，这个时间早已过了饭点，再过一两个小时就该吃晚饭了，这车应该是饭店老板的，或者是几个流连酒桌不醉不归的酒客的。

他不敢有丝毫马虎，拿起手机拨通了陈小强的电话，冷声问道:“为什么要安排在这个地方？”

陈小强回道:“叔叔你别多心，我家就住在这儿附近。”

离饭店几里外的南面山脚下，有几个居民小区，确实如小卖部老板说的那样，这个位置正好是在陈强原来居住的小区往东的方向。

任骄阳稍稍松了口气，又不动声色地说道:“医院附近有银行，我可以在那里取了现金直接给你。”

那边似乎犹豫了一下才回道:“叔叔，我相信您的人品，您拿到东西看值不值，然后我再给您个账号。”

任骄阳总感觉哪里不对劲，却也没再多想。即便他心思缜密，恐怕也想不到，此时，陈小强坐在一辆货车里，一个蒙面大汉正拿着那条猩红的领带勒着他的脖子。

任骄阳将车子悄然停到了饭店后门，刚刚“踩点”的时候，他就发现东面两层的窗户全部都是开着的。万一遭遇不测，窗户便是不错的脱身通道。车子没有熄火，任骄阳刚下车，便听到背后传来一声枪响，跟着便听到玻璃爆裂的声音。

他下意识地扑倒在地，翻滚到饭店的墙脚。就在那一瞬间，他瞥见了那辆之前跟踪他的北京吉普在前方路口一闪而过，他本能地起身飞扑回到车上。

路口，一辆挂车正在费力地掉头，任骄阳毫不犹豫地猛打方向盘，车子几乎擦着挂车的车身在狭窄的路面生生转了180度。

他研究过良多的交通网络，熟悉这里的路线。这些年每去一个陌生的地方，都会事先做好功课，平常最大的爱好除了看书，就是研究地图。这个习惯救过他的命，也让他这些年无论在何时何地，接案后总是能以最快的速度赶到现场。

他原本想掉头，换一条路去追，没想到那辆停在饭店门口的皮卡车竟然跟了上来。见任骄阳掉头，皮卡车反应神速，极速倒驶了几百米后突然转向，向牲畜交易市场方向驶去。他下意识地一轰油门，跟着追了上去。突然的变故，容不得他仔细思量，但他明白，如果北京吉普里坐的是那个人，即便挂车不挡路，他也很难追到。

现在来看，这辆之前被他怀疑过又忽略掉的倒行的皮卡车，无论是不是枪手的同伙，他都不应该放过。

离良多县城约莫30公里的加油站里，许我一边等着能带她去札合木的车，一边不停地胡思乱想着。

她不知道接下来该怎么办，又不忍心再让梨子恒为自己挡枪，虽然他为了她什么都愿意去做。这几天，她有意在疏远梨子恒，是的，她知道这样对他来说是不公平的，更是一种伤害。但是，她必须要这样去做，不管是开玩笑还是认真的，关于他们之间，她已经说过太多次，但他似乎并不在意。

她知道母亲的脾气，更清楚她此行意味着什么。许墨兰女士霸道而又偏执，她只要给一个人定性了，那个人在她心目中就绝无翻盘的可能。

她好想带着任骄阳一起，雄赳赳气昂昂地告诉霸道的许墨兰女士，自己这辈子认定了这个男人。可是她真的没有勇气这样去做，即便他愿意配合自己，当他知道自己的母亲就是当年那个对他不择手段的投资人后，他还能接受自己吗？

“该来的终会来，如果逃避不了，那就果断选择去面对。”这是那个男人曾经说过的话，这么多年来，他时刻都面临着生与死的考验，而自己，不过是要面对人生中的一个小小的挑战，凭什么要畏惧和逃避呢？

“切队长，我想你了。”她给他发了短信。

她多想听到一句暖心的话，但他一直没有反应。她开始心神不宁，揣测着他到底在想什么。难道没有看见？很有可能，因为除了打电话，他几乎不会去碰手机；难道是开车不方便？或者是害羞了，不知道该怎么回？

对，谁看到这样的文字都会面红耳赤，他一定是害羞了，这个大傻瓜！想起昨夜他红着脸闪躲的眼神，她就忍不住地笑出声。这也太神奇了，传说中这哥们儿不是游蜂戏蝶、流连花丛的老手吗？应该是大灰狼啊，怎么变成一只小白兔了？

终于等到了一辆挂着札合木车牌的老旧的北京 212 吉普来加油，但司机却死活不愿捎上许我，说他老婆交代过，路上不准捎陌生人。许我承诺给他五百块钱报酬，结果从包里翻了半天才想起，自己所有的现金都给大锣的姐姐了。

她跟司机商量着，用手机帮他支付加油费。然后又殷勤地拿起油枪帮车子加油，就在那一瞬间，她看到了不远处有两辆车从公路蹿上了戈壁。她定睛一看，丢下油枪，一把拉开车门跳进去，猛踩油门，直接追了过去。

黄昏的戈壁，寂静无声，夕阳的光照将云彩和梭梭树的影子拓印在石丘上，随着风缓缓漂移。倘若再有恋人在这夕阳下牵手徜徉，这便是世间最美的风景。

来不及喝油的 212 终于耗尽最后一丝气力，趴在那里再也不愿动弹。许我抓了根钢管冲下车，脸上挂着泪水，疯了似的狂奔着、呼喊着，跌倒了爬起来，爬起来又跌倒，直到大吉普车渐渐消失在眼前。

任骄阳一直想不通，后面那辆突然出现的 212 是从什么地方出来，又是什么时候跟上自己的。他刚刚还在怀疑饭店后门那一枪是这辆车上的人在向他示警，因为那一枪根本就不像要往他身上招呼。如果真要杀他，即便判断失误，以此人的个性，肯定会冲上来补枪。

当这辆 212 再次出现的时候，他不得不放弃之前的那点幻想。再往前就是干涸了几百年的扎淩河谷，当年索南达杰就曾在这里被盗猎者绑架，之后侥幸逃脱。

任骄阳突然冷静下来，皮卡车根本就不是在逃跑。如今看来，事情应该是另外一个版本。

开枪的人当时并没有离开医院，看到他和陈小强接触后便控制了这个年轻人，随后跟踪他到牲畜交易市场，发现暴露后指使陈小强将他引回良多，并打算在那家饭店动手；但此人看见他将车停在后门，便猜到了他心怀警惕，于是开枪击碎他的车窗，吸引他开车追击;断后的皮卡车慢了半拍，应该是后来才得到他的指示，准备前后夹击。而那辆在路口掉头的挂车仅仅是一个意外。

任骄阳开始后悔自己的冲动，换成任何人，在那个时候都应该抓紧逃跑，而不是去追击。尽管如此，他仍然想不通，以对方的能力，想要杀他，根本不用这么折腾，唯一的解释就是打算绑架他。至于绑架他的目的，无论是他们之间曾经的个人恩怨，还是此人变成了如来的爪牙，哪个可能都让他不敢再往下想。

现在他要做的，就是趁着后面的车还没追上来，赶紧撤退。

对方像是察觉到他的意图，就在他打算驶过眼前的石丘从另一面撤退的时候，前方的皮卡车突然加速倒车撞了上来。吉普车刚爬上坡顶，那个位置根本就没可能避让，千钧一发之际，他推开车门跳下了车。猛烈的撞击加惯性，吉普车滚下了石丘。

皮卡车绝尘而去，那辆尾随的长城车也不见了踪影。

世界复归平静，静得能听见土壤里的虫鸣和飞鸟穿过天空的声音。任骄阳瘫坐在石丘上，给沈炯打了个电话，最后看了眼四轮朝天、已经变形的爱车，长啸一声，在落日的余晖下朝着来时的方向落寞而去。

5

不知道过了多久，许我好像听到了有人在呼唤她，那沉厚的声调听起来像笙发出的音。

她迷迷糊糊地睁开眼，蒙眬中看到了一张熟悉的脸。

“切队长，”她埋下头，眼泪如决堤的洪水，“我不是在做梦吧？”

“傻瓜！”他用下颌抵住她的额头，“你怎么会在这里？”

“因为我知道你在这里。”她调皮地探起头说道，“你相信天意了吗？你还能跑得了吗？”

“跑不了了！”他笑着点点头，“我的车子开不了了。”

她跟着笑道：“我也跑不了了，我的车子没油了。”

他看了眼远处那辆抛锚的敞篷版212吉普，忍不住笑出了声，她说得没错，这就是天意。许我再次救了他，他错将许我当作了那个枪手；而皮卡车上的人肯定也看到了许我的车，并认定是他的帮手，否则，他们绝不会在撞击自己的车后，急匆匆地离开。

他刚刚是先发现抛锚的212，然后看见了车里许我的包，才转回来发现了躺在地上的许我。

许我看着他傻傻地笑着，问道：“到底发生了什么？”

“不管发生了什么，都过去了不是吗？”他摸了摸她的头，起身抱起她。

“嗯！”她缠着他的脖子，呵气如兰，“切队长，我想和你待在这里，哪儿也不想去。”

“傻瓜，这里有狼。天一黑，全都出来了。”他抱着她向车子走去。

她眼神迷离：“我不怕，切队长就是狼，头狼！”

天慢慢地黑了下来，她已经从他的怀里爬到了背上。

他说：“你可真重啊，想累死我吗？”

她咯咯地笑着：“切队长，等到我老得走不动的那一天，你还愿意背着我吗？”

他吸溜着鼻子：“你都老了，我还能背得动吗？”

“是哦，等你变成糟老头子的时候，我才徐娘半老。”她说着，伸手探入他的怀里，抚摸着他结实的胸膛。

他扭着身子，气喘如牛。

她咬着他的耳垂：“切队长，我想给你生小狼崽，一窝一窝的狼崽。”

他站住，她从他背上跳下来，靠在车门上。他的喉结滚动着，眼里似有火焰在升腾；她扬起下巴咬着嘴唇，媚眼如丝。他扑上去双手捧起她的脸，她像八爪鱼一样紧紧地缠绕着他的身体。

夜幕降临，万物沉寂，只有喘息的声音。他们翻滚着、撕咬着、呜咽着，像两头饥饿的野兽，疯狂地想要将对方吞食。

“切队长。”她揪着他头发的手突然变得僵硬。

他浑然不觉，执着地一路向下探索。

“切队长！”她惊叫着，用力推开了他。

他抬起头，看见了她惊恐的脸。

“狼！”

扫码收听精彩音频

他猛然转过头去，一头狼赫然站在眼前。兴许是被任骄阳猛然转身吓到，狼下意识地往后退了一步，伏在地上低吼着，尖利的獠牙在夜色中白森森的，泛出幽冷的光。

“别紧张，听我的指令。”任骄阳一边说着，一边悄然从裤腿里拔出匕首，然后反手轻轻地扣住车门把手。

狼似乎意识到了什么，突然起身往前跑了几步，然后压低前肢，作势欲扑。

“上车！”任骄阳猛地一拉车门，将许我推进了车里。

就在他推上门的那一瞬间，狼张口血盆大口纵身一跃，任骄阳闪身挥臂，匕首堪堪划过狼背。狼撞到车身后落地一个翻滚，转身又扑了上来，任骄阳抬腿便踢，那狼正在空中，脖子一拧，躲避的同时，张嘴咬向他的小腿，任骄阳一个闪身，跟着挥动匕首刺向狼头。

狼被刺中后吃痛，往后退了几步，但它很快发现任骄阳一个趔趄摔倒在地，嚎叫一声准备卷土重来。

“嘀，嘀嘀，嘀嘀嘀——”车里的许我从后座扑向方向盘，拼命地按着喇叭。

那狼听到这突如其来的叫声后，蹿起身体，迅速后撤。任骄阳瞅准机会，翻身而起拉开了车门。谁也没想到，本已逃开的狼，很快就回过神来，稍做调整便更加迅猛地飞扑而来。任骄阳的反应已经够快了，但还是让它伸进了一只爪子。这只狼不仅力气惊人，而且十分冷静，另一只爪子跟着伸进来往外扒着车门。

任骄阳双手紧紧地抓着车内的门把手，奋力地用脚猛踹狼爪。

“快，拿我的匕首扎它！”任骄阳对着吓得手足无措的许我叫道。

许我拿起匕首，刚要去捅狼爪，狼像似听懂了任骄阳的话，突然松开爪子。车门关上的那一刻，许我脚下一软，瘫倒在车座上。

“切队长，你受伤了没有？”许我问道。

任骄阳听而不闻，坐在那里一动不一动。许我转头看向窗外，月光下，有十多只狼正向这边飞奔而来！

“一共十五只狼，刚才那只是头狼。”任骄阳仔细观察后得出结论，说完，将车子通上电，打开了车灯。

受惊的头狼突然从车窗下蹿出来往回跑了几步，本已逼近车子的狼群下意识地跟着集体后退。但它们并没有要撤退的意思，头狼似乎在稳定军心，并且重新部署了战术，不一会儿，狼群开始散开，避开灯光，呈U形远远地将车子包围。

目睹了这一切的许我瞠目结舌:“难道它们还会攻击车子？”

任骄阳点点头:“如果发现我们走不了，一定会。”

许我倒抽一口凉气，跟着说道:“我听说狼都怕火和铁器的敲击声。”

“它们早就进化了，只能吓唬一次。”任骄阳摇头，解释道，“这是沙漠狼。你看它们的体形，比草原狼小很多，就是因为在沙漠和戈壁严酷的环境下，需要忍受长期的饥饿和干渴。所以，面对食物，它们特别有耐心，不仅比其他同类聪明，也更凶悍和残暴。”

“那我们怎么办？报警吧？”

“沈炯他们很快就会到。他和旦增都有经验，车子可以驱赶它们。现在要做的就是，老老实实地待在车里，不要慌。”

“切队长，抱着我。”许我的声音有些颤抖。

他从驾驶室跨向后座，一只手轻轻地搂住她，另一只手紧紧地抓着匕首。

许我盯着帆布车身，又张开五指用力地挠了挠。

任骄阳转动着身体，笑道:“放心好了，它们先吃我。我这身材，够他们吃一顿还能兜着走。”

她用力地掐了把他的后背:“我这么水灵，它们肯定先吃嫩的。”

他扑哧一声笑出来。

夜色越来越深，窗外那一片绿莹莹的眼睛在月色中渐渐黯淡。靠在他宽厚的肩膀上，她已经感觉不到害怕，但心情无比沉重。许墨兰刚刚给她发了一条信息，说她明天一早就会赶到札合木。

“切队长，如果有一天我突然失踪了，你会不顾一切地去找我吗？”

他一愣，笑着说:“你是说被狼吃进肚子里吗？”

“我不知道。”她摇摇头，然后从口袋里摸出一个叠成心形的信笺，娇羞得像个穿着校服的中学生，“不准看哦，想我的时候才可以看。”

“嗯！”他点头，“我也有个奇幻的故事要讲给你听，关于我们的前世和今生。”

14

Chapter

坠 跌

“看来你是不见黄河不死心！”

许墨兰说着，拿起一只U盘插入桌子上的手提电脑，然后掉转方向，将电脑屏幕对着任骄阳。

“你希望她看到这个吗？你能想象到她看到这个会有多绝望吗？”许墨兰坐在椅子上，阴云密布的脸上交织着轻蔑与悲愤。

任骄阳的眼睛从屏幕转到许墨兰的脸上，嘴唇哆嗦着：“给我留一点尊严。”

1

比沈炯更早赶到的是一车警察，报警的是北京吉普的主人。他费了很大力气，又拉着加油站的工人证明，才说服了警察相信一个衣着光鲜的年轻姑娘抢走了他的车子。

警车转了几圈试图驱散狼群，但狼们并不甘心放弃自己死守了几个小时的食物，直到一个警察拔枪射杀，它们才仓皇而去。

到了派出所，事情很快就交代清楚了，许我也跟被她“劫”了车的司机达成谅解。但警察坚持需要担保才肯放人，尽管他们知道野保队甚至听说过切诺基。任骄阳无奈之下只得给扎西打电话，一直折腾到天亮，当班的警察接到县局领导的电话，才签字放人。

刚走到门口，任骄阳就碰到一个熟人。此人叫周龙，原在良多县刑警大队，不久前刚被调到现在的派出所担任副所长，因为一桩命案，一大早赶到派出所来部署工作。两个人寒暄了几句，任骄阳突然问起命案的事，周龙说昨天半夜有人在货场里发现了一具尸体，好像还是个刚结婚的年轻人。

任骄阳心里“咯噔”一下，他不敢问太多，出了派出所便要求沈炯带大家先回驻地，在唐古拉山镇找一个叫老鼠的人，自己要在良多办点事。

许我急了：“我不放心你一个人去，我可以回去，你让他们跟着你！”

任骄阳说：“现在不是打仗，我们必须分开行动。”

沈炯跟着问道：“老鼠是不是如来的人？跟你昨天下午追击的人是不是有关系？”

任骄阳犹豫片刻，看了眼许我，说道：“我已经找到了绑架她的人，老鼠是他的同党，找到他就能找到他的幕后老板如来！”

沈炯说：“除了这个绰号外，还有没有更详细的信息？”

任骄阳摇头。

许我赶紧说道：“那个老鼠我见过，跟上次在蓝河子绑架我的其中一个人长得非常像。我跟骆好在梨江拦你车的那次，他就开着你前面的那辆车！”

“你为什么不早点告诉我？”任骄阳吼道。

许我吓得一激灵，正要解释，便听梨子恒说道：“你跟她吼什么？是我不让她说的！”

沈炯拍了拍梨子恒的肩膀，然后对任骄阳说道：“蓝河子那个绑匪已经被扎西抓了，如果真是许小姐说的那样，这可能就是兄弟俩，让扎西再去审一下绑匪，应该很快就能查清楚老鼠的下落。”

梨子恒避开任骄阳的目光，低声说道：“我已经跟扎西讲过了。”

任骄阳一愣，脸上青一阵白一阵，过了好久才沉声说道：“打听到老鼠的住处，马上向我汇报。还有，我还是你们的队长，有什么事我希望你们能先跟我商量，不要自作主张。”

“切队长，你是不是觉得大家都赖上你了，还是欠你的？”许我突然发飙，“你独来独往，想干什么就干什么，还要大家时刻看着你的脸色，为什么就不检讨一下自己？”

任骄阳看着她，终究还是选择了沉默，转身离去。

许我一跺脚，气得蹲在地上，眼圈都红了。

梨子恒走近她，柔声说道：“我送你去见 Aunt 吧。”

许我把头埋进臂弯，身子微微颤抖，半晌才抬起头，冲着梨子恒说：“先回驻地，我们一起帮他找到那个人。”

任骄阳驾着租来的车赶到良多医院准备去找陈强，一进医院就发现门口停了两辆警车，住院部楼下还拉了警戒线。他连忙向保安打听，保安说昨晚有个癌症病人跳楼自杀，听说他儿子昨天被人杀了。

任骄阳一瞬间浑身发凉。很明显，死的是陈家父子，而这一切都指向了开车跟踪他的枪手——五年前被他亲手送进监狱的前野保队长程治理。

他没有再进医院，掉头直奔札合木。面对如此强大而又凶残的对手，他知道如果还想亲手抓到如来，就只能求助在札合木办案的扎西。

程治理是扎西顶头上司程治安副局长的堂弟，程副局长在如来那笔交易最关键的时期，缴了野保队的武器，现在又跳出来取代扎西领导刑侦队。这一切，让任骄阳不得不怀疑是他处心积虑早就规划好的。他不敢有丝毫懈怠，必须要当面跟扎西讲清楚。

他不知道这算不算押注，但他坚信疾恶如仇的扎西一定会坚定地和自己并肩作战。

快到札合木的时候，任骄阳打电话约扎西见面。扎西大声说省厅专案组有纪律，他哪里都不能去，让他有事去找程治安。扎西的冷漠让任骄阳有点意外，也许他在逃避，也许真像他所说的那样。他担心扎西的电话可能也被专案组监控了，没敢再说什么，他相信扎西一定还会找他。

刚挂了电话，梨子恒的电话就来了。他说许我的母亲从法国回来，已经到了札合木，他想请假带上她去见她妈妈。梨子恒说这些的时候，有点吞吞吐吐，似乎有什么难言之隐。

任骄阳问他:“需要我做点什么吗？”

“我希望你从现在起，永远不要再伤害她！”梨子恒说完，又补充了一句，“别跟她提这事，你就装作什么都不知道。”

挂了电话，任骄阳突然想起昨天晚上许我那句莫名其妙的话，便将车停到路边，拿起手机准备给许我打电话。但他输入电话号码后还是犹豫了下，将手机切换到了信息界面，然后发现昨天那条编辑好还未发出的短信，他点了发送，跟着又发了条短信:“对不起，我不该对你发火。”

任骄阳发短信时，许我正一个人坐在公路边和母亲通电话。梨子恒站在她身边，一脸的忧伤和焦虑。旦增从车窗里探出脑袋怯怯地看着他们，沈炯靠在车门上一支一支地抽着烟。

许我跟母亲在电话里吵了起来，她说自己正跟梨子恒在离札合木一千公里外的地方，可能没有办法去见她。许墨兰怒问女儿什么时候学会了撒谎，并且坚持要见到女儿才会离开。

梨子恒拿过手机想帮许我说几句话，但许墨兰撂下一句“有什么话，见了面再说”，就挂了电话。

“我陪你一起去吧。”梨子恒看了眼许我手机屏幕上跳出的信息“我也想你”，轻声说道，“作为一个旁观者，我说话也许更有分量。”

“嗯。”许我失魂落魄地点点头。

梨子恒宽慰她：“Aunt 是个通情达理的人，她只是因为太爱你才会这样。我相信，她一定不会让你在她和你爱的人之间二选一。”

她看了眼任骄阳发来的短信，又抬头看看梨子恒，泪水在眼眶里打转。

2

任骄阳赶到了中浩大酒店，这是札合木唯一的五星级宾馆。凭着直觉，他判断许母很可能会住在这里。他在酒店的品牌服装店买了套衣服，开了一个打开窗户就能看见酒店大门的房间，然后洗了个澡，刮了胡子，换上新买的衣服，下楼坐到了酒店大厅的沙发上。

几个服务生搬了一块巨大的水牌，放到他面前不远的地方。他抬头看了一眼，“新思维新发展”六个醒目的大字下面写着“普济速运集团 2019 年度半年工作总结大会暨物流创新研讨会”，再下面密密麻麻地写了数十家物流公司的名字。

这个“普济集团”的老板就是那个热心公益的韩少辉，虽然他一直就不怎么待见这位，但他昏迷时韩少辉来医院看过他，既然碰见了，总得去跟人打个招呼。就在他起身去找韩少辉时，突然听到有个女士大声地用英文讲着电话。这声音似曾相识，他好奇地看过去，说话的女士在健身房门口正好回头看了眼跟她打招呼的服务生。

“许墨兰！”任骄阳低声惊呼。他太熟悉这张脸了，虽然过去了这么多年，当年这位颐指气使的投资公司高管的形象却几乎没有变化。为了证实自己的判断，他去前台打听，前台查了一下，问他要找的是不是法国来的许墨兰女士。

任骄阳呆坐在沙发上，半天没缓过神来。毫无疑问，这个许墨兰女士就是许我的母亲。接下来要怎么办？他突然变得茫然无措。决定来这儿，他是想好了要直面许母的。但他做梦都没想到，这世间会有这么多巧合。

八年前，刚刚进驻“狩猎者”公司审计才三天的许墨兰，召集公司股东和高管开会。她报出一串数据后，直言不讳，指责公司财务混乱，贪腐成风，斥责几个合伙人将公司资产当作了个人的小金库，肆无忌惮地强取豪夺。宿醉未醒的“狩猎者”公司CEO任骄阳深感颜面尽失，面对下属拍案而起，大骂许墨兰管得太宽，然后拂袖而去。

次日，酒醒后的任骄阳再次召集高管开会，当众向她赔礼道歉。孰料许墨兰根本不领情，又当场痛斥他是公司的毒瘤，压根儿就没资格担任CEO。随后，许墨兰便公然鼓动另外两个合伙人逼迫任骄阳签对赌协议。

就在首批投资资金注入那天，两个人爆发了最大一次冲突，公司重组后的CEO任骄阳在董事会上直接要求撤换新任董事许墨兰，虽然最终并未得逞，但两个人已然水火不容。

“世道多轮回，苍天饶过谁？”这一天终于来了。他起身去大堂吧台要了一瓶啤酒，何去何从，他需要静下来好好思量。

快到酒店时，许我叫梨子恒将车子停在路边，她打开多年前从骆好那里买来的化妆盒，对着镜子描了几下眉，又拿出粉饼拍打着面颊，努力地想要掩盖那张苍白憔悴的脸。

梨子恒坐在那里静静地看着，过了好久，忍不住说道：“我跟他说了Aunt要来。”

许我闻言一愣，赶紧问道：“你不会跟他说了我妈是谁了吧？”

梨子恒摇头：“如果我告诉他，我相信他不会逃避。我什么都没跟他说，他连Aunt住哪里都不知道。”

“答应我，不要告诉他。”许我如释重负，“我希望他来，我更希望他不要来。”

梨子恒看着她：“这一天，你迟早要面对的。”

许我点头：“我知道，但还没到时候。”

到了酒店门口，梨子恒又关切道：“千万要沉住气，千万不要自乱阵脚，好好说话。”

“嗯！”许我故作轻松地笑了笑，“梨公子，我有斗争经验，你要相信我的胆魄与智慧。”

没有想象中的暴风骤雨，更没有横眉冷对。许墨兰一袭棉麻长裙，披着长发，邻家姐姐般满面笑容。阳光穿过微微拂动的粉白色窗纱，在灰色的羊毛地毯上洒下点点光斑。套房客厅巨大的茶几上摆着时令水果和精致的小点心，还有半瓶红酒。

有那么一瞬间，许我恍惚觉得自己是在跟母亲一起度假。

大学毕业那年，她第一次去法国，在塞纳河畔的城堡酒店，也是这样的一个阳光明媚的正午，母亲给她倒了一杯 Hennessy Prive，那是她第一次喝酒。母亲说：“女人最好的生活态度，就是努力活得最精致。我希望你能从今天开始，不要像我年轻时那样狼狈，不被生活伤害，不受感情困扰。”

那一年，母亲给了她两个选择，去巴黎第三大学攻读文学硕士或者去她所在公司的亚太区入职。她选择了远离母亲，去香港当了一名实习生，结果不到一个月就提出离职。许墨兰女士颜面尽失，许我却淡定地回到了杭州。她从来没告诉过母亲，她的那个外籍上司，从她进入公司的第一天就开始骚扰她。

梨子恒和许墨兰寒暄了几句，便提出去餐厅订餐，离开了房间。这是在路上和许我商量好了的。他终究是个外人，有些话题，他不便参与。

看着梨子恒的背影消失在门口，许墨兰轻叹一声，似在自言自语：“多好的孩子啊。”

说罢她转过头来，倒了半杯红酒递给女儿，继续说道：“我听子恒妈妈的意思，他是为了你才回来的。”

“你们都不了解他。”许我低着头，“他从来不会委屈自己，更不会被世俗所困。”

“我在左岸看上了一个小咖啡馆，推开窗户就能看见塞纳河。老板是巴基斯坦人，答应我随时可以接手。”说完她抓住女儿的手，言辞恳切，“跟我去法国吧，跟妈妈在一起。”

许我抬头看着母亲，手掌慢慢地从她手心抽离。

她松开手，端起酒杯轻轻地摇晃着，眼里满是憧憬：“等我退休了，就去帮您煮咖啡，做杭州的绿茶饼和荷花酥，对了，还有小笼包和葱包烩。一定可以卖得很好。”

许我端起酒杯喝了半口：“看起来，您今天的心情还不错。既然我知道了您为何而来，不如先换个话题，聊点别的。”

许墨兰闭眼轻喟，阳光照在她的脸上，暗灰色的眼圈和眼角的皱纹清晰可见。女儿真的变了，变得冷静而锐利，她一定是做好了充分的准备，要跟自己谈一场交易。每个人都有软肋，许墨兰的软肋就是女儿。即便她表面再强大，不惧和任何人斗智斗勇，可她最怕的，就是有一天要面对女儿在她和另一个人之间做出抉择。

她知道女儿想要跟她聊什么，她知道这一天终将到来。

3

从酒店出来，任骄阳去了附近一家牛排馆。扎西几年前就告诉过他，这家的炭烤牛排是他吃过的最好吃的牛排，一口下去，能忘却所有的烦恼。他不相信扎西说的，因为他曾经在一年里，几乎每天都会吃一份神户牛排，但他从来就没感受到过快乐。

他坐在靠窗的位置，点了一份最贵的菲力牛排和一盘果蔬沙拉。对面并排坐着一对小情侣，显然已经来了很久。男生低头玩着手机，女生耐心地将最后的一点牛排切成两片，举起一片送到男生的嘴边，又迅速塞进了自己的嘴里。女生“咯咯咯”地笑着，青春的笑容，如同沙拉里的圣女果般娇艳。

他被这笑容感染，嘴角抽动着，眼里一片模糊。沙拉酱甜得发齁，他努力吃了半盘后便再无食欲，在牛排上来之前，他关了手机离开了餐馆。

今天是他三十五周岁的生日，他和许我的星座一样。他记得，当年公司那个年轻的海归客服总监曾经告诉他，八月是狮子座最幸运吉祥的月份。今天是八月的第一天，却是他人生的至暗时刻。

几个小时前，他敲开了许墨兰女士的总统套房。许是过去了太久，或是他的变化太大，许墨兰将他挡在门口，半天没有反应过来。

“我是任骄阳。”他自报家门。

许墨兰怔住。这个叱咤商场二十多年的女强人，脸上明显闪过一丝慌乱。她探头看向他身后长长的酒店走廊，强自镇定地问道:“你为什么会在这里？”

任骄阳淡定自若地看着她，眼里布满了血丝:“她不知道我会来。给我一点时间，我想跟您聊聊。”

当许墨兰回过神来，一如当年般气宇轩昂。她抻了抻衣领，坐到椅子上，凌厉的眼神闪耀着洞悉一切的光芒。

“我想跟您汇报这些年的经历。”他站在这个威严的妇人面前，轻轻颔首，然后坐到了办公桌前的沙发上。

“没有这个必要！”她毫不客气地抬手打断他。

任骄阳看着她:“我不是来跟您吵架的，我只想……”

“没有任何意义！”她再次打断他，“从今天起，一切都结束了！”

“这样对我和对她，都是不公平的。”他挣扎着，想争取说话的机会。

许墨兰没来由地干笑几声，指着一侧巨大的穿衣镜:“你该去照照自己，再来跟我谈公平。”

他坐在那里不为所动:“如果当年我们能好好说话，放下彼此的傲慢与偏见，也许，这世界就是另一番模样。”

许墨兰又一次打断他:“我可以忘掉你年少时的轻狂，但绝不能容忍你欺骗我的女儿！”

“我没有。”任骄阳摇头苦笑着，“您太敏感了，我没有那么可怕 。”

“我永远不会原谅一个登徒子，哪怕他以为自己已经脱胎换骨，在我眼里，仍是一副烂臭的皮囊！”许墨兰看着他，鄙夷的目光像刀子般直插他的心脏。

任骄阳的身体微微颤动着，他不想就这么被打败，他从来都不知道什么叫落荒而逃。但此刻，他像一头被剥皮抽筋的丧家犬，满怀屈辱却又无力抗争。

“你不必摆出这种姿态，我不会有哪怕一丝怜悯。”许墨兰说着，拿出两张照片，一手一张亮给他看，“这两个人你不陌生吧？”

任骄阳定睛一看，一张是当年谣传被他睡过的公司客服姚娜的工作照，当年的谣言源自李强在公司团建时无意中的一句玩笑。后来她老公来公司敲诈，被任骄阳打断了一根肋骨。另一张是一个男人戴着棒球帽挥动着高尔夫球杆的生活照，正是他当年的合伙人杨淳。他是李强的表哥，当年创业时，在任骄阳的说服下，卖掉了义乌小商品市场里的两个档口。

“我不明白您想要表达什么？”任骄阳有点诧异地说道，“我和姚娜根本就是清白的，否则，警察也不会放过我。杨淳和我的关系，您当年应该也能看得到，我们最多只会在工作上有分歧;即便他与李强联手逼迫我接受你们的投资并购方案，我也从来没有恨过他。”

“你害得他们家破人亡还不够吗？姚娜因为你的轻薄与鲁莽，净身出户后患上严重的忧郁症；杨淳的新婚妻子在你不辞而别后，独自旅行时遇难。”

任骄阳目瞪口呆，愣了好久才说道:“杨淳的事我根本就不知道，我想，即便这件事受我影响，也不该由我来负责。姚娜的事我很遗憾，我可能处理不当，但当年因此事我和公司都付出了巨大代价。”

“看来你是不见黄河不死心！”

许墨兰说着，拿起一只U盘插入桌子上的手提电脑，然后掉转方向，将电脑屏幕对着任骄阳。

“你希望她看到这个吗？你能想象到她看到这个会有多绝望吗？”许墨兰坐在椅子上，阴云密布的脸上交织着轻蔑与悲愤。

任骄阳的眼睛从屏幕转到许墨兰的脸上，嘴唇哆嗦着:“给我留一点尊严。”

“既然如此，”许墨兰站起来双手撑着桌子，身体前倾，死死地盯着任骄阳，一字一顿地说道，“那就请你远离我的女儿！”

“伯母——”

“Get out of my face！（从我眼前消失！）”

许我直言不讳地问母亲:“妈妈，您有情人吗？”

“有！”许墨兰不假思索地回答道，“他叫Erik，一个法国贵族。”

许我瞪大眼，母亲的反应，她显然有点始料未及。十年前，她就听闻母亲有一个关系暧昧的蓝颜知己，只是她从来没见过。她认定了母亲不会承认，没想过她回答得如此干脆。

“您没想过嫁给他吗？”

“我曾经努力过，但他是一个坚定的不婚主义者。”

“您迷恋他的是什么？”

“灵与肉。”许墨兰毫不讳言，“他是我的精神导师，像公主一样宠着我，包容我的一切。”

“我听说他的年龄跟外公一般大，您了解他的过去吗？”

“当然！”

“是道听途说，还是……”

“他的初恋是他大学同学，在他服兵役的第二年车祸离世。他退役后去了她的家乡贝尔斯小镇，当了三十年交通警察。你高一那年，我去阿尔卑斯山旅游回来途经贝尔斯时车子抛锚，因为要赶飞机，他开着警车连夜将我送到了马赛。此后多年，我们一直用最古老的方式书信往来，直到我旅居法国才又见面。他为了我，脱下警服回到了巴黎。”

“因为他，您才去的法国？”许我沉浸在母亲的故事中，过了好久才幽然问道。

“对的。”许墨兰意犹未尽，似乎沉浸在回忆里，“感谢上天，让我碰见了他。”

“因为偶像Alain Delon，您从小向往法国;因为去那里旅游，您遇到了真爱。”许我停顿片刻，“妈妈，如果我和您一样幸运，您会祝福我的，对吧？”

许墨兰仰头靠在沙发上，显然，她并没有想好该如何回答。

许我抓紧时机继续说道:“也许我比您更幸运，他是我的真爱，也是我的偶像。”

许墨兰沉寂许久，才看向女儿:“不是每个人都有我这般幸运。如果爱错了人，对一个女人来说，也许要用一辈子去抚慰伤口。”

许我起身坐到母亲身边:“你看到的是过去的他，我见到的是现在的他。”

“你看中了他什么？”许墨兰情绪开始变得激动，“出身、学历、职业、品格，他哪一点能与你般配？”

“您在乎的是门当户对，而我需要的是可以指引人生的航标，他就是那束灯光，照着我的航向，照进了我的心底。”许我说完平复了一下激动的心情，接着说道，“您也看到了，他偷偷地给他的兄弟们买了信托。您肯定也知道，他现在在做着怎样的一份工作。我不敢妄称他有多么伟大，但他至少是一个纯粹的人！”

屋里突然安静下来。许墨兰转动着手里的酒杯，过了好一会儿起身走向窗边，坐到飘窗上，仰起脖子缓缓地喝干了杯中酒。

“我有个故事要讲给你听。”她望着窗外，缓缓开口。

窗外，风云突变，雷声隐隐。刚刚还艳阳高照的天空，瞬间被一块巨大的黑色幕布掩盖。

男生跟女生是高中同学。男生家境贫寒，是学校的足球队长，作文期刊上的常客，还拿过中学生心算比赛头奖；女生出身书香门第，是公认的校花加学霸。高二那年，男生给女生写了第一封情书，两个情窦初开的少年便坠入爱河。一年后，女生以优异的成绩考取中央财政金融学院（今中央财经大学），而男生发挥失常，勉强考上了一所体育专科学校。

心高气傲的男生从此一蹶不振。女生大一暑假去找男生，发誓此生要与他不离不弃。一年后，男生退学，女生将自己积攒的五千块生活费交给男生创业。女生考上研究生的那年，男生已经成了百万富翁。那年暑假，男生醉酒后，在自己的“皇冠”车里强行夺走了女生的第一次。直到两个月后，女生发现自己怀孕，去找他时才发现，他因为走私被抓了。

许我深吸一口气，身体微微颤抖，她打断母亲:“这难道是女生为人母后，一直在女儿面前难以启齿的理由吗？”

“不仅如此！”许墨兰手里的酒杯微微地抖动着，“他就是个衣冠禽兽！早就瞒着女生，和自己老板的女儿订了婚，还搞大了酒吧服务员的肚子。若不是老板的女儿恨极反目，也许到现在他还逍遥法外！”

“他还活着吗？”许我的声音有些颤抖。

许墨兰摇摇头，“在狱中自杀了。”

4

返回唐古拉山镇的路上，任骄阳的脑海里一直萦绕着许墨兰电脑里的那段视频。那是他当年和两个合伙人一起去广州参加网游高峰论坛时，晚上在隔壁城市的夜总会被人偷拍的。也就是说，他根本就不知道这段视频的存在。

巨大的包房里，任骄阳叼着雪茄，醉眼蒙眬地瘫倒在沙发上，一个东欧面孔的金发女郎靠在他怀里，不时地呷一口酒，然后嘴对嘴送入他的口中。大理石茶几上杯盘狼藉，摆满了各色洋酒和散落的钞票，七八个身着比基尼的姑娘在暧昧的灯光下卖命地摇臀抖乳。

镜头外有人大喊："任教主，来一个！"

他晃晃悠悠地起身，在一片口哨和尖叫声中脱掉衬衣，双手抓起钞票，迈着探戈的步伐，摇头晃脑地滑进舞池。姑娘们尖叫着涌向他，他左拥右抱着，将手中的钞票拼命地塞入她们的两乳之间……

"你希望她看到这个吗？你能想象到她会有多绝望吗？"

"我永远不会原谅一个登徒子，哪怕他以为自己已经脱胎换骨，在我眼里，仍是一副烂臭的皮囊！"

许墨兰的话言犹在耳。她打开了潘多拉的盒子，残忍地撕开了他已经愈合的伤口，碾碎了他最后的自尊，那些本已尘封的往事，如黑白电影胶片般在他的脑海里交替闪现。他茫然无措地驾着车，嘴角溢出血丝，眼里滚动着屈辱的泪水。

来青海的很长一段时间里，他都在竭力地想要忘记过去的自己，忘却那些荒唐的时光。他换了电话号码，注销了游戏、博客、微博、邮箱和所有网络社交账号，几乎抹掉了互联网上所有"任我行"的痕迹；他再也没回过杭州，甚至父母的忌日，都只在心里祭奠。

如若不是许我的突然出现，他几乎已经忘了自己的名字。他曾决心在脚下的这片土地终老，甚至想在大格勒的那个小院里培育几棵来自南方的金桂，盼望着在这个世界没有杀戮的日子里，青灯古卷，煮一壶桂花酒，坐看日出月落，静待岁月流逝。

可老天跟他开了个天大的玩笑。他以为自己早已无欲无求，心如止水，但许我的出现点燃了他心底的灰烬。他们在高速上第一次相遇的时候，令他惊慌失措的不是当年那个不谙世事、投怀送抱的姑娘，而是她身后戴着眼镜，长发在风中凌乱的许我。

是的，他早就认识她。可能说出来没人会相信，那身影一直在他脑海里挥之不去。他认识她很多年，从认识她的那一天起，只要他愿意，每天都能见着她。只是她不知道，骆好不知道，许墨兰不知道，德吉也不知道，他当年的合伙人更不知道。这个世界，只要他任骄阳不说，就永远没人知道！

他一度以为，高速上那电光石火的匆匆一瞥，不过是跨越时空的一次偶遇，是梦境混入现实永远不会重现的幻觉。直到她再一次出现在他面前，像一只受惊的小母兽，怯怯的，千伶百俐。

他还记得，在阿尔顿曲克草原边上的那片胡杨林里，她就睡在他身后的帐篷里，他甚至能听见她的呼吸声。那一刻，他抑制不住地开始想家，甚至在那天凌晨梦见和她回到杭州，回到他出生的茅家埠，买了一座小屋，租了一整片茶园。

如今，许墨兰击碎了他所有的憧憬与梦想。

他哆嗦着打开在戈壁上许我送她的那个心形信笺，那娟秀的文字像一根根钉子般地扎进了他的心脏。

我曾无数次仰望天空

梦想着你身披金甲，脚踏祥云，棒指西关

许我繁星 ，许我骄阳

许我一世情长……

天说变就变，彤云密布，风卷尘沙。任骄阳在恍惚中偏离了路线，吉普在杳无人烟的荒郊野外撞上了路旁的隔离墩。他整个人瘫倒在座椅上，腹部的伤口剧烈地疼痛，额头上渗出豆大的汗珠。

车子抛锚了，他下了车。风声猎猎，大雨倾盆，他站在风雨中椎心泣血，仰天长啸。一切刚刚开始，就已经结束了。

佛说:“爱别离,怨憎会,撒手西归,全无是类。不过是满眼空花,一片虚幻。”

许我抱臂窗前,泪水悄悄滑过她的脸颊,整个城市笼罩在一片雨雾之中。她终于明白了为什么一提到父亲,母亲的情绪就会失控,更明白了她为什么对任骄阳那么反感,她一定是将这两个男人视作一丘之貉了。

直到梨子恒敲门进来,她才偷偷地擦干泪水,稍稍平复了一下激荡的心情。

“我一直以为札合木不会下雨。”许墨兰已经恢复了惯常的模样,看了一眼窗边的女儿,若无其事地对梨子恒说道,“子恒,让餐厅送餐吧。”

从进门的那一刻起,梨子恒就嗅出了令人窒息的味道。这是一场很难妥协的战争,他不知道接下来自己该扮演何种角色,只得寻找一些无关的话题,试图活跃气氛,转移许我的注意力。但回应他的,只有许墨兰。

午餐都是许我爱吃的素食和甜点,她却食不知味,吃了几口母亲给她夹的菜后,便起身走向卧室。她瞥见了办公桌上被手提电脑压住一半的男人的照片,愣了愣,柔声说道:“我累了,想睡一会儿。”

“子恒,跟我说实话,他们发展到哪一步了?”目送女儿走进卧室,许墨兰问道。

“我们每天都在一起。”梨子恒明白了她的意思,答非所问。

“你真的就只愿做一个旁观者吗?”

“Aunt,她是我最好的朋友,我是她最信任的兄弟。我当然不能坐壁上观,谁敢欺负她,我第一个就不答应!”

“子恒,你真是个好孩子。阿姨知道你的意思,可是,从小到大我们都看在眼里,你为什么要放弃呢?”许墨兰话里透着怜爱、感激,还有难以名状的不甘心。

“她遇到了比我更好的,这就叫优胜劣汰。感情、职场、学术,乃至人生,莫不如是。”

许墨兰努力地平抑着内心的波澜:“她太单纯了,你这么宠着她,只会害了她。”

“您错了,她只是单纯,但并不傻。她头脑清醒,是非善恶,她比谁都看得清楚。”

“你跟任骄阳接触多久了？对他有多了解？”许墨兰不依不饶。

“He's Rambo，never die！”梨子恒停顿了一会儿，接着说道，“他的勇气和担当，他的信仰与执着，也许会影响我的一生。”

许墨兰手撑额头，垂首沉思。

梨子恒试探着：“让她自己选择吧，哪怕给她一次试错的机会呢。”

“子恒，”许墨兰抬起头来，已然泪流满面，“我没办法接受你的建议，你可能永远都无法理解一个母亲的无助与恐惧。我太失败了，不知道该怎么引导她。”

梨子恒的眼里跟着泛起一片薄雾，唏嘘良久才问道：“您是打算要绑走她吗？”

许墨兰坚定地点点头，“我宁愿她恨我一辈子，也绝不让她重蹈我的覆辙！”

“Aunt，把她交给我。”梨子恒像是下了莫大的决心，“20 年前我就是您的小卧底，这一次也绝不会让您失望。”

“够了！”许墨兰挥了挥手，怫然作色，“我不会相信你，你从来都是她的帮凶！”

5

许墨兰瘫坐在酒店房间宽大的沙发上，一直在流泪。女儿从酒店的咖啡馆离开后，在餐桌上留下了一张纸巾，上面的字是用眉笔写的：“妈妈，请原谅我的背叛。长夜漫漫，终现骄阳，我不想人生留下遗憾。”

昨天晚上，她们聊了很久。女儿看上去情绪已经完全稳定，甚至提出要她和 Erik 一起陪她去巴黎歌剧院看《图兰朵》。她后悔自己被胜利冲昏了头脑，她早该察觉到，女儿像个孩子似的搂着她睡了一夜，浸湿她胸口的泪水就是女儿与她诀别的痕迹。

几乎没有任何犹豫，许墨兰打电话给自己的老板，提出了辞呈。

为了不让女儿受到伤害，她一直小心翼翼地隐瞒着自己年轻时的不堪，甚至已经持续了十多年的恋情。当她意识到女儿可能已经喜欢上了任骄阳，特别是在骆好那里证实了自己的猜测后，她感觉天都要塌下来了。

她拼命地收集资料，她以为拿到了足以“杀死任骄阳”的证据后，就可以掌控一切。直到任骄阳突然杀出来，彻底打乱了她的阵脚。是的，那个男人被她打败了，她甚至在他刚转身离开的时候，就毫不犹豫地删掉了那个视频。

女儿让她看到了当年的自己。从她见到自己从容不迫地说出第一句话的时候，她就意识到，即便拿出所有的证据，也很难阻挡得了女儿。她知道一个女人疯狂爱上一个男人后有多么可怕，她剑走偏锋，选择将自己的过去毫无保留地告诉女儿，希望她能警醒。没想到，女儿仍然义无反顾。

她决定留下来，为了这个决定，她平生第一次冲着将她宠上天的 Erik 发了火。她管不了那么多，她绝不能让女儿重蹈覆辙。

此时，许我正坐在扎西嘴里那家能吃掉所有烦恼的牛排馆里。她的对面，就是任骄阳昨天刚坐过的位置。

坐在对面的梨子恒问道:“你问过 Aunt 没有，是谁跟她说你跟任骄阳在一起的？”

许我摇摇头，“没有别人，是我自己告诉她的。她上次回杭州就已经觉察到了。”

梨子恒说:“你应该跟 Aunt 回去的。你待在这里他会分心，我相信他只要抓到如来，一定会回去找你。”

许我黯然神伤:“我想过，但是我办不到。只要闭上眼睛，就会梦见他被追杀。我要亲眼看着他凯旋，然后带他回家！”

梨子恒感叹:“何时是个头呢？这么多年过去了，他甚至连对手什么模样都不知道。”

“我会一直陪着他，直到他胜利，或者，放弃。”许我低着头，肩头微微地耸动着。

梨子恒没有再说话，他伸出手想去摸摸她的头发，但很快又缩了回去。他的心底在流血，没人知道这几天他经受的煎熬和疼痛。

从他让沈炯打电话，许我义无反顾地返回青海时，他就意识到自己已经失去了她。但过去的这一个月，他并不甘心，一边期待着自己的对手主动出错，一边渴盼着许我知难而退。当这一切都没有发生后，他又在心里排演了无数场英雄夺爱的大戏，甚至想过举枪决斗。

那夜他看见许我蜷缩在任骄阳怀里的时候，他才彻底醒悟，一切都结束了。他知道许母绑不走她，这个世上只有他最懂许我，她不会将就，更不会屈服。

过了好久，许我突然从手提包里拿出一张照片递给他："这是我妈妈的高中毕业合影，你能看出谁是我父亲吗？"

梨子恒接过照片，错愕地看着她。

许我点点头："他就在这上面。"

梨子恒一眼就认出了站在许墨兰身边的那个帅气的男生，因为眉毛和那双眼睛。小的时候，他就发现许我浓密的眉毛老是被她妈妈修得又细又长。他记得母亲说过，许墨兰最受不了女儿长得像她父亲。

"你觉得他像个坏男人吗？"许我脸上挂着笑，眼圈却红了。

梨子恒沉默着，他不知道该怎么回答她的问题。

"我妈跟我聊起了他，算是我逼她的吧。从小到大，她一直在试图将这个男人从我的世界彻底抹去。"

"我没敢告诉你，其实很早我就听我妈和街坊们说起过他们的故事。那时候根本不懂，现在想来，也许就是那一代人的不幸。"梨子恒说完看着她，"我能理解Aunt，有些人和事，我们要学会忘记。"

许我抬头看着窗外。眼前是被雨水冲洗过的世界，一切都是崭新的，那些平常看不见的山川与旷野，此刻都清晰地尽收眼底。

"之前，我一直感觉他还活着。"许我收起照片，幽幽地说道，"她把他当成了和我父亲一样的人。也许，她这辈子都无法抛却对他们的成见。"

"就让他活在心中，活成另外一个完全不同的模样。"梨子恒说完，犹豫片刻又突然说道，"我感觉，他来过了。"

许我瞪着眼睛看着他，下意识地拨通了酒店的电话。

"对，骄阳似火的骄阳。"许我说完，耳朵紧紧地贴着手机，过了好一会儿才缓缓放下，跟着又拨打任骄阳的手机，但客服一直在提醒她，"您拨打的电话已关机。"

看着她花容失色、六神无主的样子，梨子恒的眼里透着怜悯与悲壮。

“去找他吧，我会一直陪着你！”

快到唐古拉山镇的时候，任骄阳用备用号码给沈炯打了个电话。

电话一接通，沈炯连忙汇报：“我在镇里转了一圈，找到了三个绰号叫‘老鼠’的人，但都不是我们要找的人。我怀疑给你提供情报的人撒谎了。”

“那个人昨天死了。”任骄阳语气中听不出任何情绪。

“我靠！”沈炯显然是惊到了，爆完粗口半天才说道，“狗急跳墙，看来就快要图穷匕见了。接下来怎么办？”

任骄阳说：“老鼠我来找，你帮我打听一个叫程治理的人，他是我原来的队长。”

他话还没讲完，便听沈炯说道：“老大，旦增那天在下沙的老街上见到他了。”

任骄阳头皮一紧：“你确定？”

沈炯说道：“我起初也不相信，因为那人戴着帽子和墨镜；旦增说那人下巴上有颗痣，走路内八字，因为以前抓过他，所以印象特别深刻。”

任骄阳半天没缓过劲来。旦增说的就是程治理，他相信旦增没看错。当年旦增帮盗猎者运羚羊绒，被程治理抓到后打掉了一颗牙，那时候他还是个孩子。

“队长，还要不要去查？”沈炯在那边问道。

“查！”任骄阳说，“梨江和良多的环保局，良多的黎明货运公司，还有良多牲畜交易市场。按顺序从前往后查，查他是不是在其中一个地方上班。他之前开了一辆北京 212 敞篷吉普，梨江的车牌，后四位 4587，前挡上贴着‘环境督察’的标示。”

“我有战友在交管局，应该很快就能查到。”沈炯忙不迭地回应。

“谨慎一点，不要惊动刑侦队那帮人。秘密去查！”

沈炯问道：“还有什么要交代的？”

“有什么情况，马上和我联系。这个电话只有你知道，不要告诉任何人，包括旦增。”

沈炯说：“那他们怎么办？许小姐和科学家刚给我打过电话，他们正在回来的路上。”

任骄阳怔住，说道:“你现在就出发，去接他们回来，让他们在驻地待命。安置好再去良多。”

许我到底是说服了母亲，逃了出来，还是看了那段视频后来找他兴师问罪，他无法判断，但有一点他很清楚，许我一定知道他和她母亲见过面了。他不知道接下来该怎么办，更没有去想要如何面对她。

“听从老天的安排吧。”他这样安慰自己。

15

Chapter

伤 逝

“如果……”她抬起头来贴着他的脸颊，“我是说如果，他们没有再遇见，大叔还会去找她吗？”

他摇摇头：“兴许会吧，我不知道。”

“快十年了。”她感叹着，“如果没有那一次错过，也许就没有这一次遇见。”

他感慨道：“是啊，多么奇妙的经历。他一直以为，她只不过是人生中的一个匆匆过客，不承想，那些美好早已注定。”

1

戈壁滩上，月色撩人。任骄阳刚刚吓退了两头想要抓破吉普车篷布的狼，许我茫然无措地蜷缩在他的怀里。

他轻声说道："很久很久以前，有个男人去过你读书的大学。"

"是吗？"她笑着问道。

"嗯。"他点头，"大学生创业论坛，他是青年创业导师。"

她笑而不语，眉眼弯弯地望着他，像只狡黠的小狐狸。

她记得论坛在几十公里外的分校区，当时就盛传导师长得特别帅，班里很多女同学都去了。那时候她正在帮竞选学生会体育部部长的梨子恒写发言稿，为了"稳定军心"，梨子恒说这些导师都是来洗脑的，云山雾罩，没有一个有真本事。

论坛结束后有个演出，结果演出那天，中文系表演二胡独奏的女生突然病倒，许我临时被安排替补。演出结束后，她在礼堂门口碰见学生们和创业导师合影，摄像师错将她当作了参加论坛活动的学生，将她推进了合影的人群……

许我还沉浸在回忆中，他又说道："那天，那个男人在礼堂里看到一个姑娘在吹萨克斯。黑色的高跟鞋，黑色的长裙，黑色的秀发遮住了半边脸。"

她幽幽问道："那他后来为什么不去找那个姑娘？是不是傻啊？"

"她像个还没长开的小丫头，那么单纯又那么俏皮。"他看着她，很认真地回答道，"他来不及等她长大，便去了一个遥远的地方。"

"那是她第一次，也是最后一次演出。她收到了一个叫'任我行'的大叔送的一束马蹄莲，那是她人生第一次收到鲜花。"许我抬起头来，泪流满面，"那丫头在梨江拦车的时候，那个大叔是不是已经认出她了？"

他笑着点头，轻轻地用指腹抹去她脸上的泪痕。

她狠命地掐了他一把：“后来我才听说，他给每一个上台表演的女生都送了一束鲜花。”

“但是，马蹄莲只有一束。”他眼角湿润，却笑得像一个促狭的少年。

“你知道吗？”许我说着，又停下来笑得花枝乱颤，“梨公子把那束花扔进了垃圾桶，之后好久都没有理那个丫头。”

笑容在他的脸上凝固，他想说些什么，终究还是选择了沉默。

“如果……”她抬起头来贴着他的脸颊，“我是说如果，他们没有再遇见，大叔还会去找她吗？”

他摇摇头：“兴许会吧，我不知道。”

“快十年了。”她感叹着，“如果没有那一次错过，也许就没有这一次遇见。”

他感慨道：“是啊，多么奇妙的经历。他一直以为，她只不过是人生中的一个匆匆过客，不承想，那些美好早已注定。”

许我在车上笑着醒来，迷茫地四处张望，他不在身边，另一个男人在开着车，她有点失落，虽然眼角仍荡漾着笑意。终于不再做噩梦了，她长长地呼出一口气。

“子恒，我有点后悔自己的决定了。”她说。

“什么？”梨子恒踩了脚刹车，扭头看向她。

“没什么。”许我轻叹道，“如果我妈再来找我，你一定要帮我留下来。”

“她会吗？”

“会的！她是偏执狂。除非我跟她断绝关系。”

梨子恒轻叹一声，罕见地选择了沉默。

“我是不是应该离任骄阳远一点？我感觉自己变成了他的累赘。”许我像在自言自语，“离开傍月岭的时候，德吉跟我说：‘由爱故生忧，由爱故生怖；若离于爱者，无忧亦无怖。’”

梨子恒说：“你是害怕失去他。在我眼里，你从来就是个大胆、自信，从不纠结的女汉子。但这一个月，你彻底颠覆了我对你的印象。”

许我不好意思地笑了笑：“要怎样才能找回自信？”

梨子恒指着傍晚天空上挂着的一颗忽明忽暗的星星:“你知道这颗星星叫什么吗?”

“金星。”

“它还有个好听的名字,叫长庚星,傍晚与黎明最先看到的都是它。你在或不在这里,它都在那里。”

许我若有所思地点点头。

梨子恒的车子还没停稳,许我便听见旦增的哀嚎声。

路旁的草地上,卓玛反拧着旦增的胳膊,膝盖顶在他脑袋上,一个劲儿地问他服不服。沈炯嘴里叼着草根,悠然自得地蹲在一旁看着他们。

“要不是我让了你几招,自己滑倒了,你根本就赢不了我!”旦增翻身从地上爬起来,吐了口嘴里的草泥,一脸不服气地嚷嚷着。

“来来,咱们再来一次!”卓玛说着,冷不防地飞起一脚。

旦增屁股一拧,扑通!又摔了个嘴啃泥。

“我今天不在状态,咱们改日再战!”旦增说着,爬起来扑向梨子恒的车子,拍打着车窗,“科学家,快下来为我做主啊。”

梨子恒老早就看见了卓玛,要不是许我坚持,他早就开车溜了。这会儿,他正坐在驾驶座上屏气凝神,连大气都不敢出。

沈炯跟在身后说道:“我数了下,这一个来月,你小子总共被人撂倒八回了。合着这世上全都是奥特曼,只有你这一只小怪兽。”

旦增不搭理他,撇着嘴看向许我:“姐,队长不在,他们都欺负我。”

许我乐不可支,卓玛上前搂住她的脖子,右手握拳冲着旦增和沈炯晃了晃:“除了切大队长,你们这一个个的都欠揍!”

卓玛说完又扭头看着驾驶室里正襟危坐的梨子恒:“还有人躲在车子里不敢出来,有比他更尕的吗?”

咣当!梨子恒从车上跳下来,用力地带上车门。

旦增吓得一激灵,赶紧跳开几步,忙不迭地说道:“好男不跟女斗,好男不跟女斗!”

梨子恒瞪着旦增，“怕了？”

“我怕你伤着她。”旦增说着，讨好地看向卓玛，“妹妹，哦不，卓玛姐姐是专门回来找你的。千万别伤了和气。”

卓玛看了眼梨子恒，扭头便走。

“你们怎么又碰上她了？”梨子恒没好气地问沈炯。

旦增抢先道:“她说给你找到个建天文台的好地方。路上还摔了一跤，摩托车都差点报废了！”

梨子恒听罢一愣，若有所思地看向许我。

许我叉着腰，瞪着梨子恒:“天文台的事是我跟她讲的。愣着干啥？还不赶紧去追！”

“对不起……受伤了没有……我那车门必须用力才能关得上……你应该让我去接你……许我说你特善良特温柔……你是我见过的美女中最有个性的……”梨子恒结结巴巴，感觉自己这辈子加起来都没说过这么多好话。

但卓玛根本就不买账，她歪头抱臂默不作声，就那样目不转睛地冷冷地盯着梨子恒，盯得他头皮发麻，盯得他感觉头发一根根地全立起来了。

那几位观众，隔了几十米都能感觉到梨公子的尴尬与狼狈。沈炯唉声叹气地直摇头。旦增张着嘴巴，想看又不忍直视的样子，抓耳挠腮地一会儿闭眼，一会儿皱眉，一会儿摇头，弹幕般一分钟甩出几十个表情包。

许我终是不忍，犹犹豫豫地上前打算为哥们儿解围，结果还没走近，便听到卓玛“扑哧”一声，笑了出来。

“你这哥们儿可真有意思，叨叨了半天，也不知道想干啥。”卓玛笑完，冲着许我耸耸肩，一脸促狭的表情。

“他的意思是——”

许我刚要解释，梨子恒连忙接过来说道:“我的意思是，给你道个歉，顺便谢谢你为我的事操心。”

“手机打开，拿过来！”卓玛伸出食指，冲着他勾了勾，像拿了支魔法棒。

梨子恒毫不犹豫地掏出手机解锁，递给她。

“芭拉拉小魔仙吗？”许我看着他乖巧的样子，调侃道。

卓玛飞快地在他手机上输下一串号码，然后按下接通键递给他:“遇到麻烦打这个电话！”

梨子恒接过手机，一本正经地抱拳作揖。

“跟我走不？”卓玛跨上她那辆摔得遍体鳞伤的摩托车，拍拍后座，扭头看着他。

梨公子愣在那里，脑子里千军万马混战一团。

“真没劲，走了！”卓玛不等他反应过来，一甩长发抬手用力压下头盔，脚下一蹬，摩托车后轮扬起的泥污喷了梨子恒一脸。

“神经病啊这是！”梨子恒气急败坏地叫道。

许我忍俊不禁:“梨公子，卓玛吃定你了！”

身后的沈炯和旦增相互搀扶着，笑得前仰后合。

2

任骄阳很快找到了陈小强说的那家羊肉馆，给了老板一千块钱。

老板说他没听说过叫老鼠的人，只认识一个绰号叫“耗子”的导游。许我被绑架的头一天，耗子跟一个长途货车司机到店里来吃过饭。老板说，耗子挂靠了札合木一家旅行社，在这儿至少住了有三年，平常给来这里旅行的散客当向导，但很少带客人来他店里消费。

老板描述耗子的长相，任骄阳没办法确认，他虽然追击过耗子，但没有近距离接触过。不过，老板很肯定地说，那天跟耗子一起吃饭的长途司机就是陈强。任骄阳又问起程治理，但老板说他不认识，也不记得有这么个人来店里吃过饭。

离开羊肉馆的时候，任骄阳在柜台上拿了杯“香飘飘”奶茶，老板跟着搬了一整箱塞到了他车上。他看了下时间，捡起地上一只不知道从哪儿飘来的小猪佩奇气球，将它扎在后视镜上，直接将车子开回了驻地。

此刻，他需要休息，更需要好好冷静一下。

两年多前，他和队友们就在羌塘抓到一个偷运羚羊角的导游，但他从未想过，如来的人竟然也会利用这种身份做掩护。他意识到，这些年他和扎西都走入了一个误区，他们一直以为，如来团伙的人都是以盗猎为生。如今看来，如来藏得这么深，很可能像耗子一样，还有另一重公开的身份，甚至如来和他们早就打过照面。

洗完澡，他泡了杯奶茶。奶茶甜得齁人，他喝了几口，鬼使神差地掏出手机换回了常用的电话卡。短信里一连串的来电提醒，来自一个熟悉得不能再熟悉的电话号码。他没有勇气再往下翻阅，正要躺下准备睡一会儿的时候，扎西的电话打进来了。

“你前天是不是去过良多医院？”扎西不等他说话，劈头问道。

任骄阳头皮发麻:“我去看一个生病的朋友。”

扎西跟着问道:“他是不是叫陈强？你找他有什么事？”

任骄阳默认，说:“我说了，他生病了，我去看他。”

扎西说:“他自杀了，儿子也被人杀了，知道吗？”

“我不知道。”任骄阳冷声回应。

“你撒谎！”扎西在那边低吼，“你当警察都是吃干饭的？你不仅去过他病房，还跟他儿子去了住院部的顶楼。几个小时后，你在扎凌河谷翻车被困在戈壁，陈强跳楼后你又去了趟医院，但很快就离开了。”

任骄阳沉默着。

“从医院离开，你就到了札合木约我见面。现在你告诉我，到底是怎么回事？”扎西的语气明显缓和下来。

任骄阳仍旧沉默着，他在思考要怎么回答这个问题。事情到了这一步，“耗子”就在眼前，程治理也浮出了水面，找到他们任何一位，如来就会露出庐山真面目。他从没怀疑过扎西，现在仍然如此，但扎西现在身不由己，告诉他真相，他能掌控现在的局面吗？

扎西有点沉不住气了:“如果你不说清楚，那就只能等着良多警方来找你了。冤枉也好、误会也罢，案子没有水落石出之前，你不可能有现在这么自由。”

任骄阳说道:“我只能告诉你，我没有逼人自杀，更没有杀人。”

“你敢说他们的死跟你没关系吗？你到底还对我隐瞒了多少事？”扎西已经出

离愤怒。

任骄阳的手机从左手换到了右手:“陈强绑架了许我，陈小强跟我说了他父亲背后指使人的关键线索，等我离开后他又打电话告诉我有更重要的信息约我见面，我到了约定地点有人向我开枪，我追踪枪手的同伙到扎凌河谷，车子被他们撞翻。良多警方来戈壁救我的时候，我听说了陈小强被杀，然后去医院发现陈强跳楼，之后就赶往札合木想当面跟你汇报。”

扎西显然被惊到，但他很快便反应过来:“你是说，有人之前就跟踪了你，之后要挟陈小强骗你赴约，并向你开枪了？”

“是的！”

“看清楚是谁了吗？或者，你认为可能是谁？”

“没看清，但肯定是如来那帮人。”

扎西步步紧逼:“你要当面见我，除了刚才说的外，肯定有什么不方便在电话里讲。现在可以告诉我吗？”

扎西犹豫了一会儿，说道:“我本来想要告诉你陈小强给我提供的那个背后指使者的信息，但梨子恒说他老早就跟你说过了。在此之前，他和许我一直都在瞒着我。”

“你找到那个人了？”

“没有。”

“听我说。”扎西顿了一下，说道，“马上中止一切调查，去良多公安局把事情交代清楚。你现在是陈小强被害案的重大嫌疑人，这起凶案跟如来的案件暂时没有并案。一旦他们查到你不在场的证据，很快就可以放你出来。然后我会再约你见面。”

任骄阳突然说道:“你们既然把我的行踪全部都了解清楚了，想找到我不在场的证明很容易。为什么非得要我跑一趟？”

“我说得还不够清楚吗？你现在是嫌疑人。还有，我必须得再次警告你，关于如来团伙，上面已经有部署，你要做的是随时听候警方的调遣，而不是单枪匹马逞英雄！”

挂了电话，任骄阳瘫坐在床上，奶茶被他碰翻泼了一地，屋里弥漫着浓烈的香精味。

这里有太多的疑问，扎西借调省厅专案组侦办其他要案，这件事怎么这么快这么准确地传到了他这里？他在梨子恒那里得到信息后，有没有去查耗子？还有程家兄弟，这么多年了，扎西和他的那帮同事对他们的行为难道真的浑然不觉？

任骄阳的脑袋快要爆炸了，但他清楚一点，如果真去良多公安局，谁也不敢肯定他什么时候能出来。无论如何，先找到耗子，争取将主动权抓在自己手里！

天已经黑了，他们应该就快回来了。任骄阳起身在屋里转了一圈，几分钟后，他走出了驻地，口袋里揣着匕首，手里提着一根拇指粗的绳索。

任骄阳刚离开不过十分钟，一辆黑色的桑塔纳悄然驶进了驻地斜对面的巷子里。

梨子恒的车一驶进驻地的院子，许我便迫不及待地从车上跳下来。院子里停着许我租来的那辆“牧马人”，一楼大门上了锁。旦增掏出手机试图定位任骄阳的位置未果后，跟着又拨打他的手机，两个号码都试了，一个打不通，一个关机。

“老大回来过！”旦增打开门，一脚踩在墙角的一箱奶茶上，“他知道我们要回来，奶茶都备好了。”

旦增说完，小兽般地冲上二楼。过了一会儿，他左手拿着任骄阳打翻的奶茶，右手牵着小猪佩奇，站在楼梯口一脸的兴奋：“房门没锁，东西都在呢。看，他泡了奶茶都没喝完。”

许我盯着旦增手里的奶茶愣神，嘴角噙着一丝微笑。那是她最喜欢的香草味，可惜这个冒牌的太难喝了。

旦增没开心几分钟，大伯父突然打来的一个电话一下子让他慌了神。原来他大伯听说了良多的血案，而且都在传跑运输的陈家父子跟盗猎团伙有关系，前几天旦增刚回了家，他大伯自然就将这事跟野保队联系到了一起。

听到这消息，大家都目瞪口呆。无论是陈强跳楼的医院，还是父子双亡的时间节点，都与任骄阳之前的行动轨迹高度吻合。

旦增小心翼翼地揣测着这对父子的身份和队长杀人的可能性。沈炯憋不住说出真相，以及队长让他私下调查程治理的事。当旦增道出程治理的背景和与任骄阳过往的恩怨后，梨子恒成功勾勒出任骄阳之前的行动轨迹与可能的遭遇，几个人都意识到，任骄阳可能面临的困境与危险。而被旦增形容成“狠人”的程治理，成了当下破局最关键的人物。

哥仨不约而同地看向了一直在沉默的许我。

许我说:“如果不是我，他应该会带着你们一起战斗。我不想成为你们的羁绊，更不想被他当作累赘。”

旦增眼眶红了:“姐，你回杭州吧，我送你去机场。”

“我就在这儿，等你们凯旋，等你们完整地将他带回来交给我！”

许我说完，便独自上楼了。梨子恒坚持让旦增留下来保护许我，他和沈炯去追查程治理。沈炯想了想，当场给去年才转业到梨江交管局的老领导打了个电话，让他帮忙查一下那辆北京 212 吉普的归属单位。

3

连续多日，唐古拉山都是阴天，昼不见日，夜不见月。几百公里外的札合木那场突如其来的雷暴和风雨过后的天朗气清，跟这里都毫无关系。

耗子租住的地方紧临着 109 国道，距离野保队的新驻地直线不过一千米。一排的商铺，旅馆、饭店、杂货铺;洗车的、按摩的、卖殡葬用品的，白天热闹得很，但到了这个点基本上都打烊了。

一栋欧式的两层小楼夹杂在一派当地特色的“碉房”中间，显得异常突兀。它的一楼是建材门市，此刻已经拉上了卷闸门；二楼的屋里亮着灯，窗户外面挂着一块用亚克力板制作的旅行社广告牌，这里便是耗子的藏身之地。

离商铺不远有一个专门停放长途货车的停车场，任骄阳将车子悄悄地驶到一排货车的中间，半开车窗，放平座椅，然后缓缓地闭上了眼睛。几天没有好好合眼，早已精疲力竭，接下来的事无法预料，他需要好好休养生息。

“切队长。”似乎有个身影站在窗外怯怯地轻叩玻璃。

任骄阳翻身坐起，抓住门把手，愣了一下又颓然放手。看了眼手表，才睡了不过十分钟，他又顺手将车窗打开一半，再次躺下。

片刻后，那个熟悉的声音再次响起：“切队长，抱抱我。”

他想要坐起来，但胸口像压了块巨石，浑身无力，连眼睛都无法睁开。

“你害怕啦？切队长竟然也会害怕！”那个声音充满了嘲讽与戏谑。

他感觉说话的人打开车门坐了进来，歪着脑袋巧笑嫣然地看着他。他仍然无法动弹，张开嘴却说不出话，但他闻到了一股熟悉的味道，甚至能清晰地听到对方的呼吸与心跳。

坐在他身边的人没有再说话，好久好久，漫长得没有尽头。

他感觉自己在做梦，轻声地问道：“丫头，你还在吗？”

“我在。但是，你为什么躲着我？”

他奋力地想要搂住她，手脚却不听使唤。

他听到她深深地吸了口气，无比哀怨地说道：“你就是个懦夫，切队长。”

“我没有！”他吼了一声，终于睁开眼。满天的星星，无边的黑暗。

他惊坐而起：“我是不是做梦了？”

“是的呀，你做噩梦了。”她伸手抚着他的脸，“切队长，我想给你生小狼崽，一窝一窝的狼崽。”

他翻身狠命地搂住她滚烫的身体，双手穿过一片柔软。

她娇喘吁吁：“切队长，轻一点，我是第一次。”

“呼啦！”外面传来一阵刺耳的声音，任骄阳猛然惊醒。他猛地起身，使劲甩了甩脑袋，窗外微弱的灯光打在车内的仪表盘上，他终于意识到自己一直在做梦。泛着蓝光的“劳力士”时针指向了凌晨三点，那栋欧式小楼门口灯火通明。

开门的是建材门市隔壁的洗头房，白天他来踩点的时候，这个店就一直关着门。一个体形壮硕的女人站在门口，对着屋内大声报怨：“杀千刀的，这大半夜出去找魂啊！”

没等任骄阳反应过来，屋里突然驶出一辆车，两束耀目的大灯直射而来。任骄阳下意识地躺倒，等他抬起头时，车子在他身边不远处突然转弯，直接上了国道。他一眼便认出这是辆挂着西藏号牌的 BJ 80 越野车。没错，就是两个月前他从尼玛县追踪到玉树后，逃掉的那辆车！

没有任何犹豫，任骄阳发动车子追了上去。

梨子恒洗完澡正准备休息，突然传来一阵敲门声。一开门，就见许我拎着手提电脑站在门口。

“我睡不着。”她说着，便推开梨子恒进了房间。

梨子恒光着膀子穿着大裤衩，站在门口有点不知所措。

许我气定神闲地坐到了床上，吩咐道：“别愣着，关门呀。”

“那什么……”梨子恒掩好门，转身挠着头对她笑道，“你这是要考验我吗？我可把持不住。”

“想什么呢？”许我这才注意到梨子恒这身打扮，俏脸立时红了，白了他一眼，然后放下电脑，指着屏幕上她刚编辑过的人物关系图，说道，“假设，这里有一个人是如来，你觉得应该是谁？”

梨子恒顺手抄起椅子上搭着的一件T恤就往头上套，脑袋刚钻出领口，看了眼屏幕，又望了望许我，问道：“你什么意思？”

许我瞪着梨子恒，一脸认真地说道：“我感觉，这个大反派很可能是我们见过或者听说过的人，也就是与‘knight’野保队有过交集的人。”

“又来跟我贩售你敏锐的女人直觉？”梨子恒看着有点不乐意，但脑袋已经凑近屏幕，认真地端详着这张并不复杂的关系图。

“直觉加你一直诟病的编剧思维！”许我说道，“我说了这就是个假设，然后我们再来分析可能。”

梨子恒的目光从电脑屏幕转回到许我身上：“记得倒是挺详细，但我觉得你这上面的人都不可能。要不，叫上他俩一起？他们应该比我俩更熟悉这些人。”

许我摇头：“当局者迷。这是旁观者的游戏。”

“那咱们先来用排除法。”梨子恒说着，手指在触控板上来回滑动。

许我笑道：“没那么复杂，就这二十来个人，你告诉我最不可能的人都有谁？”

“果然是编剧思维，你是想在不可能的人中间去找。”梨子恒说着，马上点了点任骄阳和旦增，想了想又跟着点了沈炯、扎西和德吉的名字，最后说道，“当然，还有你和我。”

许我沉默片刻，说道：“这里只有德吉最神秘。假设是他，确实是意料之外，但让我去编排合乎情理的情节，太残酷了。”

梨子恒张嘴打了个哈欠，拍了拍许我的肩膀：“别折腾了，现实不是编故事，没那么复杂。”

许我问道：“那我们就按照正常的思维，除了浮出水面的那对父子、程家兄弟、唐杰和老贾，还有没有其他可能被忽略的人？”

梨子恒的表情瞬间凝固：“有一个人，出现过，但不在你这张关系图中。你是想告诉我，他是那个可能被忽略的人吗？”

许我用力地点了点头，又打了个响指。为梨子恒的光速反应，更为了他们之间的默契。

“我从不相信直觉，因为我的直觉总是出错。那件事我当时就感觉很蹊跷，而且打过照面之后，这个人就老是浮现在我的脑海里。”

“那是因为你理性、严谨的职业习惯，只相信科学研究后的结论。”

“No！”梨子恒一脸认真地说道，“科学研究往往也是建立在合理的假设之上，然后再来推导、反证。深得爱因斯坦赏识的哲学家波普曾经说过：‘科学、科学知识总是假设的，它是猜想的知识。’”

“好吧，我一不小心暴露了自己的无知。”许我笑道，“那你为什么对我的直觉和所谓的编剧思维那么深恶痛绝？难道是怕被我的智商碾轧？”

梨子恒挠挠头，好像确实是这样。他太清楚许我的观察和逻辑推理能力了。读书的时候，他天不怕地不怕，最怕跟她在学习上较劲。

“咱们接着聊正事，进入‘分析可能’的环节。”他说道。

“直男！”许我笑完，正色道，“我怀疑他，是第二次被绑架开始的。既然能找到我，那他肯定知道任骄阳在德吉那里。我不知道他是否跟德吉认识，我们先不论德吉向他透露任骄阳以及我的行踪这种可能，他不去直接绑架甚至杀了任骄阳，很可能是忌惮德吉的身份。”

“因为他吃斋念佛！”梨子恒抢先说道。

许我点头：“太可怕了，这个人简直就是个魔鬼。”

梨子恒跟着说道：“德吉肯定是无辜的。任骄阳跟我说过，只有唐杰知道德吉的住处。他们一定是先盯上了任骄阳，但一直不方便动手，正好你去了。”

许我接着说道：“顺着这个思路，他绰号‘如来’，却无人识其真面目，就是笃定自己能掌控一切。左手佛珠、右手屠刀，这就是影视剧里标准的终极大BOSS！”

梨子恒跟着分析：“还有，旦增伯父说绑架你的人是个货车司机，自杀前在医院化疗。找他的人必定熟悉他的情况，找一个绝症病人去犯罪，符合他的身份和行为逻辑。”

许我眼睛一眨不眨地盯着梨子恒，嘴角含笑：“这才是IQ160的梨公子嘛！期待着你改行来跟我混。”

梨子恒本来被她盯毛了，听她这么一说，也忍不住笑了：“你是在夸我，还是损我呢？我都觉着自己书生无用。”

许我不假思索：“那是因为，你虽然身在局中，但心思根本不在这上面。”

梨子恒一脸尴尬，扭过头假装去看电脑。

许我问道：“你说，任骄阳那么聪明，这么多年了，就一点感觉不到吗？”

梨子恒反问：“你想过没有，如来为什么要绑架你？或者说，他凭什么相信任骄阳一定会去救你？”

许我愣了一下：“如来不是浪得虚名，他早就看透了这个老对手的弱点。即便我只是个普通的路人，只要跟他任骄阳沾点关系，他就笃定任骄阳不会袖手旁观、不管不顾。”

梨子恒点头轻叹：“再聪明的人，也有糊涂的时候。任骄阳未必糊涂，只是内心太纯粹善良。唐杰的事，就是最好的证明！”

4

BJ80一上109国道便一路向唐古拉山口方向疾驶。任骄阳一路尾随追了几十公里后，目送BJ80进了加油站。他担心被发现，便放慢了车速继续前行。十多分钟后，BJ80在唐古拉山口超过了任骄阳的车。超车的时候，他确认了车里只有耗子一个人。

到那多县城的时候已经天亮了，街道上冷冷清清。那多刚刚更名为绿原区，他们现在的所在位置是区政府所在地——那多镇。

耗子将车子停在路边买了早点，靠在车上吃完才上了车。任骄阳远远地看着，不敢靠得太近。耗子的车漫无目的地在县城里兜着圈，任骄阳跟了两条街后，果断拐进了一条小路。

这些年，他起码来过这里十几次，吃饭的、住宿的，哪条路通哪里，都门儿清。只要耗子的目的地在这儿，他一点都不担心找不到他的车。从洗头房那妇人嗔怒的语气判断，耗子应该是临时起意，而且走得这么匆忙，一定是得了什么指示。

任骄阳有一种强烈的感觉，这一次可能会有意想不到的收获。

几分钟后，任骄阳驾车回到刚才的那条街，正撞见 BJ80 迎面驶来，就在前方一百多米的地方。这时候掉头已经来不及了，他迅速拉下遮阳板，硬着头皮准备会车。就在此时，一辆停在路旁的面包车突然右转，险些撞上了他的车。

刚才钻进巷子里的时候，他就发现了这辆挂着当地号牌的面包车停在路边，有个年轻人正将半个身子伸进车内往外搬东西，看上去就是一个早晨来送货的商家。

这条街本来就不宽，任骄阳下意识地想要倒一把绕过去，面包车副驾驶侧伸出一颗脑袋，一个年轻人冲着他满脸歉意地摆着手:“不好意思啊，大哥！”然后扭头抱怨司机:“囊帮！你开车都不看后视镜的吗？差点就撞着了！”

面包车刚才一脚急刹熄了火，就在司机手忙脚乱地重新启动的时候，任骄阳发现 BJ80 不见了，面包车也扔下他绝尘而去。

前方这段路没有岔道，一览无余，耗子应该是把车开进了那家带院子的招待所。任骄阳犹豫片刻，继续前进。果不其然，当他驾车驶过招待所的时候，瞥见耗子正打开车门，一个身材魁梧、中东人模样的老外坐进了车里。

沈炯的老领导一早就传来消息，程治理开的那辆车登记在良多县黎明货运公司名下。而且老领导还捎带着帮他查到程治理的名下有一辆重型货车，半年前刚上牌，随后便挂靠到了黎明公司。

沈炯跟着便向任骄阳汇报，但电话一直无人接听。他打开定位软件找到了任骄阳的位置，发现他在两百公里外的那多，而且在迅速移动。沈炯分析他很可能是找到了“老鼠”，这个时候不是在追击就是在被人追击。二人不敢再有半点马虎，即刻决定出发与任骄阳会合。

一离开驻地，沈炯就注意到，有辆黑色的桑塔纳从驻地对面的巷子里钻出来，跟在他们身后。他刚提醒梨子恒注意一点，那车子还没出镇区便拐进了另一条路。

梨子恒轻舒一口气，说沈炯神经过敏。

沈炯抚着右眼说道:“我这右眼老是跳，感觉今天有事要发生。”

梨子恒挥拳打在他肩膀上:“这叫眼睑震颤，没休息好才这样。”

“大切在可可西里被人追杀那天，我右眼皮也是这样。”

“Shut up！（闭嘴！）”

沈炯撇撇嘴，盯着手机上的定位软件:“从这里到那曲两百多公里，我们昨晚回来的时候他刚离开，那个时候应该还没有发现目标。现在看来，他应该是下半夜出发的。会不会是得到了什么消息？”

梨子恒面色沉重:“山雨欲来。”

沈炯点头:“他跟我说过，如来不可能轻易放弃交易。那曲是个比较复杂又容易被忽略的地方，如来神出鬼没，非常有可能会选择在那儿交易。”

梨子恒说:“既然不想让我们参与，咱们也别惊动他，到了那儿先找到他跟着。”

“我再做几个燃烧瓶吧。”沈炯说着，从副驾上爬向后座。

清晨的109国道，空空荡荡，畅行无阻。

黑色的G 500风驰电掣，以超过120迈的速度一路狂奔。没有任何预兆，一辆重卡突然从前方的路口蹿出，横亘在马路中间。梨子恒一边拼命地踩刹车，一边猛打方向盘，刺耳的刹车声中，G 500蹭脱重卡的保险杠后撞上路边的公里碑，跟着腾空飞起，重重地翻倒在地。

沈炯一语成谶。

等沈炯将梨子恒从驾驶室里拽出来，卡车早已不见踪影。两个人受伤并不严重，被沈炯从驾驶室里拽出来后又人工呼吸过的梨子恒，只破了眉骨，松了一颗牙；沈炯也只是胳膊上被玻璃划破了一道口子。

检查完伤口，梨子恒踢了一脚沈炯:“两百万的车，就毁在你这张乌鸦嘴上了！”

“这是蓄意杀人！”沈炯咬牙切齿。

事故发生前，梨子恒老远就看到了那辆卡车停在丁字路口的另一条路上，他根本就没意识到危险。对方掐准时机毫不犹豫地冲出来，很像一个训练有素的职业杀手。但哥儿俩想不通，对方是怎么知道他们要经过这条路的？到底是什么动机？

当然，也不排除这是场巧合得不能再巧合的意外。因为对方看起来不像是要他们的命，否则，在事故发生后不可能不停车确认。梨子恒提出，如果对方是蓄意而为，那么就有可能是阻止他们去找任骄阳，而任骄阳很可能面临着巨大危险。

沈炯检查了一下侧翻在那里的 G500，发动机并没有熄火，看上去只要扶起来还能开。梨子恒正准备给许我打电话，沈炯接到了任骄阳的电话，要求他赶去耗子的住处蹲守。

给沈炯打电话前，任骄阳的车堵在刚过唐古拉山口不远的地方。耗子的车就在他前方不到三十米的地方，中间隔着一辆货车。十多分钟前，耗子和那个中东人同时下了车，因为前方几百米就是加油站，堵了这么久，很多人都下车去加油站上厕所。

两个人迟迟不见回来，任骄阳感觉到不对劲，赶紧下车去加油站找人。孰料，刚走进厕所，便听到身后有人叫他的名字。没等他回头，两个男子迅速贴近他，一左一右将他夹在了中间。

“不要惊慌，我们是良多公安局的。”年轻一点的男子说道。

另一个中年男子跟着掏出证件在他眼前晃了晃:“切队长，良多的凶杀案需要你跟我们去公安局协助调查。”

“你们到底想干什么？这个事情我已经跟警方讲清楚了。”任骄阳挣扎着说道。

“讲不清楚，得有证据。”中年警察说完看了眼围观的司机们，又沉声警告道，“你老实点，别逼我给你上铐子！”

任骄阳突然猛甩胳膊，从年轻警察的手中挣脱，跟着又推了把中年警察，然后拔腿便跑。等到年轻的警察掏出手枪时，任骄阳已经从车辆的缝隙间跑到了公路另一侧。他用百米冲刺的速度奔到自己的车边，跃身上车，猛扳方向盘，车子碾过路肩上的道牙蹿上了戈壁。

警察并没有再追上来。看上去他们不像是冒牌货，但任骄阳不相信事情会这么巧。耗子和那个中东人显然已经离开了，警察到底是故意“掩护”他们，还是真的为抓他这个嫌疑人而来，他不敢妄断，但他相信很快就会有答案。

任骄阳猜对了一半，耗子和那个中东人的确已经离开，而且是被一个戴着帽子和墨镜的中年男子接走的。没错，他就是程副局长的弟弟、原野保队长程治理。他们的目的地，赫然竟是两个月前许我被绑架的蓝河子！

5

任骄阳赶到耗子的住处与沈炯和梨子恒会合后，才意识到人跟丢了。沈炯随后跟他汇报了关于程治理的调查情况，还有那辆突然冲出来的卡车。看着两个险些送了命的兄弟，任骄阳坐在车里抽了一根烟，终于下定决心拨通了扎西的电话。

扎西似乎对刚刚发生的一切并没有什么兴趣，语气更是显得很不耐烦：“为什么不提前汇报？非得程局把你拘起来才肯听话吗？”

任骄阳被扎西的反应激怒，一脚踹开车门，吓得站在车外的沈炯与梨子恒不知所措。

“你他妈玩我吗？你们要是有本事抓到他，我马上去找程副局长磕头谢罪！”任骄阳对着电话一通怒吼后，直接摔了手机。

沈炯的手机铃声跟着响起，他看了一眼，有点怯怯地将手机递给了任骄阳。

“你安静下来听我说。”电话是扎西打来的，声音温和了很多，“我们的人早就盯上了那个中间人。他们跟了你一路，你都没有发现。”

任骄阳想起那辆在那多挡住他的面包车和加油站那两个要带走他的警察，问道：“你们是不是一直派人跟踪我？在加油站要带我走，是为了掩护耗子和那个中间人？”

“要不是他们，你早就暴露了！”扎西没有否定，直接转移了话题，“事情远没有你想的那么简单。你现在要做的就是老实待着，顺便看好你手下的那几个愣头青。”

“你这是始乱终弃！”任骄阳不甘心地叫道。

扎西沉默片刻，才说道：“我一定会让你亲眼看到如来服法。我还要亲眼看到你从哪里来，滚回哪里去！”

挂了电话，任骄阳陡然心生悲哀。坚守了这么多年，到了关键时刻，他不仅变成了一个可怜的局外人，还将自己折腾成了一个莫名其妙的搅局者。

沈炯给他递了根烟：“我感觉，这些年我们从来就没被人重视过，到头来，不过是个被人随手丢弃的棋子。”

沈炯的不忿，就像一把刀子扎在任骄阳的心窝。他笑了笑，“怨不得他们，只怪我太蠢。”

沈炯又问：“你为什么不跟扎西队长提程治理的事？”

任骄阳摇头：“我们掌握的情况，他也许早就知道了。不着急，让子弹先飞一会儿。”

梨子恒一直在沉默着，竭力抑制着想将许我的分析告诉任骄阳的冲动。现在来看，警方肯定是布了一个很大的局，明显是不想让野保队插手。而且，他们很可能已经掌握了如来的信息，然后选择一网打尽。

他无法预测当任骄阳知道他们推测的结论后，会有怎样疯狂的行为，这个偏执的男人太想亲手擒凶了，仇恨真的会让人失去理智。他自己都说了，应该让子弹飞一会儿。

就在任骄阳和他们商量着怎样才能找到在唐古拉山口溜掉的耗子和那个中东人时，旦增突然给梨子恒打电话，说许我不见了。

三人连忙赶回驻地。梨子恒在路上不停地拨打许我的电话，但一直无人接听。沈炯见到哭丧着脸的旦增，当场奓毛，一脚将他踹倒在地。

旦增说吃早饭的时候，卓玛的阿妈送了奶茶来，许我跟她聊了好久。吃过早饭便跟他说要去找大妈学做奶茶和糌粑，让他在家待着。因为头天晚上没休息好，他就睡下了，起来发现许我还没回来，连行李都不见了，但她租来的那辆车子还在，便去房东的店里找她，才发现她压根儿就没去店里。

沈炯想起早上出门时看见的那辆桑塔纳，飞速跑去那个巷子里查看，结果发现了一地的烟头和几只红牛饮料的空罐子。他转过身半蹲着看向巷子口，这个角度正好可以看到野保队的院子门。

旦增蹲在地上一边嗷嗷地哭着，一边不停地抽自己耳光。任骄阳急着要给扎西打电话，梨子恒冲他招了招手，两个人打开了许我的房门，在桌子下面发现了一张被风刮落的字条。许我的字条是留给梨子恒的，就几个字:“子恒，妈妈来接我了。祝你们平安。”

原来那辆桑塔纳是许墨兰租来的，昨天晚上她就到了唐古拉山镇。她不敢惊动女儿，派司机在驻地门口蹲守。许我在中浩大酒店的那天晚上，跟母亲聊天时说起过驻地的位置，因为这里离她舅舅当年驻守的地方不远。

许我早上出门的时候，发现满面倦容的母亲就站在院子门口，她知道说什么都是多余的，默默地转身去拿行李，又在许墨兰的监视下给梨子恒留了字条。

虚惊一场。任骄阳看了眼字条，一声不吭地默默走开。梨子恒无法理解他此刻的心情，追到楼下问道:“你不应该去找她吗？她跟我说，要亲眼看着你凯旋，然后带你回家。”

任骄阳看了眼梨子恒，面无表情地扭过头去。

“You're a coward(你是个懦夫)，你不值得她爱，你根本就配不上她！”梨子恒恨恨地冲任骄阳吼道。

任骄阳痛苦地闭上眼睛:“也许从一开始就错了，我们并不合适。”

“滚蛋！”梨子恒被他这句话彻底激怒，“她为了你奋不顾身，为了你差点丢了性命。你干吗要招惹她？为啥要打电话让她回青海？现在跟我装大尾巴狼！”

任骄阳的嘴角微微地抽动着:“我不想跟你讨论这些！”

梨子恒蹿到他面前，奋力一拳，任骄阳应声倒地。

“你救过我，这一拳算是我欠你的。”任骄阳躬起身子单手撑地，擦了下嘴角的鲜血。

梨子恒跟着一脚，再次将他掀翻在地。任骄阳翻身起来，挥拳反击。两个人在院子里你来我往。几只野鸽在低空盘旋，天青色的午后，无风无雨也无阳光。

相比惘然无措、惶恐不安的旦增，沈炯泰然自若，饶有兴致地盯着隔壁信用社的楼顶。墙头上有只猫，正仰头朝空中伸出一只爪子，来回挥动着想要抓住一只鸽子。

“你早应该带着她离开，就当你们从未来过。”任骄阳靠在院墙上，喘息着从口袋里掏出烟，但摸遍全身都没找到打火机。

“我年纪有多大，就等了她多少年。我爱她，胜过这世间的一切！”梨子恒的鼻血漫过唇角，但他似乎浑然不觉，“你将她从我身边偷走，却自卑得像条软绵绵的臭蛆，一边渴盼着被她捧在手心，一边又担心被人踩在脚下。”

任骄阳低下头，那支烟被他捻得粉碎，烟丝从指缝间滑落。

梨子恒上了车，看着这个面无表情抬头看向自己的男人，梨子恒伸出手指点了点自己的额头:“如果我有枪，子弹一定会穿过你的头颅！”

沈炯从花盆里翻出一块土疙瘩奋力地掷向墙头，那只猫低头看了他一眼，哧溜一下，跑得无影无踪。

梨子恒去札合木了，这是许我之前和他的约定，虽然那天他并没有答应。他不知道会是怎样的结果，但只要她需要，于他，就是使命召唤。过去是这样，现在和未来仍会如此。

16

Chapter

白　夜

他试着想捂住胸口突突往外冒血的伤口，但鲜血在指缝间奔流不息；他眯起眼看着湛蓝色的天空，骄阳高挂，光芒四射，刺得他睁不开眼睛；他听见呼唤他的声音，天黑了，满天的星星在闪烁着，他笑了笑，慢慢地合上了双眼……

1

任骄阳在车里找到打火机，抽完一根烟后召集沈炯和旦增，商量着去交警队查道路监控。他给了沈炯一个可以查监控的理由，就是早上那场车祸，让他作为事故的当事人告诉交警，他是他们找到的目击证人，之前见过那辆肇事的卡车和司机。

负责接待的警察在确认了早上的确发生过车祸后，很快识破了他们的伎俩，因为旦增不合时宜地跟在任骄阳身后叫了声队长。警察说那辆卡车原属良多县黎明货运公司，早在五年前就已备案报废，但他们还没查到废车处理的相关手续。而且他们刚查过监控，除了事故发生地，没发现这辆车在其他地方出现过。

任骄阳听到这家公司的名字后大吃一惊，但他没有声张，转而说出他们查监控的真实目的，结果反倒引起了这个警察的警惕，找来队领导对三人各种盘问。

沈炯情急下，当场打电话求助交管局的那位老领导。此人去年才转业到梨江交管局，他是沈炯入伍时的征兵干部，是他在新兵大队时的教导员。任骄阳也认识这位前副政委，当年沈炯在部队追逃时车子翻进山沟，任骄阳救下他后，这位中校警官领着在场的官兵列队向他行军礼，还当众承诺往后野保队有什么麻烦，随时可以找他帮忙。

有上级领导打招呼，交警队长亲自陪着他们调看监控录像。接耗子和中东人的是一辆灰色的普拉多，录像里可以清晰地看到耗子就坐在副驾驶座上，驾车的人正是程治理。但翻遍了这段路上的监控记录，除了离加油站最近的那个探头外，其他地方都没看到这辆车。

出了交警队，任骄阳一直在沉默。事实上，他已经预感到这辆普拉多要去哪里，因为过了那个唯一拍下他们的探头，就有一条通往蓝河子的县道。

以如来的尿性，绝对有可能重回蓝河子交易。如来从不按套路出牌，经常玩声东击西、暗度陈仓的游戏，这些年任骄阳和野保队可没少吃这样的亏。想到这里，任骄阳果断吩咐沈炯和旦增留守驻地，蹲守耗子的住所。

旦增见任骄阳又要单独行动，眼睛红了："老大，你不会是有什么事瞒着我们吧？"

"哪能呢？我四处转转，看能不能找到那辆车。"任骄阳说完，又笑道，"别动不动就要哭鼻子，没有姑娘会喜欢一个爱哭的男人！"

旦增破涕为笑，沈炯突然说道："胡杨刚给我打过电话，说他们已经布下天罗地网，叫我们不要再插手这件事。"

任骄阳听而不闻："你去开那辆'牧马人'，钥匙在她房间的桌子上。手机保持畅通，有情况马上通知我，切不可擅自行动！"

沈炯可没旦增那么好哄，在交警队的时候，他就发现任骄阳神情异常。虽然与任骄阳相处时间没有旦增长，但他早就摸透了队长的脾性。任骄阳绝对不可能只是"四处转转"，他一定是发现了什么。

任骄阳离开驻地的时候，已经到了傍晚时分。他没有去蓝河子，而是直奔札合木。他现在的心情极其复杂，一阵一阵的寒意袭来，犹如置身于冰天雪地之中，全身透凉。老天跟他开了个天大的玩笑，不，应该是一直在捉弄他！

陈强和程治理的货车以及那辆报废的卡车都挂靠在"黎明货运公司"，而这家公司背后的老板，就是一个多月前在公安局门口请他吃饭，后来又去医院看过他的"大善人"——普济速运集团董事长韩少辉。他对这个身残志坚、头顶"环保斗士"光环的货运大王再熟悉不过了。

坊间流传的韩少辉是个极其传奇的人物，据说他的那条腿是年轻时见义勇为，被偷猎者的霰弹枪打伤的。之后他拿着政府的慰问金和优惠政策开始创业，摇身一变成了商业奇才，很早之前就开创性地提出"货运公司轻资产"的运营模式，集团旗下数十家货运公司的车辆全是个体司机挂靠。盈利模式非常简单，信息整合与车辆服务，另外还配套经营加油、汽修、拆装等业务。

十年前，韩少辉就联合札合木的大老板们成立了“环保基金”，他跟程治安称兄道弟，给程治理领导的野保队捐过一辆越野车。任骄阳另立门户后，他又提出捐助“knight”。但任骄阳对他带着记者来“作秀”的行为极为反感，当场就拒绝了他。再后来有个队员受伤，他又带着环保基金的几个理事跑来慰问。

也就是那一次，任骄阳才知道韩少辉吃斋念佛，并且见识了他渊博的佛教文化知识。即便如此，曾经叱咤商场见过大世面的任骄阳始终看不上这个别人眼里平和谦逊的大老板，不是看不上他自吹自擂的那点生意，而是觉得他钻营奔竞、华而不实。

但任骄阳还是被迷惑了，他做梦都没想到这个曾经的热血青年、如今一心向佛的瘸子会是个隐藏了如此深久的魔鬼。所以，那天在中浩大酒店的水牌上，他明明看到了“黎明货运公司”在普济集团的子公司名单中，也只是觉得有点巧合，甚至在得知程治理也挂靠了这个公司后，他仍然没有往这个人身上去想。

现在所有的疑团都打开了，韩少辉就是如来！他头顶的光环和程副局长是他的保护伞，再加上老贾和唐杰的通风报信，所以这些年，无论是警方还是野保队的单独行动，他总是能化险为夷。

他没有那么高的智商，他只是藏得太深。他就是个胆小鬼，像只断了腿的臭虫躲在暗处，时刻盯着随时都会踬死他的对手，从来都不敢露头。是他任骄阳高看了他，他根本不配成为自己的对手！为了那 300 公斤藏羚羊绒，挂羊头威胁、绑架许我、逼迫老贾自杀、杀害陈家父子，这一切都证明他已经乱了阵脚。

蓝河子有警察盯着，任骄阳插不上手。但他明白，无论韩少辉是不是如来，如来这头老狐狸都不会在蓝河子出现。只要不被人赃并获，如来仍然可以逍遥法外，或者从这个世界从容“消失”。他任骄阳不是警察，没有那么多约束，不需要拿了证据才去抓人。

他相信，只要自己亲手抓住他，就一定能让他现出原形。

2

梨子恒赶到中浩大酒店西餐厅时，母女俩已经坐了一个多小时。该说的话，应该在路上已经说完了，许我正埋头盯着电脑，许墨兰则百无聊赖地抱臂看着窗外。桌子上摆着两杯果汁，还有一瓶餐厅之前放在橱窗前用来装点门面、产自法国白马庄的顶级波尔多红酒。

她们在等一个人，一个和梨子恒一样，因为一个女人在辛苦奔波的男人。他叫 Erik，一个连夜从巴黎飞到西安，又马不停蹄地从西安转机到札合木的法国老男人。这是他这辈子第二次来中国，上一次还是三十年前。

对于梨子恒的突然到来，许墨兰一点都不觉得意外。她面无表情地冲着他点了点头，然后又扭过头去。许我则是冲他微微地摇了摇头，竖起食指放到唇边示意他不要说话。气氛有点尴尬，梨子恒硬着头皮坐到了许我的身旁。

打破宁静的是服务员，她问梨子恒:“先生，您要喝点什么？”

“有半斤装的二锅头吗？”梨子恒问道。

服务员有点为难:“我们这里没有白酒。不过，您真想喝，我们可以去帮您买。”

许我有点忍俊不禁:“别听他的，给他上杯白开水。”

许墨兰终于回过头来，但仍旧面无表情:“你是来送她，还是要跟我一起回杭州？”

“Aunt,”梨子恒咽了下口水，“我回来发现她不见了，电话也不接，想着可能是到您这里来了。”

许墨兰不客气地说道:“她走的时候不是给你留字条了吗？”

“是的。”梨子恒看了眼许我，尴尬地点着头。

许墨兰问道:“我们明天一早的飞机，你要一起吗？”

梨子恒连忙摇头:“这里再过一个多月就要入冬了，我得赶紧把地方找好，明年开春就得动工。”

“你们为什么都这么任性？”许墨兰说完，扫了一眼女儿，又扭头看着窗外。

梨子恒嘿嘿地笑着。许我冲他吐了下舌头，然后示意他看电脑。

打开的剧本文档里写着一行字:“她应该已经动摇了，我们在等她的法国情人Erik。他俩刚才在电话里吵了一路，她哭了。”

梨子恒夸张地瞪大眼睛看着许我。

许我伸手点了下“Erik”，然后竖起大拇指摇了下又迅速放下，轻轻地敲了几个字:“他现在在哪里？还好吗？”

梨子恒摇摇头，跟着又点点头。

Erik 风尘仆仆地赶到，一见面就给了许墨兰一个大大的拥抱，刚刚还冷若冰霜的许墨兰女士瞬间便春暖花开。

眼前这个看上去最多只有五十岁、事实上已经快七十岁的法国大叔，西装革履、风度翩翩。他捧着鲜艳的玫瑰花和许我最爱吃的 Teuscher 香槟松露巧克力，将礼物送给母女俩后，又抱歉地冲梨子恒做了个鬼脸:“I can have a good drink with you！（咱俩好好喝一杯！）”

这个神似 Alain Delon 的老帅哥，身上有股令人着迷的气质，很快就赢得了许我和梨子恒的好感。但他犯了一个错误，错将梨子恒当作了他心爱的女人嘴里那个十恶不赦的浪子。好在，梨子恒不动声色地化解了尴尬。

Erik 掌控了局面，气氛很快就活跃起来。四个人的话题从天气、美食到中国的变化、霍金的预言和宇宙黑洞，直到许我渐渐地不再说话，Erik 才对许我说道:“我理解你母亲的心情，更理解你做出的选择，我认为你们都没错。”

“那么，谁错了呢？”许墨兰有点生气地说道，“Erik，你飞越千山万水，就为了来和稀泥吗？”

“肯定是我错了！”Erik 不假思索地笑道，“我早应该告诉许墨兰女士，这种爱的方式会让她美丽的女儿无所适从。如果她嫌我唠叨，我还可以紧紧地抱住她，不让她回到中国。”

许墨兰像个小女生一样皱了皱鼻子:“Erik，你没权利这么干。”

Erik 一脸认真又无辜的表情，瞪大眼睛说道:“咦，我记得你早就跟我说过，只要是以爱的名义，就可以不讲理。”

“那是我和你！”许墨兰被气乐了，“Erik，你别闹了。”

"我没闹啊。"Erik 说完摊手耸肩，然后看向一直沉默着在看热闹的许我和梨子恒，"你看，他俩也没闹。你现在又要求我不能不讲道理，这是双标。当然，我无条件服从您的指令，那我们就来讲讲道理吧，我一直觉得我很擅长。"

许我终于忍不住笑了："Uncle，谢谢您。我妈妈担心我遇人不淑，她也许需要一些时间去化解对一些人和事的偏见。关于这个，我想听听您的建议。"

"好了，不说了。"许墨兰抬手制止，"Erik，你不是一直都有走遍中国的梦想吗？我们就从这里开始吧。"

"妈，"许我抓住母亲的手，"如果不嫌弃我这只灯泡，我想多陪陪您，我可以给你们当导游。"

许墨兰愣住，眼里亮晶晶的，分明有泪光在闪动。

韩少辉的公司总部与"高原人家"农家乐相距不过几公里。任骄阳打算好了，先去阿桑那里喝碗奶茶，然后告诉这个善良的女人，游戏就快结束了。她一定会很开心，然后亲手给他做一碗他最爱吃的青稞面饺子。

他甚至都想过抓到如来后，就去找许墨兰，当着她的面向她的女儿求婚。他绝不会再被许墨兰的羞辱激怒，他可以为了她脱胎换骨做任何改变，直到她满意为止，他有能力给她女儿想要的一切美好的生活！

电台节目的背景音乐竟然是《玫瑰人生》，仿佛在顺应他此刻的心情。那天，许我问他，要不要带她去看小野丽莎在杭州的跨年演唱会，他一直后悔没有回应她。

他记得第一次看小野丽莎的演唱会是 2009 年，那时候，他和他的公司如日中天。

那天下着小雨，他想用比当初高十倍的价格在那个大学教授的手里买回外公的老宅子和茶园。老教授掀翻了堆满钞票的桌子，指着他的鼻子骂道："滚出我的房子，永远别让我再见到你这个猖狂之徒！"

他一张一张地捡起那些钞票，像一条丧家犬，开着他那辆满载现钞的阿斯顿·马丁，从茅家埠一路狂飙。经过黄龙体育馆的时候，他看见了雨中一群虔诚的身影，那是没有买到票的小野丽莎的歌迷，他们在雨中齐声唱着《玫瑰人生》。

他现在仍然清晰地记得那个场面带给他的震撼，他从车上拿出一摞钞票买空了黄牛们手中所有的票，扔向了人群。

那天晚上在演唱会现场，他一直坐到保安来清场。此后数年，凡是她来中国开演唱会，无论何时何地，他都会放下手中的事务，买一张离她最远的票，第一个进场，最后一个离开。

从那时到现在，转瞬已过十年。如今，这一切看上去就要结束了，他一定要给自己深爱的女人一个惊喜。

3

任骄阳发现那辆老皇冠车的时候，已是日落西山。那车就停在阿桑的店门口，他看见一个中年男子坐在窗边。没错，就是和他斗了八年，他早就熟悉却刚刚才认识的瘸子韩少辉。

他周身血脉偾张，强抑着内心的澎湃，摸了摸藏在裤腿里的匕首，开车围着“高原人家”农家乐转了一圈，然后点上了一根烟。他觉得自己有一百种办法可以从容地弄死这个形单影只的瘸子。如果换两个月前，他一定会毫不犹豫地冲上去将他撕成碎片。如今，他必须要让自己冷静下来，想想那个盼着他凯旋的傻姑娘，想想这些年跟自己出生入死过的那些兄弟，想想他无数次在梦里流连的西子湖畔。

“高原人家”农家乐里外焕然一新，门头上挂着两个鲜艳的大红灯笼。老板娘阿桑赶在秋天来临之前，将饭店斑驳的外墙刷上了一层嫩绿色的乳胶漆。

任骄阳撩开门帘走进来的时候，阿桑正跟着 iPad 跳健身操，硕大的臀部像装上了电动马达。她看上去容光焕发，跟之前那个油腻的老板娘判若两人。她开始学着搭配衣服，身上甚至喷了香水。

“稀客呀，切队长！”阿桑收起弓步，惊喜地说道，“你说说，你有多久没来了？”

任骄阳第一次发现，阿桑的眼睛会笑。

“一年一次，才对得起我这贵宾的身份呀。”他笑着看向窗边。

韩少辉的面前摆着一瓶还没有开封的高档白酒、半碟花生米和一盘土豆丝。他仿佛对身后的对话浑然不觉，左手扶着桌角，右手把玩着挂在胸前的佛珠。事实上，任骄阳从车上下来的时候，他就已经看见了。

“阿桑，你为什么这么开心？是发财了吗？”

“是呀，国家政策好嘛。你看啦，我刚装修完，一下就来了两个大贵客。”

“阿桑，我想吃你亲手包的青稞面饺子。”

“好嘞，韩总也好这一口。再给咱切队长沏一壶上好的酥油奶茶！”

阿桑蹦蹦跳跳地进了后厨，韩少辉笑容满面地站起来说道：“天，还真是切队长，我说声音怎么这么熟悉呢。是什么风把你吹到这儿来了？”

“我可是这里的老顾客了，没少在这儿喝酒。”任骄阳说着，拖过一把椅子在他对面坐下。

“我可是隔三岔五地就来这儿吃顿饺子，怎么一次都没碰见过切队长？”韩少辉说完，又笑了笑，“第一次来的时候，阿桑还是个腼腆的大姑娘。这一晃，都快十五年了。”

任骄阳看着他：“这不是碰上了？该来的终会来，或早或迟，只要还在这里，终会碰上。”

韩少辉不动声色：“切队长习惯了独来独往，今天一个人，是公务还是私事呢？”

“是公也是私，八年多了，有些恩怨也到了该了结的时候了。”任骄阳说着，拿起面前已经斟满酒的青花瓷酒杯看了看。他记得这酒杯一直摆在吧台旁边的橱柜里，一只酒壶加六个杯子，阿桑将它们放在最显眼的位置，从来都没有用过。

韩少辉盯着他，眼皮颤动了几下。

任骄阳轻轻地放下酒杯：“我记得韩总吃斋念佛，从来都不喝酒。怎么，今天是想借酒消愁，还是有什么喜事？”

“酒是阿桑要喝的。我倒是想喝，但不敢破戒。做我们这个生意的，要时刻保持清醒的头脑。”韩少辉看着任骄阳，脸上挂着惯常的笑容。

任骄阳跟着笑了好久，突然说道：“我还以为韩总这是等着捷报传来，准备庆功呢。”

韩少辉脸上的笑容僵住了，右手下意识地放到桌子下面。

“怪不得呢，原来你俩早就认识啊。我就说呢，今天是什么风同时把二位贵客吹到我这小店了？”阿桑一手一盘饺子，一露面便咋咋呼呼。

任骄阳接过盘子，顺手就捞了一只扔进嘴里。

“韩总吃素，而且对馅儿特别讲究，每次来我都紧张死了，就怕不合他胃口。”阿桑说着，将另一盘放到韩少辉面前，笑道，“其实也没什么好紧张的，韩总本来就是个大善人。”

韩少辉哈哈大笑，抬起右手轻轻地拍了下阿桑:“就你会说话，赶紧忙你的去吧。”

“本来我还想喝几杯的，看来今天我是多余的了。”阿桑夸张地揉了揉胳膊，说完便姗姗而退。

天已经完全黑了，一辆皮卡车悄然停在了路边，有人打开窗户，往外吐了口唾沫。

屋里，任骄阳埋头狼吞虎咽。饺子是野菜馅儿的，阿桑不应该这么粗心，她一定是将本来属于他的那一盘，放在了对面。

韩少辉吃了口饺子后，皱了皱眉头，放下筷子，问道:“切队长似乎有心事啊，看起来闷闷不乐的。”

任骄阳吃完最后一个饺子，用袖口擦了擦嘴，说道:“没有啊，吃饱肚子才有力气干活。”

“你知道吗？五年前扎西平措接你出狱，打算在这儿为你饯行。你刚离开，我就来了。阿桑也给我煮了一碗青稞面饺子。”韩少辉突然说道。

任骄阳看着他，慢慢地抬起右脚。

韩少辉接着说道:“如果五年前你拿起那张车票，故事可能就是另一个结局。”

“从你举起屠刀的那一刻起，就注定了我们不共戴天！”任骄阳盯着韩少辉，冷声应道。

韩少辉镇定自若:“斗了这么多年，身体与精神都备受打击，你就没有绝望，没有想过放弃吗？”

“我相信伤痛终会过去，正义永不缺席！”任骄阳起身盯着他的眼睛，一字一顿地说道。

韩少辉扶着桌子站起来:“是你杀了那个孩子，他本来活得很好。”

任骄阳额头上的青筋暴起，嘴角抽搐了几下，突然起身拔出匕首架在了他的脖子上。

阿桑从吧台后面抻直脖子，惊慌地看向这边。

“给我留一点尊严。”韩少辉轻轻地推开锋利的刀刃，扭头冲着一脸惶恐的阿桑笑道，“阿桑，这一顿算切队长请我的。今天的皮不够薄，是不是擀得有点急了？”

阿桑不知所措，讪讪地点点头。

“再见了，阿桑。”韩少辉挥了挥手，从容地走向门口。

在门口，任骄阳收起匕首，抓住了他的一只胳膊，韩少辉笑道:“你知道这些年，你败在哪里了吗？”

“你隐藏得太深。”

韩少辉仰头大笑，突然从怀里掏出一把手枪对准任骄阳的脑袋:“眼高手低、骄横自满！”

4

第二天早上八点多钟，梨子恒刚送走了去唐古拉山游玩的母女俩和 Erik，沈炯突然打来电话，说他和旦增正在赶往札合木的路上，大切一直关机联系不上，昨晚他曾用手机定位过大切的位置，基本上可以确定他是奔着札合木去了。刚才他给扎西、胡杨和老孟都打过电话，但三个人的电话都关机了，他怀疑他们在一起执行抓捕任务。

梨子恒给了沈炯个地址，让他们去那里跟自己会合。梨子恒的判断跟沈炯不一样，任骄阳这些天一直在追查绑架许我的凶手，一定是找到了关于如来的关键线索，既然来了札合木，很可能是去了韩少辉的公司。

他懊恼地狠命拍了几下方向盘，后悔昨天没把许我的分析直接告诉任骄阳。

他原本打算在送走许墨兰后就跟任骄阳摊牌，建议他集中力量调查韩少辉，没想到，一念之差，事情又变得复杂起来。

他用手机搜索了一下韩少辉的公司地址后，又给扎西发了条短信，便直奔“普济速运集团”。

彼时，400 公里外的蓝河子刚经历了一场暴风骤雨，自治州公安局局长和一个中校警官率领近百名全副武装的警察和武警官兵雷霆出击，一举抓获以耗子为首的如来团伙近 10 名成员，以及参与交易的中东人伊万与华裔中间人塔帕。

而在数千公里外的南亚某国首都的露天咖啡馆里，扎西正和胡杨悠然地品着咖啡。刚刚，在接到国内传来的捷报后，这个国家警卫队副司令给他发了条信息，就在十分钟前，警卫队兵分两路，突袭了首都郊区的芭比庄园和设在保税区内的一家国际贸易公司，中国警方提供的关键人物悉数落网。

胡杨问扎西:“队长，如来怎么办？这么大的交易，他竟然不在现场。”

扎西点了根烟，吸了两口后才说道:“跑不了！不管他多狡猾，现在已是条拖着残腿的丧家犬。”

“要不要告诉切队长？”胡杨又问道。

扎西摇摇头，叹口气道:“我做不了主，还是让程副局长自己决定吧！”

“队长，你是不是有点太——”胡杨说到这里，赶紧打住，喝了口咖啡后又缓缓说道，“咱们的任务已经完成啦，万一这个时候，他有什么不测……”

“他倒是想死得其所，可这些年吃了那么多枪子都没要了他的命。我只能帮他到这里了，能不能亲手抓住如来，就看他自己的造化了！”扎西说这些的时候，仰头看着朗朗晴空。

胡杨轻叹一声，别过头去。

“兄弟，”扎西看了眼胡杨，说道，“杀害仓拉的幕后主使已经归案了，你嫂子还在等我回话呢。她妹妹为了你，可是连北京的房子都卖了。”

胡杨撇撇嘴:“你又是我师傅，又是我队长，现在又急着要做我姐夫，还让不让人活了？”

“臭小子！”扎西举起手里的半截香烟扔了过去。

梨子恒老远就看见巨大的“普济速运”金字招牌，等到走近才发现公司大门上贴着盖有大红印戳的封条。一个穿着保安服的大叔靠在墙脚打盹，他头顶上方的墙上挂着一条“扫黑除恶”的宣传条幅。

看到这个不速之客，大叔一脸无奈地冲着封条努努嘴，“要债的吧？公司没什么值钱的东西，连这栋房子昨天都被银行查封了。”

“怎么回事？你们韩老板呢？”梨子恒问道。

保安大叔说：“不知道。他昨天早上还来过，跟银行的人吵了一架就走了。”

“是不是跑路了？”

“不会的！”保安大叔头摇得像拨浪鼓，“前两天还在中浩大酒店开了大会，说是要转型升级。之前都在说公司的资金链快断了，韩总说困难只是暂时的，叫我们别担心。可这两天人都快走完了，他人也联系不上。”

“您知道他住哪儿吗？”

“他吃住都在公司，我在这儿快十年了，从来没见过他家人。他人很好的，经常做饭给我们吃。我以前开货车出了车祸，他就让我来当保安……”

“如果他在札合木，您觉得他可能去哪儿了？”

大叔想了想，用手一指：“那边有个农家乐，老板娘跟韩总关系特别好，她说不定知道。”

梨子恒刚要离开，沈炯开着许我的“牧马人”杀了过来，旦增老远就打开车窗冲着他们叫道：“抓到了，如来已经抓到了！”

几分钟前，旦增给老孟打了个电话，说他们在蓝河子将如来团伙一锅端了。收缴了全部准备交易的藏羚羊绒，那个叫耗子的家伙当场招认自己就是如来。

“耗子是谁？”梨子恒急不可耐地问道。

旦增回答道：“就是在幕后策划绑架许我的那个老鼠。”

梨子恒面色一沉：“你不是说他来札合木了？蓝河子可不是这个方向！”

沈炯一拍脑门：“看给我兴奋的，这就问问。”

沈炯打完电话后，摇摇头，手一直在颤抖着。几个人都傻眼了。

梨子恒很快冷静下来，说道：“耗子不可能是如来，许我说他只有二十来岁。”

沈炯和旦增顿时变脸。不用怀疑，他们都意识到自己被胜利冲昏了头脑。

“你们让我来这儿干什么？”沈炯说完，像意识到了什么，突然回头看向普济公司的门口，“这个公司老板就是那个瘸子韩少辉吧？”

梨子恒点头。

“你怀疑他是如来？怎么会怀疑是他？”

“说来话长，是许我发现的。总之，肯定不会错！”

“我感觉他可能已经知道被我们发现了。”沈炯没有再细问，跟着说道，“如果是这样，昨天晚上，大切也许就已经被他控制了。”

“大切抓了他也有可能。”旦增的回应显得毫无底气。

“无论谁抓了谁，我们都要想办法找到他！”梨子恒没有再犹豫，“咱们去问问那个农家乐的老板娘。”

5

此刻的任骄阳，正被困在离普济速运不过五公里的一个汽车拆解厂里。这里早在两个月前就已经关门了，院子里一片狼藉，到处散落着生锈的汽车零部件。任骄阳被锁在拆解车间用来堆放废弃物的屋子里，周遭一片黑暗，空气里弥漫着浓烈的汽柴油的味道。

任骄阳的嘴里塞着毛巾，手脚被绳索绑缚着，就像一头困兽。但他没有过多的挣扎，昨天被绑上车之前，他的脑袋被人敲了一棒子，倒下去之前，他看到了韩少辉的笑脸，还有那透着鄙夷与可怜他的眼神。

韩少辉说得没错，他眼高手低、骄横自满，总以为自己能搞定一切。他后悔没有当着阿桑的面，将匕首狠狠地插进韩少辉的心脏;后悔自己被胜利冲昏了头脑。他现在终于见识到了这个对手的厉害，他明知道自己已经发现了他，却镇定自若地谈笑风生。

昨天晚上在路上，他迷迷糊糊地听到了两个大汉之间的对话。他将那些细节联系起来，一切都不出他所料，耗子代替韩少辉去蓝河子交易，这条瘸了腿的老狐狸则守在阿桑那里等消息。

刚刚他醒来的时候，又隐约听见昨晚说话的人好像在屋外咒骂他们的主子。他听不太清他们在说什么，屋顶石棉瓦的缝隙间闪进了一缕光线，他发现对面有一块薄薄的铁板靠在墙上，他试着挪了挪身子，然后勾下头倒在地上，滚向了那块铁板……

韩少辉此时正手抓一把精致的勃朗宁手枪，躺在拆车厂办公室落满灰尘的躺椅上，瞪大眼看着天花板。地上散落着被他踹成碎片的SIM卡，两个20公升的塑料壶装满了汽油摆在门口。

半小时前，他就接到一个从蓝河子宾馆打来的电话，他推开门时，那两个跟随他多年的兄弟正站在车间门口，对他虎视眈眈，他又缩回了脑袋。

他们不仅在保护他这个主子，更在保护他向他们承诺的一旦交易成功，就要支付给他们的一笔酬劳。大概没人相信，他这个在商场叱咤风云、号称青藏线上的物流大王，现在几乎身无分文。这些年的蝇营狗苟，换来的只是表面的光鲜，唯有那个掩藏在黑暗里、呕心沥血打造出的身份能带给他想要的尊严。

如今这一切都已经走到了尽头，连亡命天涯都变成了奢望。留给他的有且只有两条路，要么放了自己的对手，束手就擒；要么杀了他，拖着瘸腿亡命天涯。

梨子恒和沈炯各自驾车赶往拆车厂，他们将旦增留在了“高原人家”农家乐，因为阿桑瘫倒在地，哭着说韩总不是坏人，他绝不会抛弃她。

还没到拆车厂，他们就远远地看见那里冒起一团乌烟，不一会儿便火光冲天。两个人猛踩油门，刚要拐入通往拆车厂的小路，便看见一辆皇冠车蹿了出来。前车的沈炯打开车窗冲着后面做了个手势，然后直接追向了皇冠。

拆车厂的电动大门紧闭，梨子恒疯了似的直接驾车冲破大门驶进了院子。眼前是一片火海，他跳下车声嘶力竭地叫着任骄阳的名字，回答他的只有“噼噼啪啪”的爆裂声。火光映在他的脸上，眼泪像决堤的洪水，汹涌而出。

“兄弟！”

梨子恒闻声回头。

一个男人从他的车里探出脑袋，冲着他大叫：“如果我回不来了，你一定要帮我好好照顾她！”

梨子恒冲上来拍打着车身，但车子毫不犹豫地夺门而出。

“任骄阳，我操你祖宗！”

梨子恒没有看到，这个扔下他的男人，烧伤的右脸和后背已经血肉模糊。

几分钟前，就在韩少辉的手下将烟头扔向汽油的时候，任骄阳费力地扒开石棉瓦，从熊熊大火中爬上了杂物间的屋顶，手腕上还留着一截磨断后没来得及摘掉的绳索。他看见那条瘸了腿的狐狸爬上了皮卡车，将皇冠车留给了那两个如丧考妣的大汉。

戈壁深处，皇冠车四轮朝天，倒扣在戈壁上。两个奄奄一息的大汉背靠着背，被一根绳子捆在一起，前轮断轴的“牧马人”趴在地上喘着气。靠在车身上的沈炯，艰难地从上衣口袋里掏出一根烟叼在嘴上。

如果晚到拆车厂三分钟，如果沈炯知道大切还在拆车厂里，或者，当他看见皇冠突然减速的时候再谨慎一点，也许，悲剧就不会发生。当枪口指向他的时候，大兵沈炯毫不犹豫地开车撞了上去……

他试着想捂住胸口突突往外冒血的伤口，但鲜血在指缝间奔流不息；他眯起眼看着湛蓝色的天空，骄阳高挂，光芒四射，刺得他睁不开眼睛；他听见呼唤他的声音，天黑了，满天的星星在闪烁着，他笑了笑，慢慢地合上了双眼……

2016 年冬至夜，大雪纷飞。玉虚峰下的山涧里，一辆军用吉普在积雪中露出半边车身。刺骨的寒风中，一个男人用拳头奋力砸开变形的车窗，他手背的鲜血已经凝结成了冰块，雪光映在他的脸上，犹如天神一般。

男人抱起一个穿着士官制服的年轻人，深一脚浅一脚，艰难地向前跋涉。

“当兵的，千万别睡着了！”

“你是谁？”

“我叫切诺基，我是你的战友。有我在，你死不了！”

“嗯，我不会死。等我退役，一定把这条命交给你。”

任骄阳在瑶树山脚下找到那辆皮卡车的时候，韩少辉已不知去向。迎接他的是穿着防弹衣、戴着钢盔的自治州森林公安局副局长程治安和与他同样装束的几个手下。他们在来抓捕韩少辉的路上，接到了指挥中心传达的梨子恒的报警信息，比任骄阳早到不过两分钟。

程治安一直在打电话，没人搭理脸上缠着纱布的任骄阳，包括那个每次看见他总是笑呵呵的刑警老孟。

皮卡车的发动机还留有余温，眼前一览无余，只有一条通往山顶的观景公路，翻过去便是绵延数千公里的昆仑山脉。韩少辉行动不便，即便他是个四肢健全的疯子，也没人敢相信他能徒步穿越不可能穿越的昆仑山逃亡。

程副局长的策略是堵住这唯一的进出口，等待大部队驰援搜山。他挡在要上山的任骄阳车前，摘下头盔用力地磕着 G500 的引擎盖："你他妈的都这样了，还要去送死吗？他根本就跑不了！"

任骄阳冷声回应："我不相信你，就像你从来没有信任过我一样。"

"他身上有枪，你没有必要去跟他赌命！"老孟跟上来拍打着车窗，"听我说大切，赶紧去医院，我们一定会帮你抓到他。"

"老孟！"程治安吼道，"让这个棒槌去，死了，你去给他收尸！"

任骄阳看了眼已经闪到一旁的程治安，用力按了几下喇叭，猛轰油门向前驶去。他没有上山，事实上，当他看到韩少辉的车停在这里的时候，就知道他去了哪里。他用力地抽了自己一耳光，因为老孟的那句话。他没办法让自己静下来去思考过去到底发生了什么，他只想着要亲手抓住韩少辉。

此时的韩少辉，正一瘸一拐地走进离他弃车地方不过两公里的一座隐身在山脚的寺庙里，那是他多年前发达后出资建的一座很小的寺庙，小到只供了一尊如来佛祖。几个月前，他才给佛祖装了金身。

任骄阳曾经在德吉的嘴里听说过这座庙。德吉说他从甘丹寺还俗走回傍月岭的途中，逢庙必拜，在瑶树山见到了一个很奇特的庙，没有僧人，也没有香火，只有一个又聋又哑的老居士将他挡在门外。

德吉不知道庙里供着什么佛，但此时的任骄阳猜到了。

任骄阳走进去的时候，又聋又哑的老居士在敲着木鱼，韩少辉念念有词，正跪在佛祖面前磕头如捣蒜。

"就算你磕烂了脑袋，也洗不净你犯下的罪恶。"

韩少辉双手合十抬过头顶，然后默默地手扶龛台，慢悠悠地起身。他没有回头，更没有说话，他想从怀里掏出那把勃朗宁，但任骄阳抓住了他的胳膊。

外面响起了一片警笛声。

韩少辉垂下右手，仰头看着佛祖，嘴角渗出一缕褐红的血……

6

三天后，许我接到梨子恒电话的时候，正跟母亲和她的法国男友徜徉在雅鲁藏布江边。她的面前就是念青唐古拉山。小时候，她分不清唐古拉山和念青唐古拉山有什么不同，直到上了中学后才搞清楚，它们原来在两个不同的地方。

昨天，她路过“knight”驻地，去了八岁之前一直偷偷地叫爸爸的那个男人生活和战斗过的地方。她哭了好久，她听见 Erik 对自己的母亲许墨兰说：“亲爱的，冥冥之中，早有安排。这里就是她的贝尔斯小镇，什么也阻挡不了他们遇见。”

梨子恒只说了几句话，许我就放下了手机。

看着泪流满面的女儿，许墨兰关切地问道：“出什么事了？”

许我抹了把泪水，笑着说：“他受伤了，一切都结束了，他很快就可以回家了。”

“严重吗？去照顾他吧。”

许我微笑着摇摇头：“下一站，青海湖、塔尔寺、布达拉宫。”

那天晚上，躺在西宁某医院烧伤科病房里的任骄阳，收到一个姑娘的短信：“切队长，我在唐古拉山看到了一头金色的牦牛。我会等着你，等你回家。”

几个小时前，扎西在病房里告诉任骄阳，那天在良多是程治理救了他，杀害陈小强的凶手已经抓到。程治理在蓝河子的行动中，被耗子一枪击中右眼，刚刚才苏醒过来。

扎西刻意轻描淡写，还有更多信息，考虑到等待植皮手术的任骄阳情绪会受到影响，他并没有说。

韩少辉归案后，除了矢口否认杀了当年那个少年卫林外，对其他警方掌握的罪行供认不讳。耗子也证实了韩少辉的说法，他说卫林压根儿就没见到韩少辉，骗走他钱的只是团伙里的一个小喽啰，那少年之后便销声匿迹。那时耗子还不认识韩少辉，多年后成了他的心腹，才听他讲起。

耗子当时还问他，为何不将这件事透露给任骄阳。那时候，韩少辉已经将拿着枪四处找他复仇的任骄阳的身份背景查得清清楚楚。他说，人这一辈子能遇到势均力敌的对手不容易，他要好好地跟这个“游戏专家”玩一场游戏。

耗子还交代了几件事。唐杰不是他们的卧底，事实上，韩少辉这些年从来就没想过要策反“knight”的队员。耗子说老贾是被自己拉下水的，因为喜欢赌博和炒股，他欠了一屁股债，认识唐杰后将他奉为股神，总是让唐杰给他推荐股票。

半个月后，程副局长探病时，向任骄阳简单通报了如来团伙案的侦破过程。

警方在调查之前在无人区枪杀任骄阳的那伙走私分子时，发现他们和如来背后是境外一个臭名昭著的走私团伙。买凶杀人、制造车祸导致仓拉牺牲的也是这个团伙。早在十年前，他们就控制了如来与多个盗猎和走私团伙。

警方之后与国际刑警组织配合，策反了该团伙的一名骨干，并成功掌握了此次交易的中间人的行踪。但这个骨干并不清楚如来到底是谁，只知道他是在青藏两地做货运生意的南方人。警方直到半个月前意外发现普济速运集团在境外开立了账户，才开始怀疑韩少辉，并成立了“猎狐行动”专案组，派出胡杨出国侦察。

蓝河子交易之前的几天，狡猾的韩少辉放了颗烟幕弹，不仅在中浩大酒店开了一场声势浩大的会议，还买了张交易当日去往西藏的机票，甚至在拉萨最豪华的酒店订了房。程治安带着警员一直守在札合木机场准备拦截，没想到他压根儿就没想着离开。而那把勃朗宁手枪里只有一颗子弹，应该是为自己留下的。

程治理因为有重大立功表现，减刑一年出狱。之后韩少辉主动找他，帮他贷款买了辆货车挂靠到黎明货运公司跑运输。韩少辉浮出水面后，程治理主动请战，变成了哥哥程治安主导的“猎狐行动”的“棋子”。在良多医院和任骄阳碰到纯属巧遇，那天他确实是去探望陈强，因为他俩是发小儿。至于后来跟踪任骄阳，是发现任骄阳在找陈强后，想看他到底要干什么。

而程治理去接走伊万，是耗子在得到韩少辉的指令后安排的。伊万此时的身份是准备与普济速运集团一起在蓝河子投资药酒厂的外商，韩少辉自作聪明地认为万一事情败露，程副局长会投鼠忌器，顺便将兄弟俩一起拖下水。

真相大白，任骄阳给躺在病床上的老队长程治理打了个电话。程治理说，当年贿赂他的盗猎者很可能认识如来，他顺水推舟故意被拖下水，是想赢得对方的信任后设法接近如来。但被任骄阳抓个正着后，他百口莫辩，根本没办法自证清白。

当任骄阳含泪问他，要如何弥补自己的过失时，程治理笑着说："索南达杰是我叔叔的战友。我没有让他失望，而你，更没有让我失望！"

沈炯被原部队追认为烈士，除了唐杰外，"knight"曾经的队员们都来参加了沈炯的追悼会。参加完追悼会，梨子恒与任骄阳和旦增挥手告别，他要进无人区给自己的天文台选址，之前在太阳湖南岸邂逅的那两个大学生成了他的助手。

临行前，梨子恒抱住任骄阳，附在他耳边咬牙切齿地说道："她绝不会在乎你有没有毁容，去找她，别让她等得太久！"

任骄阳烧伤后便拒绝再见许我，电话不接，短信不回。之前梨子恒还担心许我会伤心，但她笑称自己有的是耐心，三年、八年、一百年，她要跟这个没自信的男人耗到海枯石烂。

尾　声

昆仑河畔。对岸成片的胡杨树，叶子已经泛黄。一群大雁在空中翱翔，再过几天，就到了它们南归的季节。

任骄阳看向远处:“自古逢秋悲寂寥。”

“我言秋日胜春朝！”扎西应着，掏出一支烟递给他，“什么时候回杭州？”

“准备戒了。”他摆摆手，“我想在大格勒那个院子里开个咖啡馆，不知道桂花树在那儿能不能种得活。”

扎西笑着点燃嘴里的烟，深吸一口仰头吐出两个烟圈，说道:“你这是感染了文艺病，还是打算‘筑巢引凤’呢？那地方，烤烤红薯还差不多。”

任骄阳喃喃道:“我不知道自己还能干什么，还会干什么。”

“这可不是我认识的任骄阳。你的脑子呢？你的自信呢？你的置之死地而后生的气概呢？”扎西涨红了脸，本来就黑的脸膛已然憋成了猪肝。

任骄阳笑了笑，没有应声。

“你他妈在想什么呢？”扎西一脸懊恼，“是不是觉得爷很可笑？除了那位许小姐，这世界上还在为你操心的，大概也只有我了！”

“我在想，是不是还要把你灌醉了，才能落得个清静。”

“哈哈哈！”扎西仰天大笑。

过了好久，任骄阳说道:“我有强烈的预感，那个孩子不仅活着，而且离我很近。”

“别告诉我，你还想去找他。”

任骄阳摇了摇头，捡了块鹅卵石奋力地掷入水中。

卓玛到杭州考察民宿的那天，许我带着骆好赶去机场接她。

在回城的机场高速上，许我问卓玛：“梨公子呢，他不应该是你的护花使者吗？”

卓玛撇撇嘴：“我都不知道他在哪里，电话不接、微信不回。这个㞞货从来都不敢主动找我！”

“我来帮你收拾他！”骆好大笑，拿起许我的手机直接拨通了梨子恒的电话。

骆好嚷嚷着：“梨子恒，卓玛被我们绑票了，快来救她！”

“神经病！”梨子恒骂完，说道，“你让她接电话。”

骆好撇撇嘴，按下免提键，把手机伸到卓玛嘴边。

梨子恒忙不迭地解释：“我才走出可可西里，之前手机没信号，也没法回你微信。”

卓玛说：“你现在在哪儿？我马上去找你！”

梨子恒急道：“别啊！你不在杭州吗？回来再说。”

“不行！”卓玛对着手机叫，“听话啊，你给我原地待着哪儿也不准去，等着我！”

卓玛说完，一拍许我的肩膀：“姐，前面下高速送我回机场！”

许我扭头看向骆好，骆好正看着她，瞠目结舌。

此刻，胡子拉碴的梨公子正在三千公里外的梨江，跟“容四方”烧烤排档的老板推杯换盏。

“哥们儿，复合了？”老板醉眼蒙眬地看着他，油光满面的脸笑得稀烂。

梨子恒点点头，又很快摇头：“这哪儿跟哪儿啊？根本就不是一个人。”

老板大笑：“我就说嘛，好姑娘多的是，别跟自己较劲儿！”

梨子恒也乐了，举起酒瓶一口干了剩下的酒，抹抹嘴巴说道：“她说在青海这儿，她能罩着我。可我看到她，腿都是软的。”

老板抄起一瓶白酒蹾在桌子上:“那得再喝一瓶壮壮胆!完了赶紧找个地儿拾掇拾掇,咱这儿的姑娘可不喜欢㞞人!”

送走卓玛的第二天,许我接连收到了两个包裹。一个是在西宁学厨师的旦增亲手制作的甜品糕点;另一个包裹里装着一台老式笔记本电脑,寄件人没有留下任何信息,但许我一眼就认出了它的主人。

那天晚上,她独自在房间拿出那台键盘上已经落满了灰尘的电脑。打开电脑,桌面最醒目的位置是当年胎死腹中的“狩猎者 2”内测版,文件显示最后的编辑时间是 2011 年 6 月 1 日。点开后,她发现这是款反盗猎游戏,背景音乐是小野丽莎的歌曲。

最不可思议的是,游戏设置的“反盗猎者英雄联盟”中有一个五人突击小组,领头的竟然是一个与她形神俱似的女战士。这个姑娘叫热妮娅,长发飘逸,戴着眼镜,靠喝奶茶续命……

这就是被狼包围的夜晚,他还没讲完的那个关于前世和今生的奇幻故事!

“你这个混蛋!为何让我遇见你?”许我笑着抹了把泪水,起身拉开窗帘。

窗外万家灯火,满天繁星无声灿烂。

2019 年 12 月 29 日,蒙蒙细雨下的杭州剧院,灯火通明。

小野丽莎 2020 新年音乐会早已开始,直接从电影《繁星若沧海》开机仪式现场赶来的许我被保安挡在外面。她一边跳脚,一边从手机里翻出购票记录,不断解释着她早就买好了票,只是没带在身上。

“姑娘,我这儿有张票。”一个黄牛模样的大叔走过来说道。

许我兴奋地接过票:“谢谢大哥,我给您双倍的票钱!”

“不要钱。”大叔摆摆手,“姑娘,你运气好哇,这票也是别人白送我的。他说让我送给需要的人。”

许我闻言一愣,下一秒拔腿便跑。

剧院最后一排中间的位置,一个男人正襟危坐。灯光映在他的身上,脖子上的一道伤疤若隐若现。

许我悄然坐到男人身边的空位上,侧身问道:“切队长,我可以坐在你身边吗？”

男人露出皓齿，眼睛闪烁着黑曜石般的光芒。

初稿，2019-11-11，杭州良渚文化村

终稿，2020 年立夏，铜陵永泉农庄

图书在版编目（CIP）数据

繁星若沧海 / 周林著 . — 北京：北京联合出版公司，2021.1

ISBN 978-7-5596-4722-1

Ⅰ . ①繁… Ⅱ . ①周… Ⅲ . ①长篇小说—中国—当代 Ⅳ . ① I247.5

中国版本图书馆 CIP 数据核字（2020）第 223375 号

繁星若沧海

作　　者：周　林
出 品 人：赵红仕
策　　划：一未文化
版权统筹：吴凤未
监　　制：魏　童
责任编辑：管　文
执行编辑：张爱宁
封面设计：尚燕平
内文排版：麦莫瑞

北京联合出版公司出版
（北京市西城区德外大街 83 号楼 9 层　100088）
天津中印联印务有限公司印刷　新华书店经销
字数 289 千字　710 毫米 ×1000 毫米　1/16　20 印张
2021 年 1 月第 1 版　2021 年 1 月第 1 次印刷
ISBN 978-7-5596-4722-1
定价：59.80 元